CB059113

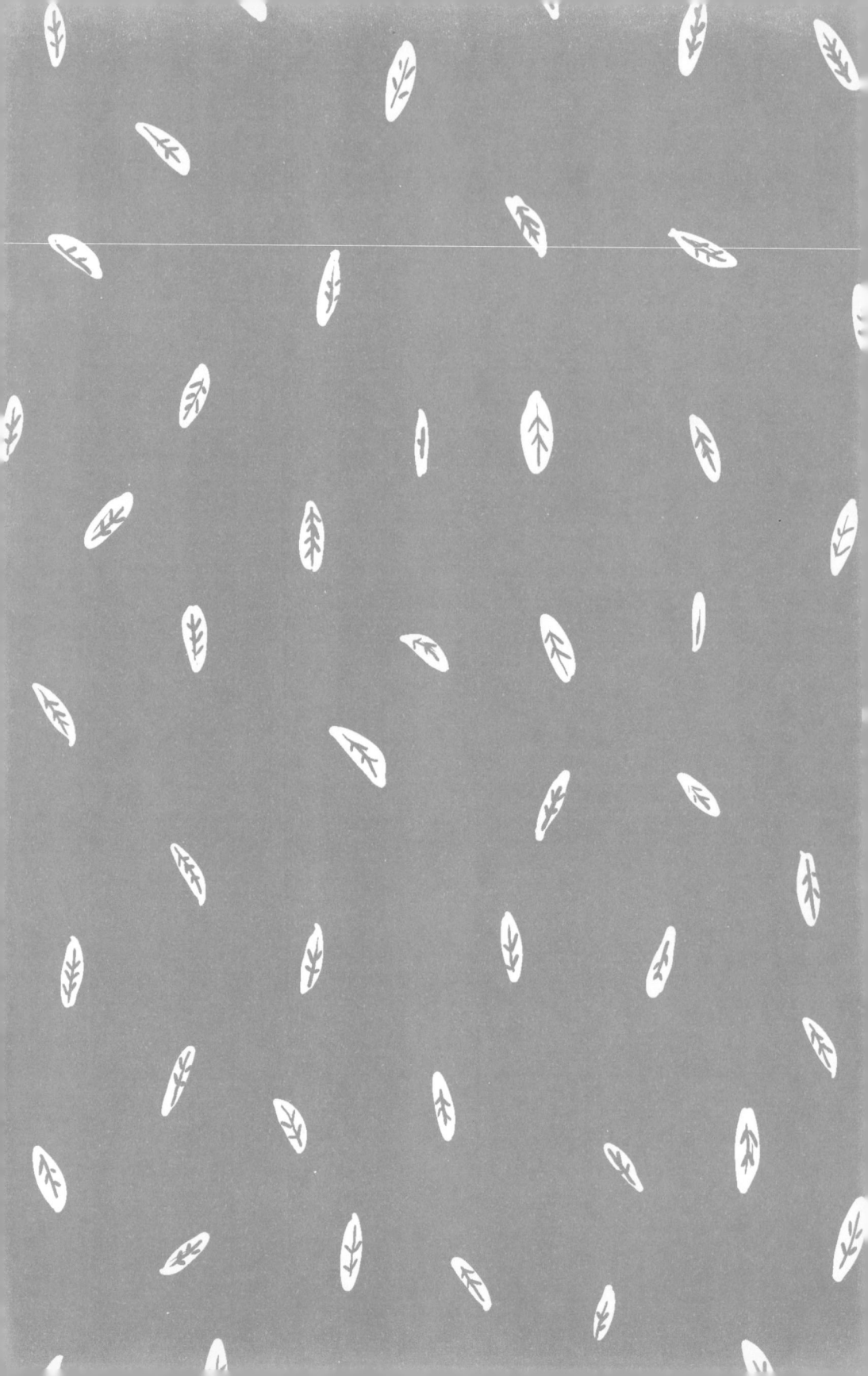

ANNE E A CASA DOS SONHOS

ANNE E A CASA DOS SONHOS

L.M. MONTGOMERY

Tradução
ANNA MARIA DALLE LUCHE

MARTIN CLARET

Sumário

Apresentação 7

I No sótão de Green Gables 17
II A casa dos sonhos 25
III A terra dos sonhos 33
IV A primeira noiva de Green Gables 43
V A chegada ao lar 49
VI O capitão Jim 55
VII A noiva do professor 63
VIII A srta. Cornelia Bryant vem para uma visita 75
IX Uma tarde no farol de Four Winds 91
X Leslie Moore 105
XI A história de Leslie Moore 115
XII Leslie vem fazer uma vista 127
XIII Uma noite fantasmagórica 133
XIV Dias de novembro 141
XV Natal em Four Winds 147
XVI Véspera de Ano-Novo no farol 157
XVII Um inverno em Four Winds 165
XVIII Dias de primavera 173
XIX O amanhecer e o anoitecer 183
XX O sumiço de Margaret 191

XXI Barreiras que caem **197**
XXII A srta. Cornelia organiza as coisas **207**
XXIII A chegada de Owen Ford **215**
XXIV O livro da vida do capitão Jim **223**
XXV Escrevendo o livro **233**
XXVI A confissão de Owen Ford **239**
XXVII Nos bancos de areia **247**
XXVIII Inícios e fins **255**
XXIX Gilbert e Anne discordam **265**
XXX Leslie toma uma decisão **273**
XXXI A verdade liberta **281**
XXXII A srta. Cornelia discute o assunto **287**
XXXIII O retorno de Leslie **293**
XXXIV Chega ao porto o navio dos sonhos **299**
XXXV Política em Four Winds **307**
XXXVI Beleza para as cinzas **317**
XXXVII A srta. Cornelia faz um surpreendente anúncio **327**
XXXVIII Rosas vermelhas **333**
XXXIX O capitão Jim atravessa o banco de areia **341**
XL O adeus à casa dos sonhos **347**

Apresentação

UMA CASA DOS SONHOS OU O INÍCIO DE UMA NOVA REALIDADE?

LILIAN CRISTINA CORRÊA[1]

Crescer... Florescer... Amadurecer... Talvez estas três palavras deem conta de, muito brevemente, sugerir um sumário do que se apresenta nas narrativas anteriores relacionadas a Anne, de Green Gables, ainda que a protagonista já tenha alçado outros voos que a levaram para longe das tardes de histórias com Diana ou nas mil tarefas na propriedade dos Cuthbert, para Anne um verdadeiro lar e onde encontrou uma nova e amorosa família. Foram muitas as peripécias e descobertas de Anne em sua jornada por Green Gables e ao longo do período em que esteve em contato com aquela comunidade — esta primeira fase de sua história pessoal, de encontro com os Cuthbert e a segurança de um lar que pudesse entender como seu, deram a Anne a certeza de que ela poderia e deveria ir adiante e, enquanto personagem protagonista dos romances de Montgomery é exatamente isso o que encontramos.

---

[1] Mestre e Doutora em Letras pela Universidade Presbiteriana Mackenzie.

Iniciando com *Anne de Green Gables* (1908), passando por *Anne de Avonlea* (1909), *Anne da Ilha* (1915) e *Anne de Windy Poplars* (1936), considerando o acompanhamento cronológico do desenvolvimento da narrativa da personagem Anne, chegamos a *Anne e A Casa dos Sonhos* (1917). Nos romances anteriores, acompanhamos, pouco a pouco, o desenvolvimento da vida de Anne em sua rotina escolar, suas escolhas ainda durante seu período com os Cuthbert, em Green Gables e, posteriormente, quando sai da ilha para dar continuidade aos seus estudos e tem a oportunidade de ampliar seus horizontes — em cada um desses momentos (leia-se também, em cada um desses romances), Anne tem a oportunidade de se desenvolver intelectualmente e de ajudar as pessoas ao seu redor, ensinando e aprendendo com elas.

O que mais instiga o leitor que acompanha a saga de uma personagem ao longo de uma narrativa longínqua é exatamente o decorrer dos fatos e a forma como eles se desenrolam pelo percurso escolhido pela personagem. Anne sempre foi leal às suas escolhas e àqueles a quem considerava bem, portanto mesmo distante de Green Gables, nunca esteve realmente afastada dali, muito menos de Gilbert Blythe, de quem acabou, de fato, por enamorar-se e com quem o leitor espera, ansiosamente, que a protagonista se case, finalmente formando uma família e cuidando dos seus da mesma forma como sempre cuidou de todos ao seu redor.

Assim, o que esperar de *Anne e A Casa dos Sonhos*? Mais uma vez, um romance que, estruturalmente, tem a perspectiva do *Bildungsroman*, termo alemão para 'romance de formação', que se refere às narrativas que retratam, de forma detalhada, a jornada do desenvolvimento físico, moral, psicológico, estético, social ou político de uma personagem, considerando o período que compreende sua infância ou os anos de sua adolescência até o momento em que atinge certa maturidade. Em língua inglesa, o termo *coming of age novel*, equivalente ao termo acima mencionado, conforme menciona Luíza Flora (2009), indica que

> Ao centrar o processo de desenvolvimento interior do protagonista no confronto com acontecimentos que lhe são exteriores, ao tematizar o conflito entre o eu e o mundo, [este tipo de narrativa] dá voz ao individualismo, ao primado da subjetividade e da vida privada perante a consolidação da sociedade burguesa, cuja estrutura económico-social parece implicar uma redução drástica da esfera de ação do indivíduo.

Temos, assim, continuidade da jornada de Anne rumo a uma nova etapa de sua vida, desta vez junto a Gilbert, com quem se casa e se muda para a casa dos sonhos que intitula o presente volume. Sonhos de um futuro conjunto e iluminado, repleto de alegrias e bons presságios, de sucessos e vitórias, como todos sempre esperamos — não cabe a este texto descortinar o desencadear dos fatos, afinal, temos aqui apenas um texto de apresentação ao romance! Vale ressaltar, entretanto, que uma vez mais, teremos a protagonista em processo de amadurecimento: inicialmente, acostumando-se a esta nova fase de sua vida e, em um segundo momento, tomando-se como participante ativa da nova comunidade em que passa a viver e, consequentemente, dos contatos que estabelece com aqueles que estão no seu entorno.

Dickieson (2021), em seu artigo sobre *Anne e a Casa dos Sonhos*, aponta a análise de uma pesquisadora, Elizabeth Epperly, quando esta enfatiza as formas críticas através das quais Montgomery apresenta, conjuntamente, noções de tragédia e comédia, vida e morte, amizade e esforços, amor e perda, de forma tão singular, concluindo que "Tudo neste romance é feito de forma a se harmonizar", como se o objetivo central da autora sempre estivesse concentrado em demonstrar o bem. De alguma forma, esta é uma das certezas que enquanto leitores encontramos em quase todos os romances a respeito de Anne de Green Gables e, ouso arriscar, é o que buscamos... A Casa dos Sonhos, amada por Anne, torna-se, então, um ponto de encontro para todas as personagens do romance, mas em especial para os leitores que, junto a Anne (e Gilbert) acompanham seu amadurecimento e torcem pela continuidade de sua caminhada.

REFERÊNCIAS

DICKIESON, Brenton. Theodicy in Anne's House of Dreams. (2021) in: https://journaloflmmontgomerystudies.ca/vision/Dickieson/Befriending-the-Darkness

FLORA, Luíza. Bindungsroman. (2018) in: © E-Dicionário de Termos literários de Carlos Ceia | Powered by componto.com

ANNE
CA
S

A
 A DOS
ONHOS
L.M. MONTGOMERY

Para Laura,
em memória aos velhos tempos

I
No sótão de Green Gables

— Graças a Deus! Para mim chega de geometria, aprender ou ensinar — disse Anne Shirley, um tanto hostil, ao guardar um volume já bem gasto de Euclides em um grande baú de livros, fechar o tampo em triunfo e sentar-se sobre ele, olhando para Diana Wright do outro lado do sótão de Green Gables, com aqueles olhos cinzentos que pareciam o céu da manhã.

O sótão era um lugar sombrio, sugestivo e encantador, como todos os sótãos deveriam ser. Pela janela aberta, perto da qual Anne estava sentada, soprava uma brisa doce, perfumada e quente do sol da tarde de agosto; lá fora, galhos de salgueiros farfalhavam e se agitavam ao vento; mais além estava o bosque, onde a Alameda dos Namorados serpenteava seu caminho encantado e o velho pomar de maçãs que ainda rendia safras generosas e rosadas. E, mais importante, havia uma grande cadeia de montanhas nevadas no céu azulado do sul. Através da outra janela vislumbra-se um mar azul distante, de espuma branca — o maravilhoso golfo de St. Lawrence, no qual flutua, como uma joia, Abegweit, o nome indígena mais suave e doce há muito preterido por Ilha do Príncipe Edward, muito mais prosaico.

Diana Wright, três anos mais velha desde a última vez em que a vimos, tinha se tornado um tanto matrona nesse ínterim. Mas seus olhos continuavam tão negros e brilhantes, suas bochechas tão rosadas e suas covinhas tão encantadoras quanto nos velhos tempos, quando ela e Anne Shirley prometeram amizade eterna no jardim da Ladeira do Pomar. Em seus braços, uma pequena criatura adormecida, de cachos negros, que havia dois felizes anos era conhecida no mundo de Avonlea como a "Pequena Anne Cordelia". O pessoal de Avonlea sabia por que Diana a nomeara Anne, é claro, mas o pessoal de Avonlea ficava intrigado com o segundo nome, Cordelia. Nunca houve uma Cordelia nas famílias dos Wright ou dos Barry. A sra. Harmon Andrews dizia supor que Diana tivesse encontrado o nome em algum romance qualquer, e se perguntava se Fred não teve o bom senso de o proibir. Mas Diana e Anne sorriam uma para a outra. Eles sabiam como a pequena Anne Cordelia ganhara aquele nome.

— Você sempre odiou geometria — disse Diana com um sorriso retrospectivo. — Eu realmente achava que você ficaria muito feliz em deixar de ensinar essa matéria.

— Ah, eu sempre gostei de ensinar, exceto geometria. Esses últimos três anos em Summerside foram muito agradáveis. A sra. Harmon Andrews me disse, quando voltei para casa, que eu provavelmente não acharia a vida de casada muito melhor do que a de professora como eu esperava. É claro, a sra. Harmon é da mesma opinião de Hamlet, de que pode ser melhor suportar os males que temos do que nos aventurarmos em outros que não conhecemos.

A risada de Anne, tão alegre e irresistível quanto antes, com um toque de doçura e maturidade, ecoou pelo sótão. Marilla, fazendo compota de ameixa roxa na cozinha lá embaixo, a ouviu e sorriu; depois suspirou ao pensar em quão pouco aquela risada querida ecoaria por Green Gables nos anos seguintes. Nada na vida de Marilla dera tanta felicidade a ela quanto saber que Anne se casaria com Gilbert Blythe; mas toda alegria traz consigo uma pequena nota de tristeza. Durante os três anos de Summerside, Anne esteve em casa com frequência durante as férias e os fins de semana; mas, depois disso, uma visita a cada seis meses seria o máximo que ela poderia esperar.

— Você não precisa se preocupar com o que a sra. Harmon fala — disse Diana, com a segurança de uma senhora casada havia quatro anos. — A vida de casada tem seus altos e baixos, é claro. Você não deve esperar que tudo sempre corra bem. Mas posso garantir, Anne, que é uma vida feliz quando você está casada com o homem certo.

Anne reprimiu um sorriso. Os ares de vasta experiência de Diana sempre a divertiram um pouco.

"Acho que vou dizer a mesma coisa depois de quatro anos de casada", pensou ela. "Mas meu senso de humor com certeza me protegerá disso."

— Já está decidido onde vocês irão morar? — perguntou Diana, acariciando a pequena Anne Cordelia com o gesto inimitável de maternidade que sempre alegrava o coração de Anne, cheio de doces sonhos e esperanças secretas, uma emoção que era metade puro prazer e metade uma estranha e vaga dor.

— Sim. Era isso que eu queria contar quando liguei para você vir hoje. Aliás, não consigo acreditar que realmente temos telefones em Avonlea agora. Parece tão absurdamente atual e moderno para esse antigo e adorável lugar.

— Devemos agradecer à Sociedade de Melhorias de Avonlea por isso — disse Diana. — Nunca teríamos uma linha telefônica se eles não tivessem levado o assunto adiante. Muita água fria foi jogada para desencorajar qualquer sociedade. Contudo eles se mantiveram firmes e fortes. Você fez uma coisa esplêndida para Avonlea quando fundou aquela sociedade, Anne. Como nos divertíamos em nossas reuniões!

Você se lembra do celeiro azul e do esquema de Judson Parker para pintar anúncios de medicamentos em sua cerca?

— Não sei se fico totalmente grata à SMA pelos telefones — disse Anne. — Ah, sei que é o mais conveniente, ainda mais do que nosso antigo método de sinalizar uma para outra com velas acesas na janela! E, como a sra. Rachel diz, "Avonlea precisa acompanhar a modernidade, isso sim". De alguma forma, porém, sinto como se não quisesse que Avonlea fosse estragada pelo que o sr. Harrison, quando quer ser espirituoso, chama de "inconveniências modernas". Eu gostaria que fosse mantida sempre como era em seus anos dourados. Isso é tolo, e sentimental e impossível. Portanto, me tornarei imediatamente sábia, prática e viável. O telefone, como o sr. Harrison admite, é "uma baita coisa boa", mesmo sabendo que há provavelmente meia dúzia de pessoas interessadas na mesma linha ouvindo tudo.

— Esse é o pior de tudo — suspirou Diana. — É tão irritante ouvir os ganchos sendo pegos quando você liga para alguém. Dizem que a sra. Harmon Andrews insistiu para que o telefone fosse colocado na cozinha, assim ela ouviria sempre que tocasse e ficaria de olho no jantar ao mesmo tempo. Hoje, quando você me ligou, ouvi distintamente aquele estranho relógio dos Pye soando. Então, sem dúvida, Josie ou Gertie estava ouvindo.

— Ah, então é por isso que você disse: "Há um relógio novo em Green Gables, não há?" Não consegui entender o que você quis dizer. Ouvi um clique abrupto assim que você falou. Suponho que era o telefone dos Pye sendo desligado com energia profana. Bem, eles não importam. Como a sra. Rachel diz: "Pye sempre foram e Pye sempre serão, até o fim do mundo, amém". Quero falar de coisas mais agradáveis. Já está tudo acertado sobre onde será minha nova casa.

— Ah, Anne, onde? Espero que seja perto daqui.

— Não, essa é a desvantagem. Gilbert vai se estabelecer na enseada de Four Winds; a quase cem quilômetros daqui.

— Cem quilômetros! Poderia muito bem ser seiscentos — suspirou Diana. — Eu nunca consigo ir mais longe do que Charlottetown agora.

— Você vai ter que vir para Four Winds. É a enseada mais bonita da Ilha. Há uma pequena vila chamada Glen St. Mary na ponta, e o dr. David Blythe é médico lá há cinquenta anos. Ele é o tio-avô de Gilbert, você sabe. Ele vai se aposentar, e Gilbert vai assumir o consultório dele. O dr. Blythe vai continuar com a casa, entretanto, e teremos que encontrar uma para nós. Eu não sei ainda como é ou onde vai ser na realidade, mas tenho uma casinha dos sonhos toda mobiliada na minha imaginação — um pequeno e encantador castelo na Espanha.

— Para onde vocês estão vão na lua de mel? — perguntou Diana.

— Para nenhum lugar. Não fique tão horrorizada, Diana querida. Você me lembra a sra. Harmon Andrews. Ela, sem dúvida, observará com condescendência que quem não pode pagar pela viagem de lua-de-mel é realmente sensato em não fazê-la e depois vai me lembrar que Jane foi para a Europa na viagem dela. Eu quero passar *minha* lua de mel em Four Winds, na minha querida casa dos sonhos.

— E você decidiu não ter nenhuma madrinha de casamento?[1]

— Não há ninguém. Você, Phil, Priscilla e Jane todas se casaram antes de mim e Stella está lecionando em Vancouver. Não tenho outra "alma gêmea" e não terei uma madrinha que não o for.

— Mas você vai usar um véu, não é? — perguntou Diana, ansiosa.

— Sim, com certeza. Eu não me sentiria uma noiva sem véu. Lembro-me de dizer a Matthew, naquela tarde em que

---

[1] Antigamente, mulheres casadas não podiam ser madrinhas de casamento.

ele me trouxe para Green Gables, que eu nunca esperaria ser uma noiva porque era tão sem graça que ninguém iria querer se casar comigo — a menos que algum missionário estrangeiro o fizesse. Na época, eu tinha a impressão de que os missionários estrangeiros não podiam se dar ao luxo de ser exigentes em matéria de aparência se quisessem que uma garota arriscasse a vida entre canibais. Você deveria ter visto o missionário estrangeiro com quem Priscilla se casou. Ele era tão bonito e inescrutável quanto aqueles devaneios com os quais um dia planejamos nos casar, Diana; era o homem mais bem-vestido que já conheci e delirou com a beleza etérea e dourada de Priscilla. Mas, é claro, não há canibais no Japão.

— Seu vestido de noiva é um sonho, de qualquer maneira — suspirou Diana extasiada. — Você vai parecer uma perfeita rainha com ele, você é tão alta e esguia. Como você *consegue* ser tão magra, Anne? Estou mais gorda do que nunca, daqui a pouco não terei cintura nenhuma.

— Robustez e magreza parecem ser questões de predestinação — disse Anne. — Em todo o caso, a sra. Harmon Andrews não pode dizer a você o que ela disse para mim quando voltei para casa de Summerside: "Bem, Anne, você continua tão magrela como nunca". Parece muito romântico ser "magro", mas "magrela" tem um tom muito diferente.

— A sra. Harmon tem falado sobre o seu enxoval. Ela admite que é tão bom quanto o de Jane, embora diga que Jane tenha se casado com um milionário e você está se casando com apenas um "pobre jovem médico sem um tostão no bolso".

Anne riu.

— Meus vestidos *são* lindos. Eu adoro coisas bonitas. Lembro-me do primeiro vestido bonito que já tive, aquele glorioso marrom que Matthew me deu para o nosso recital na escola. Antes tudo que eu tinha era tão feio. Para mim, parecia que tinha entrado em um novo mundo naquela noite.

— Aquela foi a noite em que Gilbert recitou "Bingen sobre o Reno"[2] e olhou para você quando disse: "Há outra, *não* uma irmã". E você estava tão furiosa porque ele tinha colocado sua rosa de tecido na lapela do paletó! Você nem imaginava que um dia iria se casar com ele.

— Ah, bem, esse é outro exemplo de predestinação — riu Anne, enquanto desciam as escadas do sótão.

---

[2] Poema de Caroline E. Norton (1808-77).

II
A casa dos sonhos

Havia mais animação em Green Gables do que jamais houve em toda sua história. Até mesmo Marilla estava tão emocionada que nem conseguia disfarçar — o que era algo fenomenal.

— Nunca tivemos um casamento nesta casa! — disse ela, em parte se desculpando, para a sra. Rachel Lynde. — Quando eu era criança, ouvi um velho ministro dizer que uma casa não poderia ser considerada um verdadeiro lar até que fosse consagrada por um nascimento, um casamento e uma morte. Mortes, aqui, nós tivemos; meu pai e minha mãe morreram nesta casa, assim como Matthew. Até um nascimento já tivemos. Há muito tempo, logo que nos mudamos para cá, havia um trabalhador contratado por um período e a esposa dele teve o bebê nesta casa. Mas nunca um casamento. Parece tão estranho pensar em Anne se casando aqui. De certa forma, para mim, ela ainda é apenas a garotinha que Matthew trouxe para cá catorze anos atrás. Não consigo acreditar que ela cresceu. Nunca esquecerei o que senti quando vi Matthew trazendo uma *menina*. Fico me perguntando o que aconteceu com o garoto que teríamos se não tivesse havido um engano. Qual teria sido o destino *dele*.

— Bem, esse foi um erro feliz! — disse a sra. Rachel Lynde — Embora, lembre-se, houve um tempo que eu achava que não. Naquela noite em que vim conhecer a Anne e ela fez uma cena e tanto! Muitas coisas mudaram desde então, isso sim.

A sra. Rachel suspirou e voltou a se animar. Quando os casamentos estavam em ordem, a sra. Rachel colocava uma pedra no passado.

— Vou dar a Anne duas colchas de retalhos — ela retomou. — Uma listrada marrom e a outra com desenho de folhas de maçã. Ela me disse que está voltando a ficar na moda. Bem, com ou sem moda, não acho que exista nada mais bonito para um quarto de hóspedes do que uma bela colcha de retalhos com padrões de folhas de maçã estendida sobre a cama. Isso sim. Preciso agora alvejá-las. Eu as costurei em sacos de algodão quando Thomas morreu e, agora, certamente, estão muito amareladas. Mas ainda temos um mês pela frente e uma boa alvejada ao sol fará... maravilhas.

Apenas um mês! Marilla suspirou e disse com orgulho:

— Vou dar a Anne aqueles seis tapetes de crochê que estão no sótão. Nunca imaginei que ela os quisesse, são tão antiquados; e hoje em dia parece que todo mundo só quer tapetes feitos com agulha Esmirna. Mas ela me pediu, disse que os preferia mais que qualquer outra coisa para os pisos de sua casa. Eles *são* bonitos. Eu os fiz com os melhores retalhos e os trancei em listras. Foram ótima companhia nos últimos invernos. E vou fazer geleia de ameixa preta em conserva em quantidade suficiente para estocar em sua despensa por um ano. É muito curioso. Aquelas ameixeiras azuis não floresciam há três anos, e pensei que seria melhor serem cortadas. Então, nessa última primavera, ficaram brancas e tiveram uma safra de ameixas que nunca vi em Green Gables.

— Bem, graças a Deus que Anne e Gilbert de fato vão se casar, afinal. Foi para isso que sempre rezei — disse a sra. Rachel, no tom de quem tem certeza de que suas preces foram atendidas. — Foi um grande alívio saber que ela realmente não pretendia se casar com aquele rapaz de Kingsport. Aquele era com certeza rico, e Gilbert é pobre, pelo menos por ora, mas é um garoto da Ilha.

— Ele é Gilbert Blythe — disse Marilla contente. Marilla teria morrido antes de colocar em palavras o pensamento que sempre esteve em sua mente quando olhava para Gilbert desde que ele era pequenino. O pensamento de que, não fosse por seu longo orgulho obstinado, o menino poderia ter sido filho *dela*. Marilla sentiu que, de uma maneira estranha, o casamento dele com Anne consertaria aquele antigo erro. O bem havia superado o mal de uma antiga amargura.

Quanto à própria Anne, estava tão feliz que quase sentia medo. Os deuses, dizia a antiga superstição, não gostam de ver mortais muito felizes. É certo, pelo menos, que alguns seres humanos não gostam. Duas dessas criaturas foram até Anne numa tarde de crepúsculo violeta e começaram a fazer o que sentiam ser uma obrigação para furar sua bolha colorida de satisfação. Se ela pensava que estava recebendo algum prêmio especial pelo jovem dr. Blythe, ou se imaginava que ele ainda estava tão apaixonado por ela como estaria em seus dias mais felizes, certamente era dever delas de esclarecer o assunto para Anne. No entanto, essas duas senhoras dignas não eram inimigas dela; pelo contrário, realmente gostavam muito dela e a teriam defendido como seus próprios filhos se qualquer outra pessoa a tivesse atacado. A natureza humana não é obrigada a ser consistente.

A sra. Inglis — nascida Jane Andrews, para citar o *Daily Enterprise* — chegara com a mãe e a sra. Jasper Bell. Mas em Jane o leite da bondade humana não se coalhara por anos de brigas matrimoniais. Suas atitudes sempre foram agradáveis. Embora — como diria a sra. Rachel Lynde — tenha se casado com um milionário, seu casamento era feliz. A riqueza não a contaminara. Ela ainda era a Jane plácida, amável e de bochechas rosadas do velho quarteto, se sentindo feliz com a felicidade de sua velha amiga e tão profundamente interessada em todos os detalhes delicados do enxoval de Anne como se ele pudesse competir com seus próprios esplendores de seda e joias. Jane não era brilhante e provavelmente nunca fizera nada que valesse a pena ser contado em sua vida; mas também nunca disse nada que pudesse ferir os sentimentos de alguém — o que pode ser um talento negativo, mas também raro e invejável.

— Então o Gilbert não desistiu de você afinal de contas — disse a sra. Harmon Andrews, tentando passar uma expressão de surpresa em seu tom. — Bem, os Blythe geralmente mantêm sua palavra quando a dão uma vez, não importa o que aconteça. Deixe-me ver, você tem vinte e cinco anos, não é, Anne? Quando eu era uma menina, vinte e cinco era a primeira curva. Mas você parece muito jovem. Pessoas ruivas sempre parecem mais jovens.

— Cabelo ruivo está na moda agora — disse Anne, tentando sorrir, mas falando com frieza. A vida havia desenvolvido nela um senso de humor que a ajudara em muitas dificuldades; mas, por enquanto, nada adiantou para fortalecê-la contra um comentário ao seu cabelo.

— Pois é — concordou a sra. Harmon. — Não há como dizer qual esquisitice estará na moda. Bem, Anne, suas coisas são muito bonitas e muito adequadas à sua posição na vida, não são, Jane? Espero que você seja muito feliz. Você tem os meus melhores votos, tenha certeza. Um longo noivado nem sempre dá certo. Mas, é claro, no seu caso não havia como evitar.

— Gilbert parece jovem demais para ser médico. Receio que as pessoas não tenham muita confiança nele — disse a sra. Jasper Bell tristemente. Então, fechou a boca com força, como se tivesse dito o que considerava seu dever para manter a consciência limpa. Ela pertencia àquele tipo de mulheres que sempre têm uma pena preta fibrosa no chapéu e mechas desgrenhadas de cabelo descendo pelo pescoço.

O prazer leviano de Anne pelo seu lindo enxoval de noiva foi temporariamente obscurecido; mas as profundezas da felicidade abaixo não poderiam ser perturbadas; e as pequenas ferroadas das sras. Bell e Andrews foram esquecidas quando Gilbert veio mais tarde. Eles caminharam até as bétulas do riacho, que eram miúdas quando Anne viera para Green Gables, mas agora eram colunas altas de marfim em um palácio de fadas do crepúsculo e das estrelas. Nas sombras delas, Anne e Gilbert falavam como dois enamorados a respeito da nova casa e da nova vida juntos.

— Encontrei um ninho para nós, Anne.

— Ah, onde? Não no centro da vila, espero. Eu não gostaria disso.

— Não. Não havia nenhuma casa disponível na vila. Essa é uma casinha branca na praia do porto, a meio caminho entre o Glen St. Mary e o farol de Four Winds. Fica um pouco fora do caminho, mas quando tivermos um telefone lá não importará tanto. A paisagem é linda. A casa dá de frente para o pôr do sol e uma grande enseada azul atrás dela. As dunas de areia não estão muito longe — os ventos do mar sopram sobre elas e o mar as molham com seus respingos.

— Mas e a casa propriamente dita, Gilbert, *nossa* primeira casa? Como é?

— Não muito grande, mas o suficiente para nós dois. Há uma esplêndida sala de estar com lareira no andar de baixo, e uma sala de jantar que dá para o porto, e um pequeno cômodo que servirá como meu escritório. Tem cerca de sessenta anos; é a casa mais antiga de Four Winds. Porém, está muito bem conservada e foi totalmente reformada há cerca de quinze anos, as telhas, o gesso e o chão. Foi bem construída, para começar. Eu entendo que havia alguma história romântica ligada à sua construção, mas o homem de quem aluguei não sabia de nada.

Ele disse que o capitão Jim era o único que poderia destrinchar essa velha história agora.

— E quem é o capitão Jim?

— O guardião do farol em Four Winds. Você vai adorar a luz desse farol, Anne. É uma luz giratória e ela brilha como uma magnífica estrela atravessando os crepúsculos. Podemos vê-la das janelas da nossa sala de estar e da nossa porta da frente.

— Quem é o dono da casa?

— Bem, agora é propriedade da igreja presbiteriana do Glen St. Mary, e eu aluguei dos curadores. Mas até recentemente pertencia a uma senhora muito idosa, a srta. Elizabeth Russell. Ela morreu na primavera passada, e como não tinha parentes, deixou a propriedade para a igreja. Seus móveis ainda estão na casa, e comprei a maior parte deles — por uma pechincha, pode-se dizer, porque era tudo tão antiquado que os curadores haviam perdido a esperança de vendê-los. As pessoas do Glen St. Mary preferem brocados de pelúcia e aparadores com espelhos e enfeites, imagino. Mas os móveis da srta. Russell são muito bons e tenho certeza de que você vai gostar, Anne.

— Até agora, tudo bem — disse Anne, acenando com a cabeça em cautelosa aprovação. — Mas, Gilbert, as pessoas não podem viver só de móveis. Você ainda não mencionou uma coisa muito importante. Há *árvores* nessa casa?

— Montes delas, ó, dríade! Há um grande bosque de abetos logo atrás, duas fileiras de álamos descendo pela rua e um círculo de bétulas brancas ao redor de um jardim muito encantador. Nossa porta da frente abre direto para o jardim, mas há outra entrada, um pequeno portão fixado entre dois abetos. As dobradiças estão em um tronco e a trava no outro. Seus galhos formam um arco logo acima.

— Ah, estou tão feliz! Eu não poderia viver onde não houvesse árvores, alguma coisa vital dentro de mim morreria de fome. Bem, depois disso, não adianta perguntar se há um riacho por perto. *Isso* seria esperar muito.

— Mas *há* um riacho, e ele realmente passa por um lado do jardim.

— Então — disse Anne, com um longo suspiro de suprema satisfação — essa casa que você encontrou *é* a minha casa dos sonhos e nenhuma outra.

III
A terra dos sonhos

— Já decidiu quem vai convidar para o casamento, Anne? — perguntou a sra. Rachel Lynde enquanto cuidadosamente costurava guardanapos de mesa. — É hora de enviar seus convites, mesmo que sejam apenas informais.

— Não tenho a intenção de enviar muitos — disse Anne. — Nós só queremos que as pessoas que mais amamos nos vejam casados. O pessoal de Gilbert, o sr. e a sra. Allan e o sr. e sra. Harrison.

— Houve um tempo em que você dificilmente incluiria o sr. Harrison entre seus amigos mais queridos — disse Marilla, secamente.

— Bem, eu não fiquei muito deslumbrada por ele quando nos conhecemos — reconheceu Anne, rindo com a lembrança. — Mas o sr. Harrison melhorou muito depois que o conheci e a sra. Harrison é realmente muito querida. Ah, sim, é claro, vou convidar a srta. Lavendar e Paul.

— Eles decidiram vir para a Ilha neste verão? Pensei que fossem para a Europa.

— Eles mudaram de ideia quando eu lhes escrevi que ia me casar. Recebi uma carta de Paul hoje. Ele diz que *precisa* vir ao meu casamento, não importa o que esteja acontecendo na Europa.

— Aquela criança sempre idolatrou você — comentou a sra. Rachel.

— Essa "criança" é um jovem de dezenove anos agora, sra. Lynde.

— Como o tempo voa! — foi a resposta brilhante e original da sra. Lynde.

— Charlotta IV talvez venha com eles. Ela mandou Paul avisar que viria se o marido permitisse. Eu me pergunto se ela ainda usa aqueles enormes laços azuis e se o marido a chama de Charlotta ou Leonora. Eu adoraria vê-la no meu casamento. Charlotta e eu estivemos juntas em um casamento há muito tempo. Eles esperam estar na Mansarda do Eco na próxima semana. Depois, tem Phil e o reverendo Jo…

— É horrível ouvir você falando de um ministro desse jeito, Anne — disse a sra. Rachel severamente.

— A própria esposa o chama assim.

— Pois ela deveria ter mais respeito pelo santo ofício do marido — retrucou a sra. Rachel.

— Já ouvi você mesma criticar ministros com bastante severidade — provocou Anne.

— Sim, mas eu faço isso com reverência — protestou a sra. Lynde. — Você nunca me ouviu *apelidar* nenhum ministro.

Anne reprimiu um sorriso.

— Bem, temos Diana e Fred e o pequeno Fred e a pequena Anne Cordelia, e Jane Andrews. Eu gostaria que viessem a srta. Stacey e a tia Jamesina e a Priscilla e a Stella. Mas Stella está em Vancouver, e Pris no Japão, e a srta. Stacey casada na Califórnia e tia Jamesina foi para a Índia explorar o campo missionário de sua filha, apesar de seu horror a cobras. É realmente terrível a maneira como as pessoas se espalham pelo mundo.

— Isso nunca esteve nos planos do Senhor, isso sim — disse a sra. Rachel com autoridade. — Na minha juventude, as pessoas cresciam, se casavam e se estabeleciam onde nasciam, ou bem perto. Graças a Deus você ficou na Ilha, Anne. Eu temia que Gilbert insistisse em correr para os confins do mundo quando terminasse a faculdade, arrastando você com ele.

— Se todo mundo ficasse onde nascesse, os lugares estariam superlotados, sra. Lynde.

— Ah, eu não vou discutir com você, Anne. Eu não sou nenhuma bacharel. A que horas do dia será a cerimônia?

— Decidimos que será ao meio-dia, ou meio-dia em ponto, como dizem os repórteres da sociedade. Isso nos dará tempo para pegar o trem noturno para Glen St. Mary.

— E você vai se casar na sala de visitas?

— Não, a menos que chova. Queremos nos casar no pomar, com o céu azul sobre nós e o sol ao nosso redor. Você sabe quando e onde eu gostaria de me casar, se pudesse? Ao amanhecer, em alguma madrugada de junho, com um glorioso nascer do sol e rosas florescendo nos jardins; e eu deslizaria para encontrar Gilbert e iríamos juntos para o coração do bosque de faias, e lá, sob os arcos verdes que serviriam como uma esplêndida catedral, nós nos casaríamos.

Marilla fungou com desdém e a sra. Lynde pareceu chocada.

— Mas isso seria muito estranho, Anne. Ora, não pareceria realmente legal. E o que a sra. Harmon Andrews diria?

— Ah, aí está o problema — suspirou Anne. — Há tantas coisas na vida que não podemos fazer por medo do que a sra. Harmon Andrews diria. É verdade, é pena, e pena, é verdade. Que coisas maravilhosas poderíamos fazer se não fosse pela sra. Harmon Andrews!

— Às vezes, Anne, não tenho certeza se a entendo totalmente — reclamou a sra. Lynde.

— Anne sempre foi romântica, você sabe — disse Marilla se justificando.

— Bem, a vida de casada provavelmente vai curá-la disso — a sra. Rachel se consolou.

Anne riu e se esgueirou para Alameda dos Namorados, onde Gilbert a encontrou; e nenhum dos dois parecia ter receio ou esperança de que a vida de casados curasse seu romantismo.

O pessoal da Mansarda do Eco chegou na semana seguinte, e Green Gables vibrou com a alegria deles. A srta. Lavendar mudara tão pouco nos três anos desde sua última visita à ilha que parecia ter passado apenas uma noite; mas Anne ficou boquiaberta de espanto com Paul. Seria esse másculo e esplêndido rapaz de mais de um metro e oitenta o mesmo pequeno Paul de Avonlea na escola?

— Você realmente me faz sentir velha, Paul — disse Anne. — Ora, ora, agora preciso olhar para cima para ver você!

— Você nunca vai envelhecer, professora — disse Paul. — Você é uma das afortunadas mortais que encontraram e beberam da Fonte da Juventude; você e mamãe Lavendar. Veja bem! Quando você for casada, *não* a chamarei de sra. Blythe. Para mim, você sempre será a professora, a professora das melhores lições que já aprendi. Quero te mostrar algo.

O "algo" era um caderno cheio de poemas. Paul colocou algumas de suas belas fantasias em versos, e os editores de revistas não foram tão indignos quanto às vezes deveriam ser. Anne leu os poemas de Paul com verdadeiro deleite. Eram repletos de charme e promessa.

— Você ainda vai ficar famoso, Paul. Sempre sonhei em ter um aluno famoso. Ele deveria ser reitor, mas um grande poeta seria ainda melhor. Algum dia poderei me gabar de ter chicoteado o ilustre Paul Irving. Mas eu nunca chicotei você, não é, Paul? Que oportunidade perdida! Mas acho que segurei você no recreio.

— Você também pode ser famosa, professora. Tenho visto muito do seu trabalho nos últimos três anos.

— Não, nada disso. Eu conheço as minhas limitações. Posso escrever pequenos esboços bonitos e fantasiosos que as crianças adoram e os editores generosamente enviam cheques.

Mas não posso fazer nada além disso. Minha única chance de imortalidade terrena é um espaço em suas memórias.

Charlotta iv havia descartado os laços azuis, mas suas sardas não eram menos perceptíveis.

— Eu nunca pensei que iria me casar com um ianque, srta. Shirley, madame — disse ela. — Mas você nunca sabe o que o futuro reserva para você, e não é culpa dele. Ele nasceu assim.

— Você também é uma ianque, Charlotta, já que se casou com um.

— Srta. Shirley, madame, *não* sou! E não seria se me casasse com uma dúzia de ianques! Tom é muito bom. E, além disso, achei melhor não ser muito difícil de agradar, pois posso não ter outra chance. Tom não bebe e não reclama porque tem que trabalhar entre as refeições e, quando tudo está terminado, estou satisfeita, srta. Shirley, madame.

— Ele te chama de Leonora? — perguntou Anne.

— Meu Deus, não, srta. Shirley, madame. Eu não saberia a quem ele estaria chamando se o fizesse. Claro, quando nos casamos, ele teve que dizer: "Aceito você, Leonora", e eu digo a você, srta. Shirley, madame, desde então tenho a sensação mais terrível de que não era comigo que ele estava falando e de que não fui casada do jeito certo. Então você também vai se casar, srta. Shirley, madame? Sempre pensei que gostaria de me casar com um médico. Seria muito útil quando as crianças tivessem sarampo e crupe. Tom é apenas um pedreiro, mas ele tem realmente um bom temperamento. Quando eu disse a ele, disse eu, "Tom, posso ir ao casamento da srta. Shirley? Vou de qualquer maneira, mas gostaria de ter o seu consentimento", ele apenas respondeu: "Faça como quiser, Charlotta, o que é bom para você, é bom para mim". É o tipo de marido realmente agradável de se ter, srta. Shirley, madame.

Philippa e seu reverendo Jo chegaram a Green Gables um dia antes do casamento. Anne e Phil tiveram um reencontro arrebatador que logo se transformou em uma conversa aconchegante e confidencial sobre tudo o que havia acontecido e estava para acontecer.

— Rainha Anne, você está tão majestosa como sempre. Estou terrivelmente magra desde que os bebês nasceram. Não estou mais tão bonita; mas acho que Jo gosta. Não há tanto contraste entre nós, sabe. E ah, é perfeitamente magnífico que você vai se casar com Gilbert. Roy Gardner não teria como, de jeito nenhum. Eu consigo enxergar isso agora, embora tenha ficado terrivelmente desapontada na época. Você sabe, Anne, você tratou Roy muito mal.

— Ele se recuperou, espero — sorriu Anne.

— Ah, sim. Ele está casado e a esposa é uma coisinha doce e eles são perfeitamente felizes. Tudo funciona bem para o bem. Jo e a Bíblia dizem isso, e eles são ótimas autoridades.

— Alec e Alonzo já se casaram?

— Alec já, mas Alonzo não. Como aqueles queridos velhos tempos na Casa da Patty voltam à memória quando estou falando com você, Anne! Como nos divertimos!

— Você esteve na Casa da Patty ultimamente?

— Ah, sim, vou para lá com frequência. A srta. Patty e a srta. Maria ainda estão sentadas perto da lareira tricotando. E isso me lembra... trouxemos para você um presente delas de casamento, Anne. Adivinha o que é.

— Eu nunca conseguiria. Como elas sabiam que eu ia me casar?

— Ah, eu contei a elas. Estive lá na semana passada. E elas ficaram tão interessadas. Dois dias atrás, a srta. Patty me escreveu um bilhete pedindo que eu ligasse e me perguntou se poderia trazer o presente dela para você. O que você gostaria mais da Casa da Patty, Anne?

— Você não quer dizer que a srta. Patty me enviou os cachorros de porcelana?

— Sim, vá em frente. Eles estão no meu porta-malas neste exato momento. E eu tenho uma carta para você. Espere um momento que vou pegá-la.

"Querida srta. Shirley", escreveu a srta. Patty, "Maria e eu ficamos muito interessadas em saber de suas núpcias se aproximando. Enviamos-lhe nossos melhores votos. Maria e eu nunca nos casamos, mas não temos nenhuma objeção a quem se case. Estamos mandando para você os cachorros de porcelana. Pretendia deixa-los em meu testamento, porque você parecia ter um carinho sincero por eles. Mas Maria e eu esperamos viver um bom tempo ainda, então decidi dar-lhe os cães enquanto você é jovem. Você não terá esquecido que o Gog olha para a direita e o Magog para a esquerda, não?"

— Imagine só! Aqueles adoráveis cachorros sentados perto da lareira na minha casa dos sonhos — disse Anne arrebatada. — Nunca esperei ganhar algo tão precioso.

Naquela noite, Green Gables vibrou com os preparativos para o dia seguinte; mas no crepúsculo Anne escapuliu. Ela tinha uma pequena peregrinação a fazer nesse último dia de sua adolescência e precisava fazer isso sozinha. Foi ao túmulo de Matthew, no pequeno cemitério de Avonlea à sombra do álamo, e lá manteve um encontro silencioso com suas velhas memórias e amores imortais.

— Como Matthew ficaria feliz amanhã se ele estivesse aqui — sussurrou ela. —Mas acredito que ele sabe e está feliz com isso, em algum outro lugar. Eu li não lembro onde que "nossos mortos nunca estão mortos até que os tenhamos esquecido". Matthew nunca estará morto para mim, pois eu jamais conseguirei esquecê-lo.

Ela deixou em seu túmulo as flores que trouxera e desceu lentamente a longa colina. Estava uma noite agradável, cheia de luzes e sombras deliciosas. No oeste havia um céu de nuvens onduladas — carmesim e âmbar, com longas faixas de céu verde-maçã entre elas. Além das nuvens, via-se o brilho cintilante de um mar ao pôr do sol e a voz incessante de muitas águas de cor avermelhada. Ao seu redor, estendidos no belo e majestoso silêncio do campo, ficavam as colinas, os campos e os bosques que ela tanto conhecia e há tanto tempo amava.

— A história se repete — disse Gilbert, juntando-se a ela quando atravessou o portão dos Blythe. — Você se lembra de nossa primeira caminhada por esta colina, Anne, nossa primeira caminhada juntos em qualquer lugar, para falar a verdade?

— Eu estava voltando do túmulo de Matthew no crepúsculo e você saiu pelo portão. Engoli o orgulho de anos e falei com você.

— E todo o céu se abriu diante de mim — complementou Gilbert. — A partir daquele momento, eu estava ansioso pelo amanhã. Quando eu a deixei no seu portão naquela noite e fui para casa, eu era o garoto mais feliz do mundo. Anne havia me perdoado.

— Eu acho que você teve muito mais a perdoar. Eu era uma bobona briguenta, e depois que você salvou minha vida aquele dia no lago também. Como eu detestava aquele monte de obrigações no começo! Eu não mereço a felicidade que encontrei.

Gilbert riu e apertou com mais força a mão feminina que usava seu anel. O anel de noivado de Anne era um círculo de pérolas. Ela se recusou a usar um de diamantes.

— Eu nunca gostei de diamantes desde que descobri que eles não eram da mesma cor do adorável roxo que eu havia sonhado. Eles sempre me lembrarão minha antiga decepção.

— Mas as pérolas são para lágrimas, diz a antiga lenda — objetou Gilbert.

— Não tenho medo disso. E as lágrimas podem ser tanto de felicidade como de tristeza. Meus momentos mais felizes foram quando eu tinha lágrimas nos olhos: quando Marilla me disse que eu poderia ficar em Green Gables, quando Matthew me deu meu primeiro vestido. Quando soube que você ia se recuperar da febre. Então, pérolas para nosso anel de confiança, Gilbert, e eu aceitarei de bom grado a tristeza da vida com a alegria.

Mas essa noite nossos namorados pensaram apenas na alegria, nunca na tristeza. Pois o dia seguinte era o do seu casamento, e sua casa de sonhos os esperava na margem nublada e púrpura do porto de Four Winds.

IV
A primeira noiva de Green Gables

Anne acordou na manhã do dia do seu casamento e se deparou com o sol espiando pela janela da pequena varanda e uma brisa de setembro brincando com as cortinas.

"Estou tão feliz que o sol vai brilhar sobre mim", pensou alegremente.

Lembrou-se da primeira manhã em que acordou naquele quartinho da varanda, quando o sol se infiltrara sobre ela através do desabrochar das flores da velha Rainha da Neve. Não fora um despertar feliz, pois trouxe consigo a amarga decepção da noite anterior. Mas, desde então, o quartinho tinha sido cativado e consagrado por anos de felizes sonhos de infância e visões de donzelas. Ela havia voltado com alegria depois de cada ausência; à sua janela, se ajoelhara durante aquela noite de amarga agonia quando acreditou que Gilbert estava morrendo, e ali sentou-se em muda felicidade na noite de seu noivado. Muitas vigílias de alegria e algumas de tristeza aconteceram ali; e hoje ela deveria deixá-lo para sempre. Daqui por diante, o quartinho já não seria mais dela; Dora, agora com quinze anos, iria herdá-lo quando ela fosse embora. Nem Anne desejaria o contrário; o quartinho era sagrado para a juventude e a infância — para o passado que se encerraria hoje, antes que se abrisse o capítulo de sua vida de esposa.

Green Gables era uma casa movimentada e alegre naquela manhã. Diana chegou cedo, com os pequenos Fred e Anne Cordelia, para dar uma mão. Davy e Dora, os gêmeos de Green Gables, levaram as crianças para o jardim.

— Não deixe a pequena Anne Cordelia sujar as roupas — alertou Diana ansiosamente.

— Você não precisa ter medo de confiar Dora a ela — disse Marilla. — Essa menina é mais sensata e cuidadosa do que a maioria das mães que conheci. Ela é realmente maravilhosa em alguns aspectos. Não muito parecida com aquela maluquinha que eu criei.

Marilla sorriu por cima da salada de frango para Anne. Podia-se até suspeitar que ela tenha preferido muito mais a maluquinha afinal.

— Esses gêmeos são crianças realmente boas — disse a sra. Rachel, ao ter certeza de que eles estavam fora do alcance de sua voz. — Dora é tão delicada e prestativa, e Davy está se tornando um menino muito inteligente. Ele não é mais o terror das travessuras que costumava ser.

— Nunca estive tão distraída na minha vida quanto nos primeiros seis meses desde a chegada dele — reconheceu Marilla. — Depois disso, suponho que tenha me acostumado com ele. Ele tem aprendido bastante como tocar uma fazenda nos últimos tempos e quer que eu o deixe tentar administrá-la no ano que vem. Penso que deixarei, pois o sr. Barry acha que não vai continuar alugando as terras por muito mais tempo, algum novo acerto precisará ser feito.

— Bem, certamente este será um dia adorável para um casamento, Anne! — disse Diana, enquanto colocava um volumoso avental por sobre o vestido de seda. — Você não poderia ter conseguido um mais bonito nem se tivesse comprado na Eaton's.

— De fato, há muito dinheiro saindo dessa ilha para um só Eaton — disse a sra. Lynde indignada. Ela tinha opiniões fortes sobre o assunto de lojas de departamentos que se espalhavam como tentáculos de polvos, e nunca perdeu a oportunidade de expressá-las em voz alta. — E quanto àqueles catálogos deles, para as meninas de Avonlea agora são como a Bíblia, isso sim. Elas se debruçam sobre eles aos domingos em vez de estudar as Sagradas Escrituras.

— Bem, eles são ótimos para entreter as crianças — disse Diana. — Fred e a pequena Anne olham as fotos por horas.

— *Eu* costumava entreter dez crianças sem a ajuda de um catálogo da Eaton's — disse a sra. Rachel, com severidade.

— Venham, vocês duas, não discutam sobre o catálogo da Eaton's — disse Anne alegremente. — Este é o melhor dia da minha vida, vocês sabem. Estou tão feliz que quero que todos fiquem felizes também.

— De coração, quero que sua felicidade dure para sempre, minha criança — suspirou a sra. Rachel. Ela realmente esperava e acreditava nisso, mas temia que fosse considerado um desafio à Providência exibir sua felicidade abertamente. Anne, para seu próprio bem, deveria ser um pouco mais moderada.

Contudo foi uma noiva linda e feliz que desceu as simples escadas carpetadas naquele meio-dia de setembro — a primeira noiva de Green Gables, esguia e de olhos brilhantes, encoberta pelo seu véu de noiva com os braços cheios de rosas. Gilbert, esperando por ela no corredor de baixo, a observou com olhos de adoração. Finalmente ela seria sua, essa Anne evasiva e há muito desejada, conquistada depois de anos de paciente espera. Para ele, era como se ela estivesse vindo na direção da doce rendição da noiva. Seria ele digno dela? Conseguiria fazê-la tão feliz quanto esperava? Se falhasse com Anne — se não estivesse à altura de seu padrão de masculinidade... então, quando ela estendeu a mão, seus olhos se encontraram e todas as dúvidas foram varridas por uma alegre certeza. Eles pertenciam um ao outro; e, não importa o que a vida pudesse trazer para eles, isso jamais mudaria. A felicidade de um estava sob o guarda do outro e ambos não tinham medo.

Anne e Gilbert se casaram sob o sol, no velho pomar, rodeados pelas amorosas e bondosas expressões dos amigos de longa data. O sr. Allan os casou, e o reverendo Jo fez o que a sra. Rachel Lynde posteriormente declarou ser "a oração de casamento mais linda" que já ouvira. Pássaros não costumam cantar em setembro, mas havia um cantando alegremente em algum galho escondido, enquanto Gilbert e Anne repetiam seus votos. Anne ouviu e ficou emocionada; Gilbert ouviu e se perguntou apenas por que todos os pássaros do mundo não haviam explodido em um canto jubiloso. Paul ouviu e mais tarde escreveu um poema sobre o momento, que foi um dos mais admirados em seu primeiro livro de poesias; Charlotta IV ouviu e teve a feliz certeza de que isso significava boa sorte para sua adorada srta. Shirley. O passarinho cantou até que a cerimônia acabasse e então finalizou com um pequeno e alegre trinado. Nunca a velha casa verde-acinzentada com seus pomares assistiu a uma tarde mais feliz. Todas as antigas anedotas e gracejos comuns a todos os casamentos desde o tempo de Adão e Eva foram ditos, mas naquele dia pareciam novos, bem-humorados e causavam tamanha alegria como se nunca tivessem sido ouvidos antes. Risos e alegria se seguiram, e quando Anne e Gilbert partiram para pegar o trem para Carmody, com Paul como motorista, os gêmeos estavam prontos com o arroz e os sapatos velhos, em cujo arremesso Charlotta IV e o sr. Harrison tiveram um papel fundamental. Marilla parou no portão e observou a charrete sumir de vista na longa alameda com suas margens de longos solidagos. Anne se virou para acenar seu último adeus. Ela se foi — Green Gables não era mais sua casa. O semblante de Marilla parecia muito abatido e envelhecido quando ela se voltou para a casa que Anne preenchera por catorze anos com luz e vida, mesmo em sua ausência.

Porém, Diana e seus filhotes, o pessoal da Mansarda do Eco e os Allan, haviam ficado para ajudar as duas velhas senhoras a atravessar a solidão da primeira noite; e fizeram uma ceia muito agradável, todos sentados tranquilamente ao redor da mesa, conversando sobre todos os detalhes do dia. Enquanto eles ali estavam, Anne e Gilbert desciam do trem no Glen St. Mary.

V
A chegada ao lar

O dr. David Blythe havia mandado sua charrete para buscá-los, e o rapazinho que a trouxera escapuliu com um simpático sorriso, deixando-os com o prazer de irem sozinhos para sua nova casa durante aquela radiante tarde.

Anne nunca se esqueceu da beleza da vista que se abriu diante deles enquanto percorriam a colina atrás da vila. Sua nova casa ainda não podia ser vista; mas diante dela estava o porto de Four Winds, como um enorme espelho brilhante em tons de rosa e prata. Bem lá embaixo, ela viu a entrada entre a faixa de areia das dunas de um lado e um íngreme penhasco de arenito vermelho, alto e severo do outro. Além da faixa de areia, o mar, calmo e austero, brilhava ao entardecer. A pequena vila de pescadores, aninhada na enseada onde as dunas de areia encontravam a praia do porto, parecia uma grande opala na névoa. O céu sobre eles era como uma taça de joias da qual o crepúsculo derramava; o ar estava fresco com o cheiro forte do mar, e toda a paisagem estava impregnada com as sutilezas de uma tarde à beira-mar. Alguns veleiros difusos flutuavam pelas margens do porto rodeadas de abetos. Um sino tocava na torre de uma igrejinha branca do outro lado; suave e sonhadoramente doce, a melodia flutuava através da água misturando-se ao gemido do mar. A forte luz giratória no penhasco no canal brilhava quente e dourada contra o céu límpido do norte, uma estrela trêmula de boa esperança. Bem longe, no horizonte, estava a faixa cinzenta e encaracolada da fumaça de um navio que ali passava.

— Ah, que lindo, que lindo — murmurou Anne. — Sei que vou amar Four Winds, Gilbert. Onde fica nossa casa?

— Ainda não conseguimos vê-la, aquele cinturão de bétulas subindo aquela pequena baía a esconde. Fica a cerca de três quilômetros do Glen St. Mary, e há mais um quilômetro entre ela e o farol. Não teremos muitos vizinhos, Anne. Há apenas uma casa perto de nós e não sei quem mora nela. Você não se sentirá sozinha quando eu estiver fora?

— Não com aquela luz e aquela beleza como companhia. Quem mora naquela casa, Gilbert?

— Não sei. Não me parece, exatamente, como se os ocupantes fossem almas gêmeas, Anne, o que você acha?

A casa era uma construção grande e sólida, pintada de um verde tão vívido que a paisagem, em contraste, parecia bastante desbotada. Atrás da casa havia um pomar e na frente um gramado bem cuidado, mas, de alguma forma, havia uma sensação de vazio nela. Talvez sua composição seja responsável por isso; toda a propriedade, a casa, os celeiros, o pomar, o jardim, o gramado e a alameda, estavam impecavelmente arranjados.

— Não parece provável que alguém com esse gosto para cor de tinta possa ser alma gêmea de alguém — reconheceu Anne — a menos que tenha sido involuntário, como o nosso galpão azul. Pelo menos tenho certeza de que não há crianças ali. É ainda mais organizado do que o velho lugar dos Copp na estrada dos Tory, nunca pensei que veria nada mais arrumado que aquilo.

Eles não haviam cruzado com ninguém na úmida estrada vermelha que serpenteava ao longo da praia do porto. Mas, pouco antes de alcançarem o cinturão de bétulas que escondia sua casa, Anne viu à direita uma garota que conduzia um bando de gansos brancos como a neve ao longo do topo de uma colina verde aveludada. Grandes abetos espalhados cresciam ao longo dela. Entre seus troncos, viam-se vislumbres de campos de colheita amarelos, de colinas de areia dourada e vislumbres de mar azul. A garota era alta e usava um vestido estampado azul-claro. Caminhava com certa elasticidade nos passos e uma postura ereta. Ela e seus gansos saíram do portão ao pé da colina enquanto Anne e Gilbert passavam. Ela permaneceu com a mão no fecho do portão e os olhou de modo fixo, com uma expressão que dificilmente atingia o interesse, mas não alcançava a curiosidade. Pareceu a Anne, por um breve momento, que havia até uma velada sugestão de hostilidade nela. Mas foi a beleza da garota que fez Anne prender um pouco a respiração — uma beleza tão marcante que deveria chamar a atenção em qualquer lugar. A garota não estava usando chapéu, em seu lugar, pesadas tranças de cabelo brilhante, da cor do trigo maduro, estavam enroladas sobre a cabeça como uma tiara; seus olhos eram azuis e brilhavam como estrelas; sua silhueta, naquele vestido estampado simples era simplesmente magnífica; e seus lábios, tão vermelhos quanto o monte de papoulas vermelho-sangue que ela trazia no cinto.

— Gilbert, quem é a garota pela qual acabamos de passar? — perguntou Anne, em voz baixa.

— Não vi garota nenhuma — disse Gilbert, que só tinha olhos para a noiva.

— Ela estava parada junto ao portão, não, não olhe para trás. Ela ainda está nos observando. Nunca vi um rosto tão bonito.

— Não me lembro de ter visto nenhuma garota muito bonita enquanto estive aqui. Há algumas garotas bonitas no Glen, mas acho que dificilmente poderiam ser chamadas de lindas.

— Esta garota é. Você pode não tê-la visto, ou iria se lembrar dela. Ninguém poderia esquecê-la. Eu nunca vi um rosto assim, exceto em fotos. E que cabelo! Isso me fez pensar em "cordão de ouro" e "linda cobra", de Browning!

— Provavelmente ela é alguma visitante em Four Winds. Alguém daquele grande hotel de verão no porto.

— Ela estava usando um avental branco e conduzia gansos.

— Ela pode estar fazendo isso por diversão. Olhe, Anne, aí está nossa casa.

Anne olhou e, por algum tempo, se esqueceu da moça de olhos cintilantes e ressentidos. O primeiro vislumbre de sua nova casa foi um deleite para os olhos e o espírito — parecia uma grande concha cremosa perdida na areia da praia do porto. As fileiras de altos álamos ao longo de seu caminho destacavam-se em silhuetas púrpuras e imponentes contra o céu. Atrás delas, protegendo seu jardim das brisas agudas do mar, via-se um bosque de abetos, contra os quais os ventos podiam musicar todo o tipo de melodia estranha e assustadora. Como todas as madeiras, pareciam guardar e envolver segredos em seus nós — segredos cujo encanto só poderia ser conquistado ali entrando e buscando com paciência. Externamente, braços verde-escuros os mantêm inviolados de olhares curiosos ou indiferentes.

Os ventos noturnos começavam suas danças selvagens para além dos troncos, e o vilarejo de pescadores do outro lado do porto estava enfeitado com luzes enquanto Anne e Gilbert dirigiam pela estrada dos álamos. A porta da pequena casa se abriu e um brilho quente da luz do fogo tremeluziu no crepúsculo. Gilbert tirou Anne da charrete e a conduziu para o jardim, através do pequeno portão entre os abetos de pontas avermelhadas, subindo pelo atalho vermelho até o degrau de arenito.

— Bem-vinda ao lar — ele sussurrou, e de mãos dadas eles cruzaram a soleira da casa dos sonhos.

VI
O capitão Jim

O velho dr. Dave e sua esposa foram até a casinha para cumprimentar os noivos. O dr. Dave era um senhor corpulento, alegre, de bigodes brancos e a sra. Dave uma pequena senhora bem-cuidada, de bochechas rosadas e cabelos prateados, que imediatamente acolheu Anne em seu coração, literal e figurativamente.

— Estou tão feliz em vê-lo, querido. Você deve estar muito cansado. O jantar já está quase pronto, e o capitão Jim trouxe algumas trutas para vocês. Capitão Jim, onde está você? Ah, ele escapuliu para cuidar do cavalo, suponho. Suba e troque suas roupas.

Anne admirou ao seu redor com olhos brilhantes, enquanto seguia a sra. Dave escada acima. Ela gostou muito da aparência de sua nova casa. Parecia ter a atmosfera de Green Gables e o sabor de suas antigas tradições.

— Eu acho que teria considerado que a srta. Elizabeth Russell fosse uma "alma gêmea" — ela murmurou quando ficou sozinha em seu quarto. Havia ali duas janelas; a que se projetava para fora dava para o porto, para o banco de areia e para o farol de Four Winds.

— "Mágicas janelas, abertas à espuma de mares bravios, em terras lendárias"[1] — citou Anne baixinho. A vista da janela do frontão dava para um pequeno vale em tons de colheita, por onde corria um riacho. A oitocentos metros do riacho havia a única casa à vista — uma antiga, velha, irregular e cinzenta construção cercada por enormes salgueiros através dos quais suas janelas espreitavam para o crepúsculo, como olhos tímidos e curiosos. Anne se perguntou quem morava lá; aqueles seriam seus vizinhos mais próximos e ela esperava que fossem gentis. De repente, ela se viu pensando na linda garota dos gansos brancos.

"Gilbert acha que ela não é daqui", pensou Anne, "mas tenho certeza de que sim. Havia algo nela que a tornava parte desse lugar, do mar, do céu e do porto. Four Winds deve estar em seu sangue."

Ao descer, Anne encontrou Gilbert em pé diante da lareira conversando com um estranho. Ambos se viraram quando Anne entrou.

— Anne, este é o capitão Boyd. Capitão Boyd, minha esposa.

Foi a primeira vez que Gilbert chamou Anne de "minha esposa" para alguém que não ela, e por pouco não explodiu de orgulho ao dizê-lo. O velho capitão estendeu a mão forte para Anne; eles sorriram um para o outro e se tornaram amigos daquele momento em diante. Almas gêmeas reconhecem umas as outras.

— Estou muito satisfeito em conhecê-la, patroa Blythe; e espero que você seja tão feliz quanto a primeira noiva que aqui esteve. Não posso desejar nada melhor do que *isso*. Mas seu marido não me apresentou direito. "Capitão Jim" é como me chamam e você pode muito bem começar do jeito que for, mas com certeza vai acabar me chamando assim. Você é uma

---

[1] Verso do poema "Ode a um Rouxinol", do poeta inglês John Keats (1795-1821)

noivinha simpática de verdade, patroa Blythe. Olhando para você, sinto como se eu mesmo já tivesse sido casado.

Em meio às risadas que se seguiram, a sra. Dave pediu ao capitão Jim que ficasse e jantasse com eles.

— Agradeço muito. Será um verdadeiro prazer, patroa doutora. Na maior parte do tempo, tenho que fazer minhas refeições sozinho, com o reflexo de minha velha e feia cara no espelho em frente a mim como companhia. Não é sempre que tenho uma chance de me sentar com duas senhoras tão distintas e gentis.

Os elogios do capitão Jim podem parecer muito piegas no papel, mas ele os fazia com deferência de tom e olhar tão gracioso e gentil, que as mulheres a quem eles foram concedidos sentiram-se como rainhas a quem estava sendo oferecido um tributo de forma majestosa.

O capitão Jim era um senhor de grande alma e mente simples, com uma eterna juventude nos olhos e no coração. Era uma figura alta, bastante desajeitada e um tanto encurvada, mas que indicava muita força e resistência. Seu rosto era bem barbeado, bronzeado e com muitas marcas de expressão; sua espessa juba de cabelos cinzentos caía até os ombros, e um par de profundos e brilhantes olhos azuis, que às vezes cintilavam e às vezes sonhavam, e às vezes olhavam para o oceano com uma busca melancólica, como se estivessem procurando algo precioso e perdido. Anne viria ainda a descobrir o que o capitão Jim procurava.

Não se podia negar que o capitão Jim era um homem rústico. As mandíbulas sobressalentes, a boca áspera e as sobrancelhas quadradas não tinham linhas de beleza; e ele havia passado por muitas adversidades e tristezas que marcaram seu corpo e também sua alma; mas embora, à primeira vista, Anne o tivesse achado simples, ela nunca mais assim pensou — o espírito que brilhava por meio daquele rosto tão marcado o embelezava por completo.

Alegremente, sentaram-se todos ao redor da mesa de jantar. O fogo da lareira espantou o frio da noite de setembro, mas a janela da sala de jantar estava aberta e a brisa do mar entrava por vontade própria. A vista era magnífica, abrangendo o porto e a extensão das colinas arroxeadas mais adiante. A mesa estava repleta de iguarias da sra. Dave, mas o prato principal era, sem dúvida, a grande travessa com trutas do mar.

— Achei que ficariam mais saborosas depois de uma viagem — disse o capitão Jim. — Elas estão tão frescas quanto trutas podem estar, patroa Blythe. Duas horas atrás, estavam nadando no lago do Glen.

— Quem está cuidando da luz do farol hoje à noite, capitão Jim? — perguntou o dr. Dave.

— Meu sobrinho Alec. Ele entende disso tão bem quanto eu. Olha, estou muito feliz que você me pediu para ficar para a janta. Estou com muita fome, hoje não comi muita coisa.

— Eu penso que você deve quase morrer de fome a maior parte do tempo naquele farol — disse a sra. Dave seriamente. — Você não se dá ao trabalho de fazer uma refeição decente.

— Ah, faço sim, patroa Dave, sim — protestou o capitão Jim. — Ora, geralmente eu vivo como um rei. Na noite passada, fui até o Glen e trouxe para casa um quilo de bife. Eu ia fazer uma boa comida hoje.

— E o que aconteceu com o bife? — perguntou a sra. Dave. — Você o perdeu no caminho para casa?

— Não — O capitão Jim parecia envergonhado. — Bem na hora de dormir, um pobre de um cachorro rabugento apareceu pedindo uma noite de hospedagem. Acho que ele pertencia à costa de alguns pescadores. Eu não poderia expulsar o pobre cão, ele estava com a pata machucada. Deixei ele na varanda, com um pano velho para se deitar, e fui para a cama. Mas de alguma forma não consegui dormir. Parando para pensar, lembrei que o cachorro parecia com muita fome.

— E você se levantou e deu a ele aquela carne... *tudo*? — disse a sra. Dave, em uma reprovação exasperante.

— Bem, eu não tinha mais *nada* para ele — disse o capitão Jim, sem dar muita importância ao fato. — Nada com que um cachorro se importasse, quero dizer. Acho que ele *estava* com fome, comeu tudo em duas mordidas. Tive um sono tranquilo o resto da noite, mas meu almoço foi muito escasso, batata e só, pode-se dizer. O cachorro voltou para a casa dele hoje de manhã. Acho que ele *não* era vegetariano.

— Que ideia, morrer de fome por causa de um cachorro inútil! — fungou a sra. Dave.

— Você não sabe, mas ele pode ser muito importante para alguém — protestou o capitão Jim — Ele não *parecia* muito importante, mas não se pode julgar um cachorro. Que nem eu, ele pode abrigar uma verdadeira beleza por dentro. O Primeiro Imediato não o aprovou, eu admito. Sua linguagem era totalmente forçada. Mas o Primeiro Imediato é preconceituoso. Não adianta acreditar na opinião de um gato sobre um cachorro. Então, por muito pouco, perdi meu jantar, mas agora esta bela refeição nesta maravilhosa companhia é muito agradável. Que ótimo ter bons vizinhos.

— Quem mora na casa entre os salgueiros ao longo do riacho? — perguntou Anne.

— A sra. Dick Moore — disse o capitão Jim e, como se só lembrasse depois, acrescentou — e o marido dela.

Anne sorriu e teve uma imagem mental da sra. Dick Moore pela forma como o capitão Jim disse; com certeza deveria ser uma segunda sra. Rachel Lynde.

— Vocês não têm muitos vizinhos, patroa Blythe — o capitão Jim continuou. — Esse lado do porto é bem pouco povoado. A maior parte das terras pertence ao sr. Howard, lá depois do Glen, e ele aluga para pastagem. O outro lado do porto agora está cheio de gente, principalmente de MacAllister. Há uma colônia inteira de MacAllister, se você atirar uma pedra, acerta em um. Eu estava conversando com o velho Leon Blacquiere outro dia. Ele esteve trabalhando no porto durante todo o verão e me disse assim: "Tão quase tudo os MacAllister ali". "Tava o Neil MacAllister e a Sandy MacAllister e o William MacAllister e o Alec MacAllister e o Angus MacAllister e acho que aquele ali é o Devil MacAllister."

— Há quase tantos das famílias Elliott e Crawford — disse o dr. Dave, depois que as risadas diminuíram. — Você sabe, Gilbert, nós do povo deste lado de Four Winds temos um velho ditado: "Deus nos livre da vaidade dos Elliott, do orgulho dos MacAllister e da vanglória dos Crawford"!

— Mas tem muita gente boa entre eles — disse o capitão Jim. — Eu fui navegar com William Crawford por quase um ano, e esse homem tinha coragem, resistência e sinceridade sem igual. Eles pensam, lá daquele lado de Four Winds. Talvez seja por isso que esse lado aqui tem a propensão de os criticar. É estranho, não é, como as pessoas parecem se ressentir de alguém um pouquinho mais inteligente do que elas.

O dr. Dave, que tinha uma rixa de quarenta anos com o povo do porto, riu e concordou.

— Quem mora naquela ótima casa verde-esmeralda a uns oitocentos metros da estrada? — perguntou Gilbert.

O capitão Jim sorriu encantado.

— A srta. Cornelia Bryant. Ela provavelmente virá vê-los em breve, já que vocês são presbiterianos. Se fossem metodistas, ela não viria. Cornelia tem um horror sagrado de metodistas.

— Ela é uma personagem e tanto — riu o dr. Dave. — A mulher que mais odeia homens no mundo!

— Ficou para titia? — perguntou Gilbert, rindo.

— Não, não foi isso — respondeu o capitão Jim, sério. — Cornelia poderia ter escolhido alguém quando era jovem. Até hoje, bastaria ela dar a palavra que os velhos viúvos viriam correndo. Ela só parece ter nascido com uma espécie de rancor crônico contra homens e metodistas. Tem a língua mais amarga e o coração mais gentil de Four Winds. Onde quer que haja algum problema, aquela mulher está lá, fazendo de tudo para ajudar da maneira mais carinhosa. Ela nunca fala uma palavra áspera sobre outra mulher, e se ela gosta de condenar a nós, pobres coitados de homens, reconheço que nossas velhas e duras carcaças podem suportar isso.

— Ela sempre fala bem de você, capitão Jim — disse a sra. Dave.

— Sim, receio que sim. Não gosto nem um pouco. Me faz sentir como se houvesse alguma coisa de anormal em mim.

VII
A noiva do professor

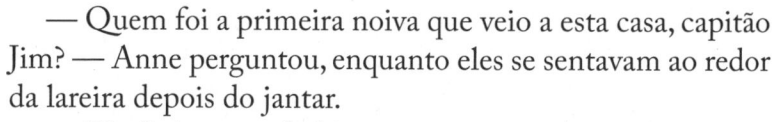

— Quem foi a primeira noiva que veio a esta casa, capitão Jim? — Anne perguntou, enquanto eles se sentavam ao redor da lareira depois do jantar.

— Ela fazia parte da história que ouvi sobre esta casa? — perguntou Gilbert. — Disseram-me que você saberia contá-la, capitão Jim.

— Bem, sim, eu sei dela. Acho que sou a única pessoa que vive em Four Winds agora que consegue se lembrar da noiva do professor como ela era quando veio para a Ilha. Ela morreu há trinta anos, mas foi uma daquelas mulheres que a gente nunca esquece.

— Conte-nos a história — pediu Anne. — Quero saber tudo sobre as mulheres que viveram nesta casa antes de mim.

— Bem, foram apenas três: Elizabeth Russell, a sra. Ned Russell e a noiva do professor. Elizabeth Russell era uma criaturinha bondosa e inteligente, e a sra. Ned Russel foi uma mulher muito boa também. Mas elas nunca foram, realmente, como a noiva do professor.

"O nome do professor era John Selwyn. Ele veio da Inglaterra para dar aulas na escola do Glen quando eu tinha dezesseis anos. Não era muito do tipo daquele bando de pilantras que costumava vir para a Ilha do Príncipe Edward para ensinar, naquele tempo. A maioria eram uns bêbados e malandros que ensinavam o básico quando estavam sóbrios e que criticavam os alunos quando não estavam. Mas John Selwyn era um camarada jovem, bom e bonito. Ele se hospedava na casa do meu pai, e ele e eu ficamos amigos, embora ele fosse dez anos mais velho que eu. Líamos, caminhávamos e conversávamos muito. Ele sabia sobre toda a poesia já escrita, era o que eu pensava e costumava recitar para mim, à noite durante nossas caminhadas na praia. Papai achava aquilo uma terrível perda de tempo, mas tolerou, esperando que isso me afastasse da ideia de ir para o mar. Bem, nada poderia me impedir disso — minha mãe veio de um povo que vivia para o mar e isso nasceu comigo. Mas eu adorava ouvir John ler e recitar poemas. Já faz quase sessenta anos, mas poderia repetir centenas de poesias que aprendi com ele. Quase sessenta anos!"

O capitão Jim ficou em silêncio por um tempo, olhando para o fogo brilhante em busca do passado. Então, com um suspiro, retomou sua história.

— Lembro que em uma noite de primavera encontrei com ele nas dunas de areia. Ele parecia muito animado, como você, dr. Blythe, esta noite, quando trouxe a patroa Blythe. Eu lembrei dele no minuto em que te vi. E ele disse que tinha uma namoradinha em casa e que ela estava vindo encontrar com ele. Eu não fiquei nem um pouco satisfeito, jovem teimoso e egoísta que eu era; pensei que ele não seria tão meu amigo depois que ela chegasse. Mas eu fui decente o suficiente para não deixar ele perceber isso. Ele me contou tudo sobre ela. O nome dela era Persis Leigh, e, não fosse pelo velho tio, ela teria vindo com ele antes. O tio estava doente, tinha sido ele quem cuidou dela quando os pais morreram e por isso ela não o abandonou. E agora que o tio tinha morrido, ela iria se casar com John Selwyn. Não era uma viagem fácil para uma mulher naqueles dias. Não havia navios a vapor, vocês devem se lembrar.

"— Quando ela chega? — perguntei."

"— Ela embarca no Royal William em vinte de junho — ele me disse —, e deverá chegar aqui em meados de julho. Vou pedir ao John, o carpinteiro, que construa uma casa para ela. A carta dela deve chegar hoje. Eu sei, antes de abri-la, que ela traria boas notícias para mim. Eu a vi algumas noites atrás."

— Não entendi o que ele quis dizer, mas então ele me explicou — embora eu não tivesse entendido muito mais. Ele disse que possuía um dom — ou uma maldição. Essas foram as palavras dele, patroa Blythe — um dom ou uma maldição, ele não sabia o que era. Ele disse que era o mesmo dom de uma tataravó, que foi queimada na fogueira como bruxa por causa disso. Ele disse que estranhos feitiços — ou transes, acho que foi o nome que ele deu a eles — vinham a ele de vez em quando. Essas coisas existem, doutor?

— Existem pessoas que certamente estão sujeitas a transes — respondeu Gilbert. — O assunto está mais na linha de pesquisa psíquica do que médica. Como eram os transes desse John Selwyn?

— Como sonhos — disse o velho doutor com ceticismo.

— Ele disse que podia ver coisas nos sonhos — disse o capitão Jim lentamente. — Veja bem, estou contando para você o que *ele* disse, não coisas que estavam acontecendo, coisas que *iriam* acontecer. Disse que às vezes serviam de conforto, às vezes de pavor. Quatro noites antes disso, ele passou por um desses transes, algo entrou nele enquanto estava sentado olhando para o fogo. E John viu um antigo quarto que conhecia bem na Inglaterra, e Persis Leigh ali, estendendo as mãos para ele e parecendo feliz. Foi assim que soube que iria receber boas notícias dela.

— Um sonho, apenas um sonho — zombou o velho doutor.

— Provavelmente — concordou o capitão Jim. — Foi o que eu disse a ele na época. Era muito mais confortável pensar assim. Não gostava da ideia de que ele visse esse tipo de coisa, era muito estranho.

"— Não — disse ele — eu não sonhei. Mas não vamos voltar a falar sobre isso. Você não será mais meu amigo se pensar muito sobre isso."

— Eu respondi que nada poderia me tornar menos amigo dele. Mas ele balançou a cabeça e disse:

"— Rapaz, eu sei. Já perdi amigos antes por causa disso. Não os culpo. Há momentos em que não me sinto bem comigo mesmo por causa disso. Esse poder contém um pouco de divindade, seja ela boa ou má, quem poderá dizer? E todos nós, mortais, evitamos um contato muito próximo com Deus ou com o diabo."

— Foram as palavras dele. Lembro delas como se fosse ontem, embora não soubesse o que ele quis dizer. O que você acha que ele *quis* dizer, doutor?

— Duvido que ele mesmo soubesse o que queria dizer — disse o dr. Dave, irritado.

— Acho que entendo — sussurrou Anne. Ela estava ouvindo com a mesma atenção de quando era criança, com os lábios apertados e olhos brilhantes. O capitão Jim sorriu para si mesmo, admirado, antes de continuar com sua história.

— Bem, logo depois, todas as pessoas do Glen e Four Winds sabiam que a noiva do professor estava chegando e ficaram felizes porque todos gostavam muito dele. E se interessavam pela sua nova casa, *esta* casa. Ele escolheu este local porque daqui dava para ver o porto e ouvir o mar. Ele fez o jardim bem ali para a noiva, mas não foi ele que plantou os álamos. A sra. Ned Russell que plantou. Mas tem uma fileira dupla de roseiras no jardim que as meninas que frequentavam a escola do Glen prepararam para a noiva do professor. Ele disse que eram rosadas como suas bochechas, brancas como sua pele e vermelhas como seus lábios. Ele havia citado tantas poesias que adquiriu o hábito de falar em versos, também, eu acho.

"Quase todo mundo mandou para ele algum presente para ajudar a mobiliar a casa. Depois, quando os Russell vieram,

eram prósperos e a mobiliaram muito bem, como você pode ver; mas a primeira mobília que tinha aqui transbordava amor. As mulheres mandavam colchas, toalhas de mesa e tapetes, e um homem fez uma arca para ela, e outro uma mesa e assim por diante. Até a velha e cega tia Margaret Boyd teceu uma pequena cesta com a grama adocicada das dunas de areia. A esposa do professor usou-a durante anos para guardar seus lencinhos.

"Bem, finalmente tudo ficou pronto — até mesmo as toras na grande lareira estavam prontas para serem acesas. Não era exatamente *esta* lareira, embora estivesse no mesmo lugar anos atrás. Era uma grande lareira velha onde dava para ter assado um boi. Muitas vezes eu me sentei aqui e teci fios, o mesmo que estou fazendo agora."

O silêncio voltou a reinar, enquanto o capitão Jim se reunia brevemente com os visitantes que Anne e Gilbert não podiam ver; pessoas que se sentaram com ele ao redor da lareira dos anos do passado, com alegria nupcial brilhando em olhos há muito fechados para sempre sob a grama do cemitério ou nas profundezas do mar. Aqui, nas noites de outrora, crianças davam risadas de um lado para outro. Aqui, nas noites de inverno, amigos se encontravam. Dança, música e brincadeiras faziam parte desse lugar. Aqui jovens e donzelas sonharam. Para o capitão Jim, a casinha foi ocupada com formas que suplicavam para serem lembradas.

— Era primeiro de julho quando a casa ficou pronta. O professor começou então a contar os dias. Costumávamos vê-lo caminhando ao longo da costa e dizíamos uns aos outros: "Ela logo estará com ele aqui".

"Ela deveria chegar em meados de julho, mas não apareceu. Ninguém se perturbou com isso. Os navios costumavam atrasar dias, às vezes semanas. O Royal William estava atrasado em uma semana, depois duas, e depois três. E então começamos a ficar com medo, e só foi piorando e piorando. Por fim, eu não suportava olhar nos olhos de John Selwyn. Sabe, patroa Blythe", o capitão Jim baixou a voz, "eu costumava pensar que eles deveriam parecer exatamente como os da tataravó quando queimaram ela até a morte. Ele nunca falava muito a respeito, mas dava aulas na escola como e estivesse num sonho e depois corria para a praia. Muitas noites ele caminhou ali do pôr do sol ao amanhecer. As pessoas diziam que ele estava enlouquecendo. Todo mundo já tinha perdido as esperanças, o Royal William estava atrasado em oito semanas. Era meados de setembro e a noiva do professor não tinha vindo — não viria mais, nós pensamos.

"Aconteceu, então, uma terrível tempestade que durou três dias, e na tarde depois que a chuva havia cedido fui até a praia. Lá, encontrei o professor encostado contra uma grande rocha, com os braços cruzados, olhando para o mar.

"Falei com ele, mas ele não me respondeu. Os olhos pareciam estar vendo algo que eu não conseguia ver sua fisionomia estava séria, como a de um homem morto.

"— John, John — gritei — que brincadeira é essa, pare com isso, vamos acorde!

"Aquele olhar estranho e horrível pareceu desaparecer de seus olhos.

"Ele virou a cabeça e olhou para mim. Eu nunca esqueci aquela expressão — e nunca vou esquecer até que eu embarque para minha última viagem.

"— Está tudo bem, rapaz — disse ele. — Eu vi o Royal William se aproximando de East Point. Estará aqui ao amanhecer. Amanhã à noite estarei com minha noiva na frente da minha própria lareira."

— Você acha que ele viu mesmo? — perguntou o capitão Jim abruptamente.

— Só Deus sabe — disse Gilbert baixinho. — Um grande amor e uma grande dor podem carregar sabem-se lá quais maravilhas.

— Tenho certeza de que ele viu — disse Anne, séria.

— Baboseiras e mais baboseiras — disse o dr. Dave, mas com menos convicção do que de costume.

— Porque, sabe — disse o capitão Jim solenemente —, o Royal William chegou ao porto de Four Winds à luz do dia na manhã seguinte.

"Todas as pessoas no Glen e ao longo da praia foram para o antigo cais para encontrá-la. O professor ficou ali observando a noite toda. Como comemoramos enquanto o navio entrava no canal."

Os olhos do capitão Jim brilhavam. Eles viam o porto de Four Winds de sessenta anos atrás, com um navio velho aportando no esplendor do nascer do sol.

— E Persis Leigh estava a bordo? — perguntou Anne.

— Sim, ela e a esposa do capitão. Elas passaram por momentos terríveis, uma tempestade depois da outra, e suas provisões tinham acabado também. Mas ali estavam elas finalmente. Quando Persis Leigh pisou no antigo cais, John Selwyn a tomou em seu braços e as pessoas pararam de aplaudir e começaram a chorar. Eu mesmo chorei, embora tenha demorado muito tempo, veja bem, para admitir. Não é engraçado como meninos têm vergonha de chorar?

— E Persis Leigh era linda? — perguntou Anne.

— Bem, eu não sei se daria para chamar ela exatamente de linda. Eu... não... não sei. — disse o capitão Jim devagar. — De alguma forma, ninguém parou para se perguntar se ela era bonita ou não. Isso não importava. Havia algo tão doce e cativante sobre ela que era impossível não a amar, e isso era tudo. Mas ela era agradável de se olhar: grandes olhos castanho-claros e um volumoso e brilhante cabelo castanho e uma pele inglesa. John e ela se casaram na nossa casa naquela noite ao acender das velas; todos, de longe e de perto, estavam lá para assistir e nós todos trouxemos eles para cá depois. A patroa Selwyn acendeu o fogo, e fomos embora, deixando os dois aqui, igualzinho à visão de John. Uma coisa estranha! Muito estranha! Mas eu já vi um montão de coisas terríveis e estranhas na minha vida.

O capitão Jim balançou a cabeça sabiamente.

— É uma história linda — disse Anne, sentindo que, pela primeira vez, já havia romance suficiente para satisfazê-la. — E quanto tempo eles moraram aqui?

— Quinze anos. Eu parti para o mar logo depois que eles se casaram, como o jovem aventureiro que eu era. Mas toda vez que voltava de uma viagem, vinha para cá, antes mesmo de ir para casa, e contava à patroa Selwyn sobre tudo da viagem. Quinze anos felizes! Eles tinham uma espécie de vocação para a felicidade, aqueles dois. Algumas pessoas são assim, não sei se você já percebeu. Não *conseguiam* ficar infelizes por muito tempo, não importava o que acontecesse. Brigaram uma ou duas vezes, pois ambos eram muito sonhadores. Mas a patroa Selwyn me disse uma vez, rindo daquele jeito bonito dela: "Eu me sentia bastante mal quando John e eu brigávamos, mas no fundo ficava muito feliz por ter um bom marido para brigar e fazer as pazes". Então eles se mudaram para Charlottetown, e Ned Russell comprou esta casa e trouxe sua noiva para cá. Eles eram um jovem casal alegre, pelo que me lembro. A srta. Elizabeth Russell era irmã de Alec. Ela veio morar com eles cerca de um ano depois, e ela era uma criatura alegre, também. As paredes desta casa devem ser *encharcadas* de risos e de bons momentos. Você é a terceira noiva que eu vejo vir para cá, patroa Blythe, e a mais bonita.

O capitão Jim arrumou um jeito de transformar seu elogio do tamanho de um girassol na delicadeza de uma violeta, e Anne ficou orgulhosa. Ela estava mais linda que nunca, com a coloração rosada nupcial em suas bochechas e a luz do amor em seus olhos; até o velho e rude dr. Dave lançou-lhe um olhar de aprovação e disse à esposa, enquanto voltavam para casa juntos, que aquela mulher ruiva do menino era linda.

— Preciso voltar para o farol — anunciou o capitão Jim. — Essa noite foi, para mim, uma experiência indescritível.

— Você deveria vir sempre nos ver — disse Anne.

— Eu me pergunto se você faria esse convite se soubesse da probabilidade de eu aceitá-lo — comentou o capitão Jim caprichosamente.

— O que é uma forma de perguntar se eu estou falando sério? — sorriu Anne. — Sim, 'juro-por-deus' como costumávamos dizer na escola.

— Então eu virei. Vocês provavelmente serão importunados por mim a qualquer hora. E ficarei orgulhoso se vierem me visitar de vez em quando também. Geralmente, não tenho ninguém com quem conversar a não ser Primeiro Imediato, que Deus o abençoe! Ele é um ouvinte muito bom e se esquece mais do que qualquer outro MacAllister que todos conheciam, mas não é muito conversador. Você é jovem e eu sou velho, mas nossas almas têm mais ou menos a mesma idade, acredito. Ambos pertencemos à raça que conhece José, como diria Cornelia Bryant.

— A raça que conhece José? — Anne perguntou, intrigada.

— Sim. Cornelia divide todas as pessoas do mundo em dois tipos: a raça que conhece José e a raça que não. Se a pessoa escolhida olha no seu olho, concorda com você e tem praticamente as mesmas ideias sobre as coisas, e o mesmo gosto para piadas, ora, então essa pessoa pertence à raça que conhece José.

— Ah, entendo! — exclamou Anne. — É o que eu costumava chamar, e ainda chamo entre aspas, de "almas gêmeas".

— Exatamente isso — concordou o capitão Jim. — A gente é isso, seja lá o que for. Quando você chegou esta noite, patroa Blythe, eu disse a mim mesmo: "Sim, ela é da raça que conhece José", e fico feliz que assim seja, do contrário não teríamos nenhuma satisfação real na companhia um do outro. A raça que conhece José é o sal da terra, eu acho.

A lua tinha acabado de nascer quando Anne e Gilbert foram até a porta com seus convidados. O porto de Four Winds começava a se tornar algo de sonho, glamour e encantamento — um refúgio encantado que tempestade nenhuma jamais destruiria. Os álamos descendo pela alameda, altos e sombrios como as formas sacerdotais de algum grupo místico, tinham suas pontas prateadas.

— Sempre gostei dos álamos — disse o capitão Jim, acenando com o braço longo para eles. — São as árvores das princesas. Estão fora de moda agora. As pessoas reclamam que eles morrem no topo e ficam com uma aparência esfarrapada. É o que acontece se você não arriscar o pescoço a cada primavera subindo numa escada para apará-los. Sempre fiz isso pela srta. Elizabeth, para que seus álamos nunca se estropiassem. Ela gostava muito deles. Gostava de sua dignidade e distanciamento. *Eles* não se relacionam com qualquer um, não, só querem os bordos como companhia, patroa Blythe, ele são os álamos da sociedade.

— Que noite linda — disse a sra. Dave, enquanto subia na charrete do marido.

— A maioria das noites são lindas — disse o capitão Jim. — Mas quando a lua baixa sobre Four Winds me faz pensar no que será que sobra para o céu. A lua é uma grande amiga minha, patroa Blythe. Eu amo ela desde que me conheço por gente. Quando tinha oito anos, adormeci no jardim uma noite e ninguém deu pela minha falta. Acordei no meio da noite, morrendo de medo. Quantas sombras e ruídos estranhos! Não me atrevi a me mexer. Simplesmente me agachei, tremendo de frio e medo. Parecia que não havia ninguém no mundo além de mim mesmo e o mundo era muito grande. Então, de repente, vi a lua olhando para mim através dos galhos de uma macieira, brincando como uma velha amiga. Imediatamente, me senti confortado. Levantei e caminhei até a casa valente como um leão, olhando para ela. Muitas são as noites em que a observei do convés do meu navio, em mares muito longe daqui. Por que vocês não me mandam parar de falar e ir para casa?

As risadas de boa-noite silenciaram. Anne e Gilbert caminharam de mãos dadas pelo jardim. O riacho que cruzava no canto mostrava covinhas transparentes nas sombras das bétulas. As papoulas ao longo das margens eram como pequenas taças de luar. As flores que haviam sido plantadas pelas mãos da noiva do professor esparramavam sua doçura pelo ar sombrio, como a beleza e a bênção de um passado sagrado. Anne fez uma pausa na escuridão para sentir o aroma.

— Adoro cheirar flores no escuro — disse ela — Assim, você consegue tocar a alma delas. Ah, Gilbert, essa casinha é tudo o que sempre sonhei. E estou tão feliz por não sermos os primeiros a passar uma noite de núpcias aqui!

VIII
A srta. Cornelia Bryant vem para uma visita

Aquele setembro foi um mês de névoas douradas e brumas púrpuras em Four Winds — um mês de dias ensolarados e noites que nadavam ao luar ou pulsavam com estrelas. Não houve nenhuma tempestade para perturbá-los, nenhum vento forte soprou. Anne e Gilbert colocaram seu ninho em ordem, vagaram pela costa, navegaram pelo porto, visitaram os arredores de Four Winds e Glen, ou pelas estradas cobertas de samambaias da floresta ao redor da ponta do porto; em suma, tiveram uma lua de mel de fazer inveja ao mundo inteiro.

— Se a vida terminasse agora, ainda teria valido muito a pena, apenas pelas quatro últimas semanas, não é? — disse Anne. — Acho que nunca mais teremos quatro semanas perfeitas de novo, mas já as *tivemos*. Tudo foi perfeito, o vento, o clima, as pessoas, a casa dos sonhos... tudo conspirou para tornar nossa lua de mel deliciosa. Sequer teve um dia chuvoso desde que chegamos aqui.

— E não brigamos nenhuma vez — brincou Gilbert.

— Bem, e esse será um prazer maior depois de postergado — respondeu Anne. — Estou tão feliz por termos decidido passar nossa lua de mel aqui. Nossas memórias sempre pertencerão a esse lugar, em nossa casa dos sonhos, em vez de espalhadas por lugares estranhos.

Havia certo toque de romance e aventura na atmosfera da nova casa que Anne nunca encontrou em Avonlea. Lá, embora tivesse vivido à vista do mar, ele não havia sido íntimo seu. Em Four Winds, ele a rodeava e sempre a chamava. De cada janela de sua nova casa, ela sempre via alguma parte diferente nele. Seu murmúrio evocativo estava sempre em seus ouvidos. Os navios subiam o porto todos os dias até o cais no Glen, ou partiam de novo ao pôr do sol, com destino a portos que poderiam estar a meio mundo de distância. Os barcos de pesca desciam vazios pelo canal pela manhã e voltavam carregados à noite. Marinheiros e pescadores transitavam pelas vermelhas e sinuosas estradas do porto, alegres e contentes. Sempre havia uma sensação de que coisas aconteceriam — aventuras e jornadas. Os caminhos de Four Winds eram menos sóbrios, menos firmes e com menos sulcos do que os de Avonlea; ventos de mudança sopravam sobre eles; o mar sempre chamava os habitantes do litoral, e mesmo aqueles que não podiam responder ao seu chamado sentiam sua emoção, sua inquietação, seu mistério e suas possibilidades.

— Agora entendo por que alguns homens precisam partir para o mar — disse Anne. — Esse desejo que vem a todos nós às vezes, de "navegar para além dos limites do pôr do sol",[1] deve ser muito imperioso quando nasce com você. Não me admira que o capitão Jim tenha partido por causa disso. Eu nunca vi um navio navegando canal afora, ou uma gaivota voando sobre a faixa de areia, sem desejar estar a bordo do navio ou ter asas; não como uma pomba "para voar e descansar", mas como uma gaivota, para entrar bem no meio de uma tempestade.

---

[1] Citação do romance de ficção científica do escritor norte-americano Robert A. Heinlein, publicado em 1987. A estrofe é: "meu propósito é navegar além do pôr do sol, e das águas, de todas as estrelas ocidentais, até que eu morra".

— Você vai ficar bem aqui comigo, querida Anne — disse Gilbert preguiçosamente. — Eu não vou deixar você voar para longe de mim tempestades adentro.

Eles estavam em casa, sentados na soleira avermelhada de pedra areia no final da tarde. Estavam envolvidos por muita tranquilidade, contemplando a terra, o mar e o céu. Gaivotas prateadas voavam sobre eles. Os horizontes estavam entrelaçados com longas trilhas de nuvens rosadas e delicadas. O ar abafado era entremeado por um murmurante refrão de ventos e ondas de menestrel. Florezinhas pálidas eram sopradas nos prados secos e enevoados entre eles e o porto.

— Médicos que precisam ficar acordados a noite toda atendendo doentes não se sentem muito aventureiros, suponho — disse Anne com indulgência. — Se você tivesse dormido bem na noite passada, Gilbert, estaria tão disposto quanto eu para um voo pela imaginação.

— Fiz um bom trabalho ontem à noite, Anne — disse Gilbert baixinho. — Graças a Deus, salvei uma vida. Essa é a primeira vez que posso realmente afirmar isso. Em outros casos, posso ter ajudado; mas, Anne, se eu não tivesse ficado em Allonby na noite passada e lutado contra a morte com minhas próprias mãos, a mulher teria morrido antes do amanhecer. Eu tentei um experimento que certamente nunca foi feito em Four Winds antes. Duvido que já tenha sido tentado em qualquer lugar antes, exceto um hospital. Era uma novidade no hospital de Kingsport no inverno passado. E nunca ousaria tentar aqui se não tivesse certeza absoluta de que era meu último recurso. Eu arrisquei... e deu certo. Como resultado, uma boa esposa e mãe foi salva para aproveitar longos anos de felicidade e utilidade. De manhã, enquanto o sol estava nascendo sobre o porto, agradeci a Deus por ter escolhido essa profissão. Lutei uma boa luta e venci. Pense nisso, Anne, *derrotei* a Grande Destruidora. Isso é o que sonhei fazer há muito tempo, quando conversamos sobre o que queríamos fazer na vida. Aquele meu sonho aconteceu de verdade essa manhã.

— Esse foi o único dos seus sonhos que se tornou realidade? — perguntou Anne, que sabia muito bem qual seria a resposta, mas queria voltar a ouvi-la.

— *Você* sabe, querida Anne — disse Gilbert, sorrindo ao olhá-la. Naquele momento, com certeza havia duas pessoas perfeitamente felizes sentadas no degrau da soleira de uma casinha branca na costa do porto de Four Winds.

Em seguida, Gilbert disse, com uma mudança de tom:

— Eu vejo ou não vejo um navio de grande porte caminhando até nossa porta?

Anne olhou e levantou-se de um salto.

— Deve ser a srta. Cornelia Bryant ou a sra. Moore vindo nos visitar — disse ela.

— Vou para o escritório e, se for a srta. Cornelia, já aviso que vou bisbilhotar — disse Gilbert. — De tudo o que ouvi sobre ela, concluo que a conversa não será enfadonha, para dizer o mínimo.

— Mas também pode ser a sra. Moore.

— Não acho que a sra. Moore tenha esse porte. Eu a vi cuidando do jardim outro dia e, embora estivesse distante para ver com clareza, a achei bastante esguia. Ela não me parece muito sociável, visto que nunca veio visitá-la, e você é a vizinha mais próxima dela.

— Ela não pode ser como a sra. Lynde, afinal, a curiosidade já a teria trazido — disse Anne. — Essa visita é, eu acho, a srta. Cornelia.

E era a srta. Cornelia, sim. Além disso, a srta. Cornelia não viera para fazer uma breve e elegante visita pelo casamento. Ela trazia debaixo do braço uma distração em um grande pacote, e quando Anne pediu que ela ficasse, a srta. Cornelia prontamente tirou seu enorme chapéu de sol, preso à cabeça, apesar das irreverentes brisas de setembro, por um elástico apertado sob a pequena protuberância de cabelo louro. Nada de alfinetes de chapéu para srta. Cornelia, e por favor! Elásticos foram bons o suficiente para sua mãe e seriam bons o suficiente para ela. Com seu rosto fresco e redondo, rosa e branco, e alegres olhos castanhos, ela não se parecia nem um pouco com a imagem tradicional de solteirona, e havia algo em sua expressão que conquistou Anne na hora. Com sua antiga e instintiva ligeireza para identificar almas gêmeas, ela sabia que iria gostar da srta. Cornelia, apesar de suas opiniões estranhas e certas estranhezas em seus trajes.

Ninguém, a não ser a srta. Cornelia, teria vindo fazer uma visita vestida com um avental listrado de azul e branco estampado com embalagens de chocolate e desenhos de enormes rosas cor-de-rosa espalhadas por cima. E ninguém, exceto a srta. Cornelia, poderia parecer digna e adequadamente vestida com ele. Se ela tivesse entrado em um palácio para visitar a noiva de um príncipe, teria sido tão digna e totalmente dona da situação. Teria arrastado seu babado salpicado de rosas sobre o piso de mármore com a mesma despreocupação, e teria procedido com a mesma calma para dissuadir a princesa de qualquer ideia de que a posse de um mero homem, seja ele príncipe ou camponês, era algo do que se gabar.

— Eu trouxe minha costura, sra. Blythe, querida — ela comentou, desenrolando um material delicado. — Estou com pressa para terminá-lo e não há tempo a perder.

Anne olhou com alguma surpresa para a roupa branca espalhada no amplo colo da srta. Cornelia. Certamente era uma roupa de bebê, e era muito bem-feita, com minúsculos babados e pregas. A srta. Cornelia ajustou os óculos e começou a bordar com pontos requintados.

— Isto é para a sra. Fred Proctor, no Glen — anunciou ela. — Ela está esperando seu oitavo bebê a qualquer momento, e nada a preparou para esse. Os outros sete usaram tudo o que ela fez para o primeiro, e ela nunca teve tempo, força ou inspiração para fazer mais. Aquela mulher é uma mártir, sra. Blythe, *acredite* em mim. Quando se casou com Fred Proctor, eu já sabia o que aconteceria. Ele era um daqueles homens perversos e sedutores. Depois de se casar, deixou de ser sedutor e continuou a ser perverso. Ele bebe e negligencia a família. Isso é homem que preste? Eu não sei como a sra. Proctor conseguiria manter seus filhos decentemente vestidos se os vizinhos não a ajudassem.

Como Anne viria a saber, a srta. Cornelia era a única vizinha que se preocupava mesmo com a decência dos jovens Proctor.

— Quando soube que o oitavo bebê estava chegando, decidi fazer algumas coisas para ele — continuou srta. Cornelia. — Esta é a última peça e quero terminá-la ainda hoje.

— É certamente muito bonito — disse Anne. — Vou pegar minha cesta de costura e faremos, nós duas, uma pequena festa do dedal. Você é uma costureira muito boa, srta. Bryant.

— Sim, eu sou a melhor costureira nessas redondezas — disse a srta. Cornelia em tom prático. — E deveria ser! Senhor, eu já costurei mais do que se tivesse tido cem filhos meus, *acredite* em mim! Suponho que eu seja uma tola por estar bordando à mão esta roupinha para um oitavo bebê. Mas, Senhor, sra. Blythe, querida, não tenho culpa de que seja o oitavo, e eu queria que ele ao menos tivesse uma roupinha bem bonita, como se realmente *tivesse sido* desejado. Ninguém está querendo o pobrezinho, então dediquei um pouco mais de esforço em suas coisinhas apenas por causa disso.

— Qualquer bebê iria se orgulhar dessa roupinha — disse Anne, sentindo com ainda mais força que iria gostar muito da srta. Cornelia.

— Suponho que você pensou que eu nunca viria visitá-la — retomou a srta. Cornelia. — Mas esse é o mês da colheita, você sabe, e tenho estado ocupada, e com um monte de mãos extras me rondando, comendo mais do que trabalham, assim como os homens. Eu teria vindo ontem, mas fui ao funeral da sra. Roderick MacAllister. A princípio, pensei que minha cabeça doía tanto que não conseguiria aproveitar se fosse. Mas ela tinha cem anos e eu sempre prometi a mim mesma que iria ao funeral dela.

— Foi um evento bem-sucedido? — perguntou Anne, percebendo que a porta do escritório estava entreaberta.

— O que é isso? Ah, sim, foi um funeral e tanto! Ela conhecia muita gente. Havia mais de cento e vinte carruagens na procissão. Aconteceram uma ou duas coisas engraçadas. Pensei que morreria para ver o velho Joe Bradshaw, que é um infiel e nunca passa pela porta de uma igreja, cantar "Segura nas mãos de Deus" com grande entusiasmo e fervor. Ele se deleita cantando; é por isso que nunca perde um funeral. Pobre da sra. Bradshaw, não parecia propícia a cantar, de tão esgotada sendo uma escrava. De vez em quando, o velho Joe diz que vai comprar um presente para ela e traz para casa um novo tipo de maquinário agrícola. Isso é homem que preste? Mas o que mais se poderia esperar de um homem que nunca vai à igreja, mesmo sendo metodista? Fiquei muito feliz em ver você e o jovem doutor na igreja presbiteriana em seu primeiro domingo. Não vou a um médico se ele não for presbiteriano.

— Estivemos na igreja metodista no último domingo à noite — disse Anne com malícia.

— Ah, suponho que o dr. Blythe tenha que ir à igreja metodista de vez em quando, ou ele não conseguiria a clientela metodista.

— Gostamos muito do sermão — declarou Anne corajosamente. — E eu pensei que a oração do ministro metodista foi uma das mais belas que já ouvi.

— Ah, não tenho dúvidas de que ele consegue orar. Nunca ouvi ninguém proclamar orações mais bonitas do que o velho Simon Bentley, que sempre estava bêbado, ou querendo estar, e quanto mais bêbado, melhor orava.

— O ministro metodista tem uma aparência muito bonita — disse Anne, em benefício da porta do escritório.

— Sim, ele está sempre bem arrumado — concordou a srta. Cornelia. — Ah, e é *muito* elegante. E ele pensa que toda garota que olha para ele fica apaixonada; como se um ministro metodista, vagando como qualquer errante, fosse um prêmio! Se você e o jovem médico querem *meu* conselho, vocês não têm muito a ver com os metodistas. Meu lema é: se você *é* presbiteriano, *seja* presbiteriano.

— Você não acha que os metodistas vão para o céu assim como os presbiterianos? — perguntou Anne sem sorrir.

— Isso não cabe a *nós* decidir. Está em mãos superiores às nossas — disse srta. Cornelia solenemente. — Mas não me associarei a eles na Terra independente do que eu tenha que fazer no céu. Esse ministro metodista não é casado. O último era, e sua esposa era a coisinha mais tola e esvoaçante que já vi. Eu disse ao marido dela, certa vez, que ele deveria ter esperado até que ela crescesse antes de se casar. Ele respondeu que queria treiná-la. Isso é homem que preste?

— É muito difícil saber quando as pessoas *já* estão crescidas — riu Anne.

— Essa é a pura verdade, querida. Alguns são adultos quando nascem e outros não crescem nem com oitenta anos, *acredite* em mim. Aquela sra. Roderick de quem eu estava falando nunca cresceu. Ela era tão tola aos cem anos como quando tinha dez.

— Talvez seja por isso que ela viveu tanto — sugeriu Anne.

— Talvez tenha sido. *Eu* prefiro viver cinquenta anos sensatos a cem anos tolos.

— Mas pense em como o mundo seria enfadonho se todos fossem sensatos — suplicou Anne.

A srta. Cornelia desdenhava qualquer tentativa de debate engraçadinho.

— A sra. Roderick era uma Milgrave, e os Milgrave nunca tiveram muito bom senso. O sobrinho dela, Ebenezer Milgrave, foi maluco durante muitos anos. Ele acreditava que estava morto e costumava ter raiva da esposa porque ela não queria enterrá-lo. *Eu* teria atendido ao seu desejo.

A srta. Cornelia parecia tão seriamente determinada que Anne quase conseguia vê-la com uma pá nas mãos.

—Você não conhece *nenhum* bom marido, srta. Bryant?

— Ah, sim, muitos deles, lá no além — disse srta. Cornelia, acenando com a mão pela janela aberta em direção ao pequeno cemitério da igreja do outro lado do porto.

— Mas, e vivos, de carne e osso? — persistiu Anne.

— Ah, há alguns, só para mostrar que, para Deus, todas as coisas são possíveis — reconheceu srta. Cornelia com relutância. — Não posso negar que existam alguns, aqui e ali, alguém que tenha sido bem treinado, que a mãe tenha dado uma boa surra de antemão, esse aí até pode vir a ser um homem decente. Agora, *seu* marido não é tão ruim, no que diz respeito aos homens, pelo que ouvi. Suponho — a srta. Cornelia olhou Anne com atenção por cima dos óculos — que você acha que não há ninguém como ele no mundo.

— Não há — disse Anne prontamente.

— Ah, bem, eu ouvi outra noiva dizer isso certa vez — suspirou a srta. Cornelia. — Jennie Dean pensava assim quando se casou, que não havia ninguém como seu marido no mundo. E ela estava certa: não havia mesmo! E uma coisa boa também, *acredite* em mim! Ele tornou a vida dela em um inferno, e já estava cortejando a segunda esposa enquanto Jennie morria.

— E isso é homem que preste? No entanto, espero que a *sua* confiança seja mais bem justificada, querida. O jovem médico está indo muito bem. A princípio, receei de que não iria, porque as pessoas por aqui sempre pensaram que o velho dr. Dave era o único médico no mundo. O dr. Dave não tinha muito tato, isso é certo, ele sempre falava sobre cordas nas casas onde alguém havia se enforcado. Mas as pessoas esquecem as mágoas quando têm uma dor no estômago. Se ele tivesse se tornado ministro em vez de médico, nunca o teriam perdoado. A dor na alma não preocupa tanto quanto a dor de estômago. Visto que somos ambas presbiterianas e não metodistas por aqui, você poderia me dizer sua opinião sincera sobre nosso ministro?

— Por quê?... realmente, bem, eu... — hesitou Anne.

A srta. Cornelia acenou com a cabeça.

— Exatamente. Concordo com você, querida. Cometemos um erro quando chamamos um tipo como *ele*. O rosto dele é igual às longas e estreitas lápides do cemitério, não acha? "Em sagrada memória de..." deveria estar escrito na testa dele. Nunca me esquecerei do primeiro sermão dele depois de chegar. Era a respeito de que todos fizessem o que lhes fosse mais apropriado, um tema muito bom, é claro; mas as referências que ele deu! Ele disse: "Se você tivesse uma vaca e uma macieira e amarrasse a macieira no estábulo e plantasse a vaca no pomar, com as pernas para cima, quanto leite você obteria da macieira, ou quantas maçãs tiraria da vaca?" Você já ouviu algo parecido em sua vida, querida? Fiquei muito aliviada por não haver metodistas lá naquele dia; eles nunca teriam parado de falar sobre isso. Mas o que eu mais desgosto nele é o hábito de concordar com qualquer um, não importa o que seja dito. Se você dissesse a ele: "Você é um canalha", ele responderia com aquele sorriso suave: "Sim, é isso mesmo". Um ministro deveria ter mais firmeza. Resumindo, acho que ele é um reverendo imbecil. Mas, claro, isso é apenas entre mim e eu mesma. Quando há metodistas ouvindo, eu o louvo aos céus. Algumas pessoas acham que a mulher dele se veste de maneira muito alegre, mas acho que quando ela é obrigada a viver com um rosto daqueles, precisa de algo para se animar. Você nunca me ouvirá condenando uma mulher por suas roupas. Fico aliviada que o marido não é tão mesquinho para permitir isso. Não que eu me preocupe muito em me vestir. As mulheres se vestem apenas para agradar aos homens, e eu nunca me rebaixaria a *tanto*. Tive uma vida realmente plácida e confortável, querida, e é só porque nunca me importei com o que os homens pensavam.

— Por que você odeia tanto os homens, srta. Bryant?

— Céus, querida, eu não os odeio. Não valem meu ódio. Eu apenas os desprezo. Acho que vou gostar do *seu* marido se ele continuar como começou. Mas, além dele, os únicos homens no mundo por quem tenho apreço são o velho médico e o capitão Jim.

— O capitão Jim é certamente esplêndido — concordou Anne, cordial.

— O capitão Jim é um bom homem, mas de certa forma é meio irritante. Não dá para irritá-lo. Eu tentei por vinte anos e ele continua sereno. Isso me irrita um pouco. E estou certa de que a mulher com quem ele deveria ter se casado acabou com um homem que tem acessos de raiva duas vezes por dia.

— Quem era ela?

— Ah, não sei, querida. Nunca me recordo se o capitão Jim teve um relacionamento com alguém. Ele sempre foi um senhor desde que me lembro. Ele tem setenta e seis anos, você sabe. Eu nunca soube de nenhum motivo para ele permanecer solteiro, mas deve haver um, *acredite* em mim. Viveu no mar a vida inteira até cinco anos atrás, e não há nenhum canto do mundo que ele não tenha metido o nariz. Ele e Elizabeth Russell foram ótimos amigos, durante toda a vida, mas nunca tiveram qualquer intenção romântica. Elizabeth nunca se casou, embora tivesse tido muitas chances. Ela era uma moça de grande beleza quando jovem. No ano em que o Príncipe de Gales veio para a Ilha, ela estava visitando o tio em Charlottetown, funcionário do governo, por isso ela foi convidada para o grande baile. Ela era a garota mais bonita de lá, e o príncipe dançou com ela, e todas as outras mulheres com quem ele não dançou ficaram furiosas com isso, porque a posição social delas era mais alta do que a de Elizabeth, e ele não deveria tê-las ignorado. Elizabeth sempre teve muito orgulho desse baile. Pessoas maldosas diziam que era por isso que ela nunca se casou: não teria aguentado um homem comum depois de dançar com um príncipe. Mas não foi assim. Ela me contou o motivo uma vez, era por seu temperamento ser tão forte. Elizabeth temia não poder viver em paz com nenhum homem. Seu temperamento *era* terrível; ela costumava subir e arrancar pedaços de sua cômoda para se controlar, às vezes. Mas eu disse a ela que não havia motivo para não se casar, se ela quisesse. Não há nenhuma razão pela qual devemos deixar os homens terem o monopólio do temperamento, não é, sra. Blythe, querida?

— Eu também tenho um pouco de temperamento — suspirou Anne.

— É uma boa coisa que tenha, querida. Você não terá nem metade da probabilidade de ser humilhada, *acredite* em mim! Nossa, como floresce seu belo jardim dourado! Parece ótimo. A pobre Elizabeth sempre cuidou tanto dele.

— Eu o adoro — disse Anne. — Fico feliz que esteja tão cheio de flores antigas. Falando em jardinagem, queremos que alguém cave aquele pequeno lote além do bosque de pinheiros e plante alguns pés de morango para nós. Gilbert está tão ocupado que nunca terá tempo para isso nesse outono. Você conhece alguém que possamos chamar?

— Bem, Henry Hammond lá no Glen faz esse tipo de trabalho. Ele pode fazer, talvez. Está sempre muito mais interessado no dinheiro do que no trabalho, assim como qualquer homem, e é tão lerdo para compreender algo que fica parado por cinco minutos antes de perceber que o assunto terminou. Parece que o pai atirou um pedaço de madeira nele quando pequeno. Que belo gesto, não? Como o de qualquer homem! Claro que a criança nunca superou o trauma. De qualquer forma, ele é o único que posso recomendar. Ele pintou minha casa na primavera passada. Parece muito boa, você não acha?

Anne foi salva pelo relógio que bateu cinco horas.

— Senhor, já é tarde! — exclamou a srta. Cornelia. — Como o tempo passa rápido quando estamos nos divertindo! Bem, preciso voltar para casa.

— Não, por favor! Fique e tome o chá conosco — disse Anne ardentemente.

— Você está me convidando por obrigação ou porque realmente quer? — perguntou a srta. Cornelia.

— Porque eu realmente quero.

— Então eu vou ficar. *Você* é da raça que conhece José!

— Sei que seremos amigas — disse Anne, com o sorriso que só os mais próximos conheciam.

— Sim, seremos, querida. Graças a Deus, podemos escolher nossos amigos. Temos que aceitar nossos parentes como eles são e sermos gratos se não houver criminosos entre eles. Não que eu tenha muitos; nenhum mais próximo que um primo de segundo grau. Eu sou uma espécie de alma solitária, sra. Blythe.

Havia um tom melancólico na voz de srta. Cornelia.

— Eu gostaria que você me chamasse de Anne — exclamou Anne impulsivamente. — Pareceria mais *familiar*. Todos em Four Winds, exceto meu marido, me chamam de sra. Blythe, e isso faz com que eu me sinta uma estranha. Você sabe que seu nome é muito próximo daquele que eu gostaria de ter tido quando criança. Eu odiava "Anne" e, na minha imaginação, me chamava "Cordelia".

— Eu gosto de Anne. Era o nome da minha mãe. Nomes antigos são os melhores e os mais bonitos na minha opinião. Se você vai buscar o chá, pode mandar o jovem médico vir falar comigo. Ele está deitado no sofá naquele escritório desde que cheguei, se matando de rir com tudo o que eu disse.

— Como você sabia? — exclamou Anne, horrorizada demais com esse exemplo de presciência misteriosa de srta. Cornelia para negar com educação.

— Eu o vi sentado ao seu lado quando subi a trilha e conheço os truques dos homens — retrucou srta. Cornelia. — Pronto, terminei minha roupinha, querida, e o oitavo bebê pode nascer quando bem desejar.

IX
Uma tarde no farol de Four Winds

Era final de setembro quando Anne e Gilbert puderam fazer a prometida visita ao farol de Four Winds. Tinham planejado ir muitas vezes, mas sempre acontecia algo para impedi-los. O capitão Jim "apareceu" várias vezes na casinha deles.

— Eu não faço cerimônia, patroa Blythe — ele disse a Anne. — É um verdadeiro prazer para mim vir aqui, e não vou negá-lo porque você não foi me ver. Não deveria haver barganha como essa entre aqueles que são da raça que conhece José. Eu virei quando puder, e você também, desde que a gente tenha nosso agradável papo, importa nem um pouco qual teto esteja sobre nossa cabeça.

O capitão Jim gostava muito de Gog e Magog, que presidiam as laterais da lareira da casinha com tanta dignidade e aprumo quanto haviam feito na Casa da Patty.

— Eles não são umas coisas fofas? — ele diria encantado; e os saudava e se despedia deles com tanta seriedade e sempre como fazia com seu anfitrião e sua anfitriã. O capitão Jim não iria ofender as divindades domésticas com qualquer falta de educação ou cerimônia.

— Você tornou essa casinha quase perfeita — disse ele a Anne. — Nunca foi tão bom aqui antes. A sra. Selwyn tinha o mesmo gosto que o seu e fazia maravilhas, mas as pessoas naquela época não tinham as lindas cortinas, as fotos e os enfeites que você tem. Quanto à Elizabeth, ela vivia no passado. Parece que você trouxe o futuro para cá, por assim dizer. Eu ficaria muito feliz mesmo que não fôssemos conversar quando eu viesse aqui; se eu puder me sentar aqui e olhar para você e suas fotos e suas flores, para mim já seria o suficiente. Esse lugar é lindo, lindo.

O capitão Jim era um verdadeiro entusiasta da beleza. Cada coisa adorável ouvida ou vista proporcionava-lhe uma alegria profunda, sutil e interior que irradiava sobre sua vida. Ele era bastante ciente de sua própria falta de graciosidade exterior e lamentava isso.

— As pessoas dizem que sou bom — observou ele caprichosamente em uma ocasião —, mas às vezes gostaria que o Senhor tivesse me feito com apenas a metade das minhas qualidades e colocado o restante em minha aparência. Mas aí, bem, acho que Ele sabia o que estava fazendo, como um bom capitão deveria. Alguns de nós precisam ser desajeitados, ou os puros, como a patroa Blythe aqui, não apareceriam tão bem.

Certa noite, Anne e Gilbert finalmente foram em direção ao farol de Four Winds. O dia havia começado sombrio com nuvens cinzentas e neblina, mas terminou com uma pompa de escarlate e ouro. Sobre as colinas ao leste, além do porto, havia profundezas cor de âmbar e águas rasas cristalinas, com o fogo do pôr do sol abaixo. O norte era um céu de pequenas nuvens de cavalinhas, douradas de fogo. A luz vermelha do céu iluminou as brancas velas de um navio que deslizava pelo canal, cujo destino era o porto bem ao sul de uma terra de palmeiras. Atrás dele, a luz refletia nas faces brilhantes, brancas e nuas das dunas de areia. À direita, ela caía sobre a velha casa entre os salgueiros, subindo o riacho, e dava, por fugazes momentos, mais esplendor aos batentes da janela do que os de uma antiga catedral. Eles irradiavam de sua quietude cinzenta como os pensamentos latejantes, vermelho-sangue, de uma alma vívida aprisionada em um opaco invólucro.

— Aquela velha casa no riacho sempre parece tão solitária — disse Anne. —Nunca vejo visitantes lá. Claro, a trilha dá para a estrada de cima, mas não acho que haja muitas idas e vindas. Parece estranho que não conhecemos os Moore ainda, quando eles moram a quinze minutos a pé e eu posso tê-los visto na igreja, é claro, mas se aconteceu, não os conhecia. Lamento que sejam tão antissociais, porque são nossos únicos vizinhos próximos.

— Evidentemente eles não pertencem à raça que conhece José — riu Gilbert. —Você já descobriu quem era aquela garota que você achou tão bonita?

— Não. De alguma forma, sempre me esqueço de perguntar sobre ela. Mas nunca mais a vi em lugar nenhum, então suponho que seja uma forasteira. Ah, o sol acabou de desaparecer e ali está o farol.

À medida que o crepúsculo se aprofundava, o grande farol cortava feixes de luz através dele, varrendo em círculo os campos e o porto, o banco de areia e o golfo.

— Sinto como se ele pudesse me pegar e me levar por quilômetros mar adentro — disse Anne, inundada de esplendor. Ela se sentiu bastante aliviada quando alcançaram a Península, ficando assim dentro do alcance daqueles recorrentes e estonteantes flashes.

Ao dobrarem na pequena alameda que atravessava os campos até a Península, encontraram um homem vindo dali — um homem de aparência tão extraordinária que por um momento ambos encararam sem pudor. Ele era um homem decididamente bonito — alto, ombros largos, feições bem-feitas, nariz romano e olhos cinzentos; usava sua melhor roupa de domingo, como um próspero fazendeiro. Até ali, ele poderia ser qualquer morador de Four Winds ou do Glen. Contudo, descendo pelo peito quase até os joelhos, havia um rolo de barba castanha crespa; e nas costas, sob o chapéu de feltro comum, havia uma cascata de cabelos castanhos, grossos e ondulados correspondente.

— Anne — murmurou Gilbert, quando eles estavam fora do alcance da voz — você não colocou o que o tio Dave chama de "um pouco de uísque escocês" naquela limonada que tomei pouco antes de sairmos de casa, certo?

— Não, claro que não — disse Anne, reprimindo o riso, para que o enigma que acabara de passar não a ouvisse. Quem será esse homem?

— Não sei, mas se o capitão Jim mantém figuras como essa aqui na península do farol, vou carregar uma faca no bolso quando vier para cá. Esse homem não era marinheiro, ou poderia ser perdoada sua excêntrica aparência; ele deve pertencer aos clãs do porto. Tio Dave disse que eles têm várias excentricidades por lá.

— Tio Dave é um pouco preconceituoso, eu acho. Você sabe que todas as pessoas do porto que vêm para a Igreja do Glen parecem muito boas. Ah, Gilbert, que coisa mais linda.

O farol de Four Winds foi construído sobre o pico de um penhasco de arenito vermelho que se projeta para o golfo. De um lado do canal, se estende a costa de areia prateada; do outro, se estende uma longa praia curva de falésias vermelhas, que se ergue abruptamente nas enseadas de seixos. Era uma costa que trazia a magia e o mistério da tempestade e da estrela. Há muita solidão nesse litoral. A floresta nunca é solitária — está sempre cheia de sussurros, acenos e vida amigável. Mas o mar é uma alma poderosa, suspirando por alguma tristeza grande e insondável, que o fecha em si mesmo por toda a eternidade. Nunca poderemos penetrar em seu mistério infinito — podemos apenas imaginar, maravilhados e fascinados, em sua orla externa. A floresta nos chama com uma centena de vozes, mas o mar possui apenas uma — sua voz poderosa que afoga nossa alma em sua música majestosa. Os bosques são humanos, mas o mar é da companhia dos arcanjos.

Anne e Gilbert encontraram tio Jim sentado em um banco do lado de fora do farol, dando os toques finais em uma maravilhosa escuna de brinquedo totalmente equipada. Ele se levantou e deu as boas-vindas a sua residência com a gentil e inconsciente cortesia que o tornava especial.

— Este está sendo um lindo dia, o dia todo , patroa Blythe, e agora, enfim, chegou a melhor parte dele. Vocês gostariam de se sentar aqui fora um pouco, enquanto ainda há luz? Acabei de terminar essa parte de um brinquedo para meu sobrinho-neto, Joe, no Glen. Depois que prometi fazê-lo para ele, me senti um pouco arrependido, pois a mãe se aborreceu. Ela tem medo de que ele queira ir para o mar depois e não quer que isso seja encorajado. Mas o que eu poderia fazer, patroa Blythe? Eu *prometi* a uma criança, e eu acho realmente cruel quebrar uma promessa para uma criança. Venham se sentar, uma hora passa muito rápido.

O vento soprava da costa e apenas quebrava a superfície do mar em longas ondulações prateadas, e projetava sombras cintilantes voando sobre si, de cada ponto e promontório, como asas translúcidas. O crepúsculo pendurava uma cortina de escuridão violeta sobre as dunas de areia e os promontórios onde as gaivotas se amontoavam. O céu estava fracamente coberto por lenços sedosos de vapor. Frotas de nuvens navegavam ancoradas ao longo dos horizontes. Uma estrela da noite estava cuidando da faixa de areia.

— Não é uma vista que vale a pena ser observada? — disse o capitão Jim, com um orgulho amoroso e zeloso. — Bonito e longe do mercado aberto, não é? Nada de comprar, vender e ganhar dinheiro. Você não precisa pagar nada, o mar inteiro e o céu são de graça, "sem dinheiro e sem preço". Em breve haverá o puro nascer da lua. Nunca me canso de tentar descobrir qual vai ser a surpresa do nascer da lua sobre as rochas, o mar e o porto. Sempre há uma.

Eles viram a lua nascer e observaram sua maravilhosa magia em um silêncio que não pedia nada ao mundo nem um ao outro. Em seguida, subiram na torre e o capitão Jim mostrou e explicou o mecanismo do grande farol. Por fim, foram para a sala de jantar, onde uma fogueira de madeira flutuante tecia chamas oscilantes, com indescritíveis matizes nascidos esverdeados na lareira aberta.

— Eu mesmo construí essa lareira — comentou o capitão Jim. — O governo não dá aos faroleiros esse tipo de luxo. Olhe as cores que a madeira faz. Se você quiser um pouco de madeira flutuante para sua fogueira, patroa Blythe, eu levo uma carga para você algum dia. Sentem, vou fazer uma xícara de chá.

O capitão Jim colocou uma cadeira para Anne, tendo primeiro removido dela um enorme gato laranja e um jornal.

— Desça daí, camarada. O sofá é o seu lugar. Devo manter esse jornal a salvo até conseguir encontrar tempo para terminar uma história nele. Chama "Um louco amor". Não é meu tipo favorito de ficção, mas estou lendo para ver até onde ela vai. Já está no capítulo sessenta e dois e até agora o casamento não está mais próximo do que quando começou, até onde eu li. Quando o pequeno Joe vem, preciso ler para ele histórias de piratas. Não é estranho como pequenas criaturas inocentes gostam de histórias sanguinárias?

— Como meu Davy lá em casa — disse Anne. — Ele quer histórias que escorrem sangue.

O chá do capitão Jim provou ser um néctar. Ele ficou alegre como uma criança com os elogios de Anne, mas fingia estar indiferente.

— O segredo é que eu não economizo no creme — ele comentou alegremente. O capitão Jim nunca tinha ouvido falar de Oliver Wendell Holmes,[1] mas evidentemente concordava

---

[1] Oliver Wendell Holmes (1809-94) foi um escritor e poeta norte-americano, que fazia parte do grupo "poetas ao lado da lareira", cuja característica de escrita era ser familiar e tradicional.

com uma das citações do escritor, que dizia que "um coração grande não gosta de pouco creme".

— Encontramos uma figura de aparência estranha saindo de sua rua — disse Gilbert enquanto bebiam. — Quem era ele?

O capitão Jim sorriu.

— Esse é Marshall Elliott, um homem muito poderoso, com um toque de tolo. Suponho que você esteja se perguntando qual era o objetivo dele em se tornar um tipo de aberração de um museu.

— Ele é um nazareno moderno ou um profeta hebreu que sobrou dos tempos antigos? — perguntou Anne.

— Nenhum dos dois. É a política que está entranhada em sua esquisitice. Todos os Elliott, Crawford, e MacAllister são políticos obstinados. Já nascem ou *grits*",[2] liberais, ou *tories*,[3] conservadores, conforme a família, e vivem e morrem sendo ou liberal ou conservador. Eu me pergunto o que eles irão fazer no céu quando morrerem, porque provavelmente lá não existe política. Esse Marshall Elliott já nasceu liberal. Eu também sou, mas moderado, mas não há moderação em relação ao Marshall. Quinze anos atrás, houve uma eleição geral especialmente desastrosa. Marshall lutou por seu partido com unhas e dentes. Ele estava tão certo de que os liberais iriam vencer, mas tão certo que se levantou em uma reunião pública e jurou que nunca mais faria a barba ou cortaria o cabelo até que os liberais estivessem no poder. Bem, até esse momento, eles não ganharam, e vocês, hoje, viram o resultado. Marshall cumpre sua palavra.

— O que a esposa dele acha disso? — perguntou Anne.

— Ele é solteiro. Mas se decidisse se casar, não acho que a mulher conseguiria fazê-lo quebrar a promessa. Aquela família

---

[2] "Grit" é uma referência popular a um membro do Partido Liberal do Canadá.
[3] "Tory" é uma referência popular a um membro do Partido Conservador do Canadá.

Elliott sempre foi mais teimosa do que o normal. O irmão de Marshall, Alexander, tinha um cachorro de quem gostava muito e quando o cão morreu, o homem queria de qualquer jeito que o animal fosse enterrado no cemitério, "junto com os outros cristãos", disse ele. Claro, ele não obteve permissão para fazê-lo; então o enterrou do lado de fora da cerca do cemitério e nunca mais voltou a colocar os pés na igreja. Só que aos domingos, ele levava a família para a igreja e se sentava do lado do túmulo do cachorro e lia a Bíblia durante todo o tempo que o sermão acontecia. Dizem que quando ele estava nas últimas, pediu à esposa para enterrá-lo ao lado do cachorro; ela era uma coisinha dócil, mas ficou uma fera com ele. Disse que ela não seria enterrada ao lado de cachorro nenhum, e se ele preferia que sua última morada fosse ao lado do cachorro e não do dela, então que falasse. Alexander Elliott era teimoso feito uma mula, mas gostava muito da esposa, então cedeu e disse: "Bem, dane-se, me enterre onde quiser, mas quando as trombetas de Gabriel tocarem no Juízo Final, espero que meu cachorro suba com o resto de nós, pois ele tinha tanta alma quanto qualquer um dos malditos Elliott, Crawford ou MacAllister que já viveram". Essas foram suas *últimas* palavras. Quanto a Marshall, estamos todos acostumados com ele, mas para estrangeiros ele deve parecer um doido varrido. Eu o conheço desde que ele tinha dez anos, hoje tem quase cinquenta, e gosto dele. Hoje saímos juntos para pescar bacalhau. Isso é tudo o que sei fazer agora, pescar truta e bacalhau de vez em quando. Mas nem sempre foi assim, não mesmo. Eu costumava fazer outras coisas, como você veria se lesse o livro da minha vida.

Anne ia apenas perguntar qual era o livro de sua vida quando o Primeiro Imediato criou uma distração pulando sobre os joelhos do capitão Jim. Era um animal lindo; rosto redondo como uma lua cheia, olhos verdes vívidos e patas imensas e brancas. O capitão Jim acariciou suas costas de veludo suavemente.

— Nunca gostei muito de gatos até encontrar o Primeiro Imediato — observou ele, com o acompanhamento dos sonoros ronronados do bichano. — Eu salvei a vida dele, e quando você salva a vida de uma criatura, está fadado a amá-la. É o mais próximo de dar à luz. Tem algumas pessoas terríveis no mundo, patroa Blythe. Algumas delas são gente da cidade que tem casas de verão no porto, mas que são tão descuidadas que chegam a ser cruéis. É o pior tipo de crueldade, o tipo que não pensa, o tipo negligente. Não dá para aceitar isso. Eles mantêm os gatos no verão, alimentam eles e mimam eles, enfeitam eles com fitas e colares. E então, no outono, vão embora e deixam eles para morrer de fome ou de frio. Isso faz meu sangue ferver, patroa Blythe. Um dia no inverno passado, encontrei uma pobre gata morta na praia, deitada com o corpo de seus três gatinhos apertados contra ela, só pele e osso. Ela morreu tentando protegê-los. Estava com as pobres patas rígidas ao redor deles. Por Deus, eu chorei. Então, xinguei. Daí trouxe os pobres gatinhos para casa e dei comida para eles e encontrei bons lares para ficarem. Conhecia a mulher que abandonou a gata e quando ela voltou nesse verão, eu fui até o porto e disse tudo o que pensava dela. Foi uma intromissão grosseira, mas eu adoro me intrometer por uma boa causa.

— Como ela reagiu? — perguntou Gilbert.

— Chorou e disse que "não pensou". Daí eu disse "Você acha que isso vai ser uma boa justificativa no dia do Juízo Final, quando você vai ter que prestar contas pela vida daquela pobre gata? O Senhor vai perguntar por que Ele daria a você um cérebro se não fosse para pensar, eu acho". Eu acho que ela nunca mais vai deixar qualquer gato morrer de fome outra vez.

— O Primeiro Imediato foi um dos abandonados? — perguntou Anne, fazendo avanços para ele que foram respondidos com graça, embora condescendentemente.

— Sim, *esse* eu encontrei em um dia frio de inverno, ele tinha ficado preso nos galhos de uma árvore por causa de sua coleira idiota. Estava quase morrendo de fome. Se você pudesse ter visto os olhos dele, patroa Blythe! Era só um filhotinho, e de alguma forma estava sobrevivendo desde que tinha sido deixado até ficar preso. Quando eu soltei ele, recebi uma bela lambida na mão com sua pequena língua vermelha. Ele não era o marinheiro forte que você vê agora. Era manso como Moisés. Isso foi há nove anos. Sua vida está sendo longa na terra de um gato. É um bom velho amigo, esse Primeiro Imediato.

— Achava que você seria do tipo que tem um cachorro — disse Gilbert.

O capitão Jim balançou a cabeça.

— Eu tinha um. Amava tanto aquele cachorro que quando ele morreu não pude suportar a ideia de ter outro no lugar. Ele era meu *amigo*, você entende, patroa Blythe? O Imediato é um companheiro. Gosto muito dele, ainda mais por causa do diabólico temperamento que existe nele, assim como em todos os gatos. Mas eu *amava* meu cachorro. Sempre senti uma empatia disfarçada por Alexander Elliott por causa do cachorro *dele*. Não há nada diabólico nos cachorros. É por isso que eles são mais adoráveis do que gatos, eu acho. Mas duvido que sejam mais interessantes que os gatos. Aqui estou eu, falando demais. Por que vocês não me interrompem? Sempre que tenho uma chance de conversar com alguém, eu passo dos limites, sou terrível. Se você terminou seu chá, tenho algumas coisinhas que talvez você gostasse de ver, que fui juntando por todos os cantos esquisitos por onde andei nesse mundo.

"As coisinhas" do capitão Jim revelaram ser uma coleção de objetos curiosos, terríveis, pitorescos e lindos. E quase todos carregavam alguma história consigo.

Anne nunca se esqueceu do deleite que sentiu ao ouvir aquelas antigas histórias em uma noite enluarada ao lado da fogueira encantada, enquanto o mar prateado os chamava pela janela aberta e soluçava contra as rochas abaixo deles.

O capitão Jim nunca disse uma palavra pretensiosa, mas era impossível deixar de notar que herói ele tinha sido — corajoso, verdadeiro, engenhoso, altruísta. Sentado ali em seu quartinho fazendo aqueles objetos voltarem à vida para seus ouvintes. Levantando a sobrancelha, torcendo o lábio, com um gesto ou uma palavra, ele pintava toda uma cena ou um personagem de modo que eles a vissem como realmente era.

Algumas das aventuras do capitão Jim eram tão fantásticas que Anne e Gilbert secretamente se perguntaram se ele não estava exagerando um pouco às próprias custas. Mas a respeito disso, descobriram mais tarde, haviam-no feito injustiça. Todos os seus contos eram literalmente verdadeiros. O capitão Jim tinha o dom do contador de histórias nato, por meio do qual coisas tristes e longínquas conseguem ser apresentadas de modo vívido ao ouvinte em toda a sua primitiva pungência.

Anne e Gilbert riram e estremeceram com suas histórias, e em uma Anne se pegou chorando. O capitão Jim observou aquelas lágrimas, o prazer brilhando em seu rosto.

— Gosto de ver gente chorar assim — comentou. — É um elogio. Mas não posso fazer justiça às coisas que vi ou ajudei a realizar. Já anotei todas no livro da minha vida, mas não tenho jeito para escrever. Se eu pudesse encontrar as palavras certas e colocar elas direitinho no papel, eu faria um ótimo livro. Seria melhor do que *Um Louco Amor* e acredito que Joe ia gostar tanto quanto as histórias de pirata. Sim, já tive algumas aventuras no meu tempo; e, você sabe, patroa Blythe, ainda quero vivê-las. Sim, velho e inútil como sou, ainda assim às vezes sinto um desejo terrível de ir para o mar... para longe... para todo o sempre.

— Como Ulisses, você "navegaria para além do pôr do sol e das águas, sobre todas as estelas ocidentais, até morrer"[4] — declamou Anne com ar sonhador.

---

[4] No original "Sail beyond the sunset and the baths/ Of all the western stars until you die", verso do poema *Ulysses*, de Lord Tennyson.

— Ulisses? Já li sobre ele. Sim, é assim que me sinto, como todos nós, os velhos marinheiros, acho. Morrerei em terra firme no final, suponho. Bem, o que há de ser, será. Havia um velho, o William Ford, no Glen, que nunca entrou no mar na vida, com medo de se afogar. Uma cartomante previu que ele morreria afogado. E um dia, ele desmaiou e caiu com o rosto no cocho do celeiro e se afogou. Vocês precisam ir? Bem, voltem logo e venham sempre. O doutor vai falar na próxima vez. Ele sabe um monte de coisas que eu quero saber. Fico solitário aqui de vez em quando. E piorou desde que Elizabeth Russell morreu. Ela e eu éramos muito amigos.

O capitão Jim falou com a experiência dos idosos, que veem seus velhos amigos escapando um por um — amigos esses cujo lugar nunca será totalmente preenchido por aqueles de uma geração mais jovem, mesmo sendo da raça que conhece José. Anne e Gilbert prometeram voltar logo e com frequência.

— Ele é um senhor sem igual, não é? — disse Gilbert, enquanto caminhavam para casa.

— De alguma forma, não consigo conciliar sua personalidade simples e gentil com sua vida aventureira e selvagem. — ponderou Anne.

— Você não acharia tão difícil se o tivesse visto outro dia na vila de pescadores. Um dos homens do barco de Peter Gautier fez um comentário desagradável sobre uma garota que passava pela costa. O capitão Jim fuzilou o infeliz só com o olhar. Parecia um homem transformado. Ele não falou muito, mas o modo como falou! É de pensar que ele arrancaria a carne dos ossos do sujeito. Tenho certeza de que o capitão Jim nunca permitirá que alguma palavra contra qualquer mulher seja dita em sua presença.

— Eu me pergunto por que ele nunca se casou — disse Anne. — Ele deveria ter filhos com seus navios no mar agora, e netos subindo em suas pernas para ouvir as histórias do avô, esse tipo de homem. Mas ele não tem nada além de um lindo gato.

Mas Anne estava enganada. O capitão Jim tinha mais do que isso. Ele tinha suas lembranças.

X
Leslie Moore

— Vou dar um passeio pela praia essa tarde — disse Anne a Gog e Magog, em uma noite de outubro. Não havia mais ninguém para contar isso, pois Gilbert havia ido para o porto.

Anne deixara seu pequeno domínio impecavelmente em ordem, o que se esperaria de alguém criado por Marilla Cuthbert, e sentia que podia ir até a praia com a consciência tranquila. Muitas e deliciosas haviam sido suas caminhadas pela praia, às vezes com Gilbert, às vezes com o capitão Jim, às vezes sozinha com seus próprios pensamentos e seus novos sonhos intensamente doces que começavam a expandir sua vida com seus arco-íris. Ela amava a suave e enevoada costa do porto e a costa de areia prateada, assombrada pelo vento, mas amava acima de tudo a costa rochosa, com seus penhascos, suas cavernas e suas pilhas de pedras desgastadas pelas ondas, e as enseadas onde os seixos brilhavam sob as águas; e foi para esse local que ela foi se embrenhar naquela noite.

Houve uma tempestade de outono, com ventanias e raios, que durou três dias. O estrondo violento das ondas nas rochas, o selvagem borrifo branco e a espuma sopraram sobre a faixa de areia, deixando turbulenta, enevoada e dilacerada pela tempestade a antiga paz azul do porto de Four Winds. Agora tudo tinha passado e a costa estava limpa depois da tempestade; nem um vento se movia, mas ainda havia pequenas ondas batendo na areia e nas rochas em um esplêndido tumulto branco — a única coisa inquieta no grande e penetrante silêncio pacífico.

— Ah, este é um momento pelo qual vale a pena viver semanas de tempestade e estresse — exclamou Anne, olhando com prazer as águas agitadas do topo do penhasco onde estava. Logo ela desceu o caminho íngreme até a pequena enseada abaixo, onde parecia rodeada por pedras, mar e céu.

— Vou dançar e cantar — disse ela. — Não há ninguém aqui para me ver; as gaivotas não vão contar nada a ninguém. Posso ser tão maluca quanto quero ser.

Segurou a saia e deu uma pirueta pela dura faixa de areia fora do alcance das ondas que quase lambiam seus pés com a espuma desfeita. Girando e girando, rindo como uma criança, ela alcançou o pequeno promontório que se estendia à direita da enseada, então parou de repente e enrubesceu; não estava sozinha, havia uma testemunha de sua dança e risadas.

A garota de cabelos dourados e olhos azul-marinho estava sentada em uma rocha do promontório, um pouco escondida por uma rocha saliente. Olhava diretamente para Anne com uma expressão estranha — parte maravilhada, parte compadecida, parte — poderia ser, inveja? Estava com a cabeça descoberta e seu esplêndido cabelo, mais do que nunca a "linda cobra" de Browning, foi amarrado em volta da cabeça com um laço carmesim. Usava um vestido de algum material escuro, muito simples; mas enrolado em volta da cintura, delineando suas curvas finas, com um vívido cinto de seda vermelha. Suas mãos, cruzadas sobre o joelho, eram escuras e um tanto endurecidas pelo trabalho; mas a pele de seu pescoço e suas bochechas era branca como creme. Um raio único do pôr do sol rompeu uma nuvem ocidental baixa e refletiu em seu cabelo. Por um momento, ela pareceu a personificação do espírito do mar — com todo o seu mistério, toda a sua paixão, todo o seu evasivo charme.

— Você... você deve pensar que sou louca — gaguejou Anne, tentando recuperar o controle de si mesma. Ser vista por aquela garota imponente em tal abandono da infantilidade, ela, a sra. Blythe, com toda a dignidade de uma matrona que deveria manter, que pena!

— Não — disse a garota —, eu não.

Ela não disse mais nada; sua voz era inexpressiva e sua atitude ligeiramente arredia. Contudo, havia algo em seus olhos, intensos, mas tímidos, desafiadores, mas suplicantes, que desviou Anne de seu propósito de ir embora. Em vez disso, ela se sentou na pedra ao lado da garota.

— Vamos nos apresentar — disse Anne, com aquele sorriso que nunca deixou de conquistar a confiança e a simpatia das pessoas. — Eu sou a sra. Blythe e moro naquela casinha branca na praia do porto.

— Sim, eu sei — disse a garota. — Eu sou Leslie Moore... sra. Dick Moore — acrescentou ela seriamente.

Espantada, Anne ficou em silêncio por um momento. Não lhe havia ocorrido que essa garota fosse casada — não havia nada de "esposa" sobre ela. E pensar que Anne a imaginou como uma dona de casa comum de Four Winds! Anne não conseguiu ajustar rápido o suficiente seu foco mental a essa mudança tão inusitada.

— Então, então você mora naquela casa cinza no riacho — ela gaguejou.

— Sim. Eu já deveria ter ido visitá-la há algum tempo — disse a outra. Não deu nenhuma explicação ou desculpa para não tê-lo feito.

— Gostaria que você viesse — disse Anne, recuperando-se um pouco. — Somos vizinhas tão próximas que deveríamos ser amigas. Esse é o único defeito de Four Winds, não temos vizinhos em quantidade suficiente. Tirando isso, aqui é perfeito!

— Você gosta daqui?

— Se gosto? Eu amo. É o lugar mais lindo que já vi.

— Nunca vi muitos lugares — disse Leslie Moore, devagar —, mas sempre achei muito bonito aqui. Eu... eu também gosto daqui.

Ela falou enquanto olhava com timidez, mas ardor. Anne teve a estranha impressão de que essa garota estranha, e a palavra "garota" persistia, poderia dizer muita coisa, se quisesse.

— Costumo sempre vir para a praia — acrescentou ela.

— Eu também — disse Anne. — É uma pena que não tenhamos nos encontrado aqui antes.

— Provavelmente você vem mais cedo do que eu. É tarde quando venho, já está quase escuro. E adoro vir logo depois de uma tempestade, como hoje. Não gosto tanto do mar quando está calmo e quieto. Eu gosto da luta e das colisões e do barulho.

— Eu amo em todos os humores — declarou Anne. — O mar em Four Winds é para mim o que a Alameda dos Namorados era lá em casa. Hoje parecia tão livre, tão indomável, algo se soltou em mim também, como por instinto. Foi por isso que dancei pela praia daquele jeito selvagem. Não achei que alguém estivesse olhando, é claro. Se a srta. Cornelia Bryant tivesse me visto, ela teria feito um prognóstico muito sombrio para o pobre e jovem dr. Blythe.

— Você conhece a srta. Cornelia? — perguntou Leslie, rindo. Ela tinha uma risada deliciosa; borbulhou súbita e inesperadamente como a maravilhosa risada de um bebê. Anne riu também.

— Ah, sim. Ela já foi à minha casa dos sonhos várias vezes.

— Sua casa dos sonhos?

— Ah, é um nome bobinho que Gilbert e eu demos à nossa casa. Só a chamamos assim entre nós. Saiu sem que eu pensasse.

— Então, a casinha branca da srta. Russell é a *sua* casa dos sonhos? — perguntou Leslie com curiosidade. — *Eu* já tive uma casa de sonhos , mas era um palácio — acrescentou ela, com uma risada cuja doçura foi prejudicada por uma pequena nota de escárnio.

— Ah, eu também já sonhei com um palácio — disse Anne. — Suponho que todas as garotas sonham. E então alegremente nos acomodamos em casas de oito cômodos que parecem satisfazer todos os desejos de nosso coração, porque nosso príncipe está lá. *Você* realmente deveria ter tido o seu palácio, você é tão bonita. Eu *preciso* lhe dizer isso, estou quase explodindo de admiração. Você é a coisa mais linda que eu já vi, sra. Moore.

— Se quisermos ser amigas, você deve me chamar de Leslie — ela respondeu com um estranho fervor.

— Claro que vou. E *meus* amigos me chamam de Anne.

— Acho que sou bonita — Leslie continuou, olhando tempestuosamente para o mar. — Eu odeio minha beleza. Eu gostaria de ter sido tão morena e sem graça quanto a mais morena e sem graça das garotas lá na vila de pescadores. Então, o que você acha da srta. Cornelia?

A mudança abrupta de assunto encerrou qualquer possibilidade de novas confidências.

— A srta. Cornelia é uma querida, não é? — disse Anne. — Gilbert e eu fomos convidados a ir a sua casa para um chá oficial na semana passada. Você já ouviu falar de serviço exagerado?

— Me lembro de ter visto a expressão nos jornais sobre casamentos — disse Leslie, sorrindo.

— Bem, a srta. Cornelia exagerou, definitivamente, exagerou. Eu não conseguia acreditar que ela tenha cozinhado tanta comida para duas pessoas comuns. Havia todo o tipo de torta que você pode imaginar, eu acho, exceto torta de limão. Ela disse que ganhou o prêmio de melhor torta de limão da Exposição de Charlottetown dez anos atrás e, desde então, nunca mais fez uma, por medo de perder sua reputação.

— Você conseguiu comer o suficiente para agradá-la?

— *Eu* não. Mas Gilbert conquistou o coração dela comendo... não vou te dizer quanto. Ela disse que nunca conheceu um homem que não gostasse mais de torta do que a Bíblia. Sabe, eu amo a srta. Cornelia.

— Eu também — disse Leslie. — Ela é a melhor amiga que tenho no mundo.

Anne se perguntou em segredo por que, se assim fosse, a srta. Cornelia nunca mencionara a sra. Dick Moore para ela. A srta. Cornelia tinha falado abertamente sobre todos os outros indivíduos de Four Winds ou dos arredores.

— Não é lindo? — disse Leslie após um breve silêncio, apontando para o efeito primoroso de um raio de luz passando por uma fenda na rocha atrás delas, numa piscina verde-escura embaixo. — Se eu tivesse vindo aqui e só tivesse visto isso, voltaria para casa satisfeita.

— Os efeitos de luz e sombra ao longo dessas praias são maravilhosos — concordou Anne. — Minha pequena sala de costura dá para o porto, e me sento à janela e me encanto só de olhar. As cores e as sombras nunca são as mesmas entre dois minutos.

— E você nunca se sente solitária? Nunca? — perguntou Leslie de repente. — Nem quando fica sozinha?

— Não. Acho que nunca estive realmente sozinha em minha vida — respondeu Anne. — Mesmo quando estou sozinha, estou em boa companhia: com meus sonhos, minhas imaginações e minhas fantasias. *Adoro* ficar sozinha de vez em quando, apenas para pensar nas coisas e *saboreá-las*. Mas eu amo a amizade e momentos agradáveis e alegres com as pessoas. Ah, você *precisa* vir me ver sempre, por favor, venha. Acho que você gostaria de mim se me conhecesse. — acrescentou Anne, rindo.

— Eu me pergunto se *você* gostaria de mim — disse Leslie seriamente. Ela não estava buscando um elogio. Olhava para as ondas que começavam a se tornar guirlandas com flores de espuma iluminada pela lua, e seus olhos se encheram de tristeza.

— Tenho certeza que sim — disse Anne. — E, por favor, não pense que sou totalmente irresponsável só por ter me visto dançando na praia ao pôr do sol. Sem dúvida, serei muito respeitável com o tempo. Sabe, sou recém-casada. Eu me sinto como uma adolescente, e às vezes como uma criança, ainda.

— Estou casada há doze anos — disse Leslie.

Ali estava outra informação inacreditável.

— Ora, você não pode ter a minha idade! — exclamou Anne. — Você deveria ser criança quando se casou.

— Eu tinha dezesseis anos — disse Leslie, se levantando e pegando o chapéu e o casaco ao seu lado. — Tenho vinte e oito anos agora. Bem, preciso voltar.

— Eu também preciso. Gilbert provavelmente estará em casa. Mas estou tão feliz que ambas viemos para a praia e nos conhecemos.

Leslie não disse nada e Anne ficou um pouco magoada. Ela oferecera sua amizade sinceramente, que não apenas havia sido recusada com muita gentileza, como repelida de todo. Em silêncio, escalaram as falésias e atravessaram um campo, no qual a grama branqueada emplumada parecia um tapete de veludo cremoso ao luar. Quando chegaram à rua da enseada, Leslie se virou.

— Eu vou por aqui, sra. Blythe. Você virá me ver algum dia, não é?

Anne se sentiu como se o convite tivesse sido arremessado para ela. Teve a impressão de que Leslie Moore o fizera com relutância.

— Eu irei se você realmente quiser — ela disse um pouco friamente.

— Ah, sim, sim — exclamou Leslie, com uma vontade que parecia irromper e derrubar alguma restrição que lhe fora imposta.

— Então eu vou. Boa noite... Leslie.
— Boa noite, sra. Blythe.

Anne voltou para casa num humor ponderado e contou sua história para Gilbert.

— Então a sra. Dick Moore não faz parte da raça que conhece José? — disse Gilbert, de forma provocadora.

— Não, não exatamente. E ainda assim, acho que ela *fazia* parte antes, mas deve ter ido embora ou sido exilada. — disse Anne pensativamente. — Ela é certamente muito diferente das outras mulheres por aqui. Não se pode falar sobre ovos e manteiga com *ela*. E pensar que a imaginei como uma segunda sra. Rachel Lynde! Você já viu Dick Moore, Gilbert?

— Não. Já vi vários homens trabalhando nos campos da fazenda, mas não sei qual deles era o Moore.

— Ela não falou nada sobre ele. Tenho *certeza* de que ela não é feliz.

— Pelo que você me contou, suponho que ela se casou antes de ter idade suficiente para saber o que pensava ou o que queria e descobriu tarde demais que havia cometido um erro. É uma tragédia comum, Anne. Uma boa mulher teria tirado o melhor da situação. A sra. Moore evidentemente deixou que isso a deixasse amarga e ressentida.

— Não vamos julgá-la até que saibamos o que aconteceu — suplicou Anne. — Não acredito que o caso dela seja tão comum. Você vai entender o fascínio sobre ela quando a conhecer, Gilbert. É algo completamente dissociado de sua beleza. Eu sinto que ela possui uma natureza rica, na qual um amigo poderia entrar como em um reino, mas por alguma razão ela bloqueia todo mundo e fecha todas as possibilidades dentro de si, para que não possam ali crescer e florescer. Estou tentando defini-la comigo mesma desde que a deixei, e isso é o mais próximo que consigo chegar. Vou perguntar à srta. Cornelia sobre ela.

XI
A história de Leslie Moore

— Sim, o oitavo bebê nasceu há quinze dias — disse a srta. Cornelia, sentada numa cadeira de balanço diante da lareira da casinha, em uma tarde fria de outubro. — É uma menina. Fred ficou furioso, disse que queria um menino, quando na verdade não queria filho nenhum. Se fosse um menino, teria reclamado por não ser menina. Eles têm quatro meninas e três meninos, então não consigo ver que diferença poderia fazer o sexo da criança, mas é claro que ele tinha que ser rabugento, assim como todo homem. A bebê é muito bonita, já vestida com suas lindas roupinhas. Tem olhos escuros e as mãos pequeninas e delicadas.

— Tenho de ir vê-la. Eu adoro bebês — disse Anne, sorrindo para si mesma por causa de um pensamento muito querido e sagrado para ser colocado em palavras.

— Eu não digo isso com frequência, mas eles são umas belezinhas — admitiu a srta. Cornelia. — Contudo algumas pessoas parecem ter mais do que realmente precisam, *acredite* em mim. Minha pobre prima Flora, no Glen, teve onze, e virou uma escrava! O marido dela se suicidou há três anos. Coisa que só homem faz!

— O que o levou a isso? — perguntou Anne, bastante chocada.

— Não conseguiu alguma coisa, então se jogou no poço. Ainda bem! Ele era um tirano nato. Mas, claro, arruinou o poço. Flora nunca suportaria a ideia de usá-lo de novo, coitadinha! Ela mandou cavar outro que custou muito caro, e a água não era boa. Se ele *precisava* se afogar, tem bastante água no mar, não é? Não tenho paciência com um homem desses. Pelo que me lembro, só tivemos dois suicídios em Four Winds. O outro foi Frank West, o pai de Leslie Moore. A propósito, Leslie já veio visitá-la?

— Ainda não, mas eu a encontrei na praia algumas noites atrás e nós nos conhecemos — disse Anne, pondo-se em alerta.

A srta. Cornelia acenou com a cabeça.

— Estou feliz, querida. Esperava que você simpatizasse com ela. O que você achou dela?

— Eu a achei muito bonita.

— Ah, é claro. Nunca houve ninguém em Four Winds mais bonita do que ela. E o cabelo dela? Quando está solto, chega até os pés. Mas eu quis dizer, você gostou mesmo dela?

— Acho que eu poderia gostar muito dela se ela me deixasse — disse Anne devagar.

— Mas ela não deixou, se afastou e ficou distante, não foi? Pobre Leslie! Você não ficaria muito surpresa se soubesse como tem sido a vida dela. Uma tragédia, uma tragédia! — repetiu a srta. Cornelia enfaticamente.

— Gostaria que você me contasse tudo sobre ela, isto é, se puder fazer isso sem trair a confiança dela.

— Querida, todo mundo em Four Winds conhece a história da pobre Leslie. Não é nenhum segredo, o que está na *superfície*, claro. Porque ninguém conhece a história de *verdade*, exceto a própria Leslie, e ela não confia nas pessoas. Sou a melhor amiga que ela tem na Terra, acho, e ela nunca proferiu uma só palavra de reclamação para mim. Você já viu Dick Moore?

— Não.

— Bem, posso começar do início e contar tudo de uma vez, para que você entenda. Como eu disse, o pai de Leslie era Frank West. Ele era esperto e desajeitado, como todo homem. Ah, ele era muito inteligente e quão bem isso fez para ele! Ele foi para a faculdade, onde ficou por dois anos, e depois disso sua saúde começou a deteriorar. Todos os West tinham propensão a ter tuberculose. Então Frank voltou para casa e começou a cuidar da propriedade. Ele se casou com Rose Elliott, do porto. Rose era considerada a beleza de Four Winds, e Leslie herdou a aparência da mãe embora tenha dez vezes mais espírito e força que Rose tinha, além de ser muito mais bonita. Agora, você sabe, Anne, que eu sempre acho que nós, mulheres, devemos nos apoiar umas às outras. Já aguentamos o suficiente nas mãos dos homens, o Senhor sabe, então eu reitero que não deveríamos implicar umas com as outras e não é frequente você me ver criticando outra mulher. Mas nunca gostei muito de Rose Elliott. Para começar, ela era mimada, e *acredite* em mim, não passava de uma criatura preguiçosa, egoísta e chorona. Frank não tinha condições de trabalhar, então eles eram pobres como o peru de Jó. Pobres! Eles sobreviviam de batatas e só, *acredite* em mim. Rose e Frank tiveram dois filhos, Leslie e Kenneth. Leslie tinha a beleza da mãe e a inteligência do pai, e algo mais que não herdou de nenhum dos dois. Isso veio da avó West, uma senhora maravilhosa. Quando criança, ela era a coisa mais inteligente, amigável e alegre, Anne. Todo mundo gostava dela. Era a preferida do pai e gostava muito dele. Eles eram "parceiros", como ela costumava dizer. Ela não via nenhum defeito nele — mas em alguns aspectos ele *era* um homem temperamental.

"Bem, quando Leslie tinha doze anos, aconteceu a primeira tragédia. Ela adorava o pequeno Kenneth, que tinha quatro anos a menos que ela e *era* um doce. E, certo dia, ele morreu — caiu de uma grande carga de feno no momento em que ia para o celeiro e a roda passou por cima de seu corpinho e levou sua vida embora. E, veja bem, Anne, Leslie assistiu tudo. Ela estava olhando para baixo do celeiro. Ela soltou um grito — o homem que estava trabalhando lá disse que nunca ouviu um som igual em toda a vida —, ele disse que aquele grito ficaria em seus ouvidos até que a trombeta do arcanjo Gabriel o expulsasse. Mas ela nunca mais gritou ou chorou novamente por causa disso. Ela saltou do celeiro para a carga e da carga para o chão, e agarrou o pequeno cadáver quente e sangrento, Anne — eles precisaram arrancá-lo dela antes que ela o soltasse. E mandaram me chamar — não consigo falar sobre isso."

A srta. Cornelia enxugou as lágrimas dos seus bondosos olhos castanhos e permaneceu em amargo silêncio durante alguns minutos.

— Bem — ela retomou — estava tudo acabado, eles enterraram o pequeno Kenneth naquele cemitério perto do porto, e depois de um tempo Leslie voltou para a escola e seus estudos. Ela nunca mais mencionou o nome de Kenneth — eu nunca a ouvi dizer até hoje. Acho que aquela velha ferida ainda dói e queima às vezes; mas ela era apenas uma criança, e o tempo é muito gentil com as crianças, Anne, querida. Depois de um tempo, ela voltou a rir, a mais linda risada. Você não a ouve com frequência agora.

— Eu ouvi uma vez na outra noite — disse Anne. — É uma bela risada.

— Frank West começou a decair depois da morte de Kenneth. Ele já não era forte e aquilo foi um choque para ele, porque amava muito a criança, embora, como já disse, Leslie fosse sua favorita. Frank ficou deprimido e melancólico, já não conseguia, ou não queria, trabalhar. E um dia, quando Leslie tinha catorze anos, ele se matou; se enforcou na sala, veja bem, Anne, bem no meio da sala, pendurado no gancho no teto por onde descia a lâmpada. Isso é homem que preste? Era o aniversário de casamento dele também. Uma época agradável, bem propícia para se matar, não acha? E claro que seria a pobre Leslie quem iria encontrá-lo. Naquela manhã, ela entrou na sala cantando, com algumas flores frescas para os vasos, e ali viu o pai pendurado no teto, o rosto preto como carvão. Foi uma coisa horrível, *acredite* em mim!

— Ah, que horrível! — disse Anne, estremecendo. — Pobre criança!

— Leslie não chorou mais no funeral do pai do que no de Kenneth. Rose, no entanto, gritou e uivou pelas duas, e Leslie fez tudo o que pôde para acalmar e consolar a mãe. Fiquei enojada com Rose e assim como todo mundo, mas Leslie nunca perdeu a paciência com ela. Ela amava a mãe. Leslie é fiel ao clã; eles nunca estariam errados aos seus olhos. Bem, Frank West foi enterrado ao lado de Kenneth, e Rose mandou erguer um grande monumento a ele. Era maior do que o homenageado, *acredite* em mim! De qualquer forma, era mais do que Rose podia pagar, pois a fazenda já estava hipotecada por muito mais do que seu valor. Mas, não muito depois, a velha avó West morreu e deixou um pouco de dinheiro para Leslie, o suficiente para um ano na Queen's Academy. Leslie queria ser professora, se pudesse, e depois ganhar o suficiente para estudar no Redmond College. Esse era o esquema predileto de seu pai; ele queria que ela tivesse o que ele não conseguira. Leslie se encheu de ambição e se serviu bastante de sua inteligência. Ela foi para a Queen's e completou os estudos de dois anos em um, e ao voltar para casa, foi para dar aula na escola do Glen. Estava tão feliz e esperançosa e cheia de vida e ansiedade. Quando eu penso no que ela era então e no que é agora, eu digo "malditos sejam os homens"!

A srta. Cornelia cortou a linha de raciocínio tão bruscamente como se fosse Nero cortando o pescoço da humanidade com um golpe.

— Dick Moore entrou na vida dela naquele verão. O pai dele, Abner Moore, era dono de uma loja no Glen, mas Dick tinha um impulso marítimo que vinha da mãe; ele costumava velejar no verão e trabalhar de balconista na loja do pai no inverno. Era um sujeito grande e bonito, com uma alma feia e pequena. Estava sempre querendo alguma coisa até conseguir, e então não queria mais — como qualquer homem. Ah, ele não era do tipo que reclamava quando o tempo estava bom, e era uma pessoa simpática e agradável quando tudo dava certo. Mas ele bebia muito e algumas histórias desagradáveis circulavam sobre ele e uma garota na vila de pescadores. Ele não chegava aos pés de Leslie, isso é tudo. E era metodista! Mas estava completamente louco por ela — por causa de sua boa aparência em primeiro lugar, e porque ela não teria nada para conversar com ele. Mas ele a queria, e ele a teve!

— Como ele fez isso acontecer?

— Ah, foi algo horrível! Nunca perdoarei Rose West. Veja, querida, Abner Moore era dono da hipoteca da fazenda dos West e os juros estavam vencidos há alguns anos. Então, Dick simplesmente foi e disse à sra. West que se Leslie não se tornasse sua esposa, ele faria seu pai cobrar a hipoteca. Rose ficou péssima — desmaiou, chorou e implorou a Leslie que não permitisse que fosse expulsa de sua própria casa. Disse que acabaria com ela deixar a casa para onde veio como noiva. Eu não a culparia por se sentir tão mal pela situação, mas não imaginaria que ela seria tão egoísta a ponto de sacrificar o sangue do seu sangue por isso. Bem, ela foi.

"E Leslie cedeu. Ela amava tanto a mãe que teria feito qualquer coisa para evitar seu sofrimento. E se casou com Dick Moore. Nenhum de nós sabia o por quê na época, foi só muito tempo depois que descobri que a mãe a colocou nessa situação. Eu tinha certeza de que havia algo errado, entretanto, porque eu sabia como Leslie o havia esnobado algumas vezes e não era típico dela virar a cara para alguém desse jeito. Além disso, eu sabia que Dick Moore não era o tipo de homem por quem Leslie se apaixonaria, apesar de sua boa aparência e seus modos impetuosos. Claro, não houve cerimônia de casamento, mas Rose me pediu para ir visitá-los como casados. Eu fui, mas lamento tê-lo feito. Já tinha visto o rosto de Leslie no funeral do irmão e do pai e, naquele momento, me pareceu que a via em seu próprio funeral. Rose sorria como uma vitoriosa, *acredite* em mim.

"Leslie e Dick foram morar em West Place, mas Rose não suportou se separar da querida filha e morou com eles durante o inverno. Na primavera, ela pegou pneumonia e morreu, um ano tarde demais! Leslie sofreu muito com a morte da mãe. Não é terrível como algumas pessoas indignas são amadas, enquanto outras que você acha que merecem muito mais nunca recebem afeto? Quanto a Dick, ele estava farto da vida tranquila de casado, como qualquer homem. Ele estava por aqui com isso. Foi visitar uns parentes em Nova Escócia, pois o pai tinha vindo de lá, e mandou uma carta a Leslie dizendo que o primo, George Moore, estava indo para Havana e ele iria junto. O nome do navio era Four Sisters e eles ficariam fora cerca de nove semanas.

"Para Leslie, isso deve ter sido um alívio, embora nunca tenha dito nada. Desde o dia do casamento, ela sempre foi exatamente o que é agora: distante e altiva, mantendo distância de todos, exceto eu. Eu *não* serei afastada, *acredite* em mim. Eu me mantive sempre próxima a ela o máximo que pude, apesar de tudo."

— Ela me disse que você era a melhor amiga que ela tinha — disse Anne.

— Ela disse? — exclamou a srta. Cornelia, deliciada. — Bem, estou muito feliz por ouvir isso. Às vezes eu me pergunto se ela realmente me queria por perto, ela nunca me deixou pensar que sim. Você deve ter quebrado o gelo com ela mais do que pensa, ou ela não diria isso a você. Ah, aquela pobre garota de coração partido! Eu nunca vejo Dick Moore, mas quero enfiar uma faca nele.

A srta. Cornelia enxugou os olhos de novo e, tendo aliviado os seus sentimentos com o seu sedento desejo de sangue, retomou a história.

— Bem, Leslie foi largada lá, sozinha. Dick tinha feito a colheita antes de ir, e o velho Abner cuidou dela. O verão passou e o Four Sisters não voltou. Os Moore da Nova Escócia investigaram e descobriram que o navio chegara em Havana e descarregara a carga, havia assumido outra e voltado para casa; e isso foi tudo o que descobriram sobre o assunto. Aos poucos, as pessoas começaram a falar que Dick Moore estaria morto. Quase todos acreditavam que sim, embora ninguém tivesse certeza porque vários homens apareceram aqui no porto depois de terem partido por anos. Leslie nunca achou que ele estivesse morto, e estava certa. Que pena, também! No verão seguinte, o capitão Jim estava em Havana... isso foi antes de ele desistir do mar, é claro. Ele pensou em bisbilhotar um pouco, você sabe, o capitão Jim sempre foi intrometido, como todo homem, e começou a perguntar nas pensões dos marinheiros e em lugares assim, para ver se conseguia descobrir alguma coisa sobre a tripulação do Four Sisters. Seria melhor se ele tivesse deixado o assunto de lado, na minha opinião! Bem, ele foi até um lugar isolado e lá encontrou um homem que logo reconheceu como Dick Moore, embora, naquele momento, ele tivesse uma longa barba. O capitão Jim conseguiu que a raspassem e então não houve dúvida nenhuma: era com certeza Dick Moore, pelo menos o corpo dele, mas sua mente já não estava mais lá. Quanto à sua alma, na minha opinião, ele nunca a possuiu!

— O que aconteceu com ele?

— Ninguém sabe direito. As pessoas que mantinham a pensão sabiam apenas que cerca de um ano antes o encontraram caído em péssimo estado na soleira da porta numa manhã, a cabeça parecendo uma geleia. Pensaram que ele havia se machucado em alguma briga de bêbados, e provavelmente essa é a verdade. E o acolheram, mas não achavam que ele fosse sobreviver. Mas ele sobreviveu, e quando ficou bom, era simplesmente uma criança. Não se lembrava de nada e seu cérebro estava danificado para sempre. Tentaram descobrir quem ele era, mas nunca tiveram sucesso. Ele não conseguia nem dizer o próprio nome, apenas balbuciava algumas palavras. Carregava consigo uma carta que começava com "Querido Dick" assinada "Leslie", mas não havia endereço nela e o envelope havia sumido. As pessoas o deixaram ficar e ele começou a fazer pequenos serviços nas redondezas e foi assim que o capitão Jim o encontrou. Ele o trouxe para casa, e eu sempre disse que essa foi uma péssima ideia, embora eu ache que não havia mais nada que ele pudesse fazer. O capitão Jim pensou que ao chegar em casa ele talvez visse seu antigo ambiente, a família, rostos familiares e conseguisse se lembrar. Mas nada disso aconteceu. E ele está na casa do riacho desde então. É como uma criança, nem mais nem menos. De vez em quando, faz alguma gracinha, mas na maioria das vezes, é apenas uma pessoa vazia, bem-humorada e inofensiva. Ele pode fugir se não for vigiado. Esse é o fardo que Leslie carrega há onze anos, e sozinha. O velho Abner Moore morreu logo depois que Dick foi trazido para casa, e então descobriram que ele estava quase falido. Depois das coisas serem acertadas, não havia nada para Leslie e Dick, exceto a velha fazenda West. Leslie a alugou para John Ward, e o aluguel é tudo que ela tem para viver. Às vezes, no verão, ela recebe um pensionista para complementar a renda. Mas a maioria dos turistas prefere o outro lado do porto, onde ficam os hotéis e chalés de verão. A casa de Leslie fica muito longe da margem da praia. Ela cuida de Dick e nunca se afastou dele nesses onze anos e está presa àquele imbecil para o resto da vida. E depois de todos os sonhos e todas as esperanças que ela já teve! Você pode imaginar como foi para ela, Anne, querida, com toda sua beleza, espírito, orgulho e inteligência. Isso é simplesmente uma morte em vida.

— Pobre menina! — repetiu Anne. Sua própria felicidade parecia reprová-la. Que direito ela tinha de ser tão feliz quando outra alma humana era tão miserável?

— Você vai me dizer o que Leslie disse e como ela agiu na tarde em que você a conheceu na praia? — perguntou a srta. Cornelia.

Ela ouviu com atenção e acenou com a cabeça, satisfeita.

— *Você* achou que ela era seca e fria, Anne, querida, mas posso dizer que ela está maravilhosamente calorosa por sua causa. Ela deve ter gostado muito de você. Estou tão feliz. Você será capaz de ajudá-la muito. Fiquei grata quando soube que um jovem casal estava vindo para essa casa, pois esperava que isso significasse alguns amigos para Leslie; principalmente se você pertencesse à raça que conhece José. Você será amiga dela, não é, Anne, querida?

— Certamente, se ela me permitir — disse Anne, com toda a sua doce e impulsiva seriedade.

— Não, você precisa ser amiga dela, quer ela deixe ou não — disse a srta. Cornelia resoluta. — Você não deve se importar se ela for seca às vezes, não dê importância. Lembre-se de como a vida dela foi, e ainda é, e provavelmente será para sempre, eu suponho, pois pelo que entendo criaturas como Dick Moore vivem para sempre. Você deveria ver como ele engordou desde que voltou para casa. Ele costumava ser magro e esbelto. *Faça* com que ela seja sua amiga, você tem essa habilidade, conseguirá. Só não pode ser muito sensível. E não ligue se parecer que ela não quer muitas visitas. Ela sabe que algumas mulheres não gostam de ficar perto de Dick, ele causa arrepios nelas. Basta fazer com que ela venha aqui com a mesma frequência. Ela não consegue sair muito, porque não pode deixar Dick sozinho por muito tempo; só Deus sabe o que ele faria, muito provável que até colocasse fogo na casa. Somente no fim da tarde, depois que ele está na cama, dormindo, é que Leslie está livre. Dick sempre vai dormir cedo e dorme pesado até o dia seguinte. Provavelmente foi por isso que você a encontrou na praia. Ela passeia bastante por lá.

— Farei tudo o que puder por ela — disse Anne.

Seu interesse por Leslie Moore, que era vívido desde que a vira levando seus gansos morro abaixo, foi intensificado mil vezes pela história da srta. Cornelia. A beleza, a tristeza e a solidão da garota atraíam-na com um fascínio irresistível. Ela nunca tinha conhecido ninguém como ela; suas amigas até então tinham sido garotas saudáveis e alegres como ela, com apenas as provações medianas de alegria e luto para obscurecer seus sonhos de menina. Leslie Moore se destacou, uma trágica e atraente figura de feminilidade frustrada. Anne decidiu que ganharia permissão para entrar no reino daquela alma solitária e encontraria ali a camaradagem que poderia ser oferecida com tanta abundância, não fosse pelos grilhões cruéis que a mantinham em uma prisão que não era sua própria.

— E lembre-se disso, Anne, querida — disse a srta. Cornelia, que ainda não havia aliviado sua consciência totalmente —, você não deve pensar que Leslie é infiel porque ela quase nunca vai à igreja, ou mesmo que seja metodista. Ela não pode levar Dick à igreja, é claro, não que ele tenha frequentado muito a igreja em seus melhores dias. Mas lembre-se de que ela é uma presbiteriana fervorosa no coração, Anne, querida.

XII
Leslie vem fazer uma visita

Leslie foi até a casa dos sonhos em uma noite gélida de outubro, quando a névoa iluminada pela lua pairava sobre o porto e ondulava como fitas de prata ao longo das dunas à beira-mar. Ela parecia arrependida de ter vindo quando Gilbert atendeu à porta, mas Anne passou voando por ele, lançou-se sobre ela e a puxou para dentro.

— Estou tão feliz que você escolheu esta noite para vir — disse ela alegremente. — Fiz doce de chocolate a mais hoje à tarde e queremos que alguém nos ajude a comê-lo, na frente da lareira, enquanto contamos histórias. Talvez o capitão Jim apareça também. Essa é a noite dele.

— Não. O capitão Jim está na minha casa — disse Leslie. — Ele... ele me fez vir aqui — acrescentou, meio desafiadora.

— Agradecerei a ele por isso quando o encontrar — disse Anne, puxando poltronas para perto do fogo.

— Ah, eu não quis dizer que não queria vir — protestou Leslie, corando um pouco. — Eu... estive pensando em vir, mas nem sempre é fácil para mim dar uma escapada.

— Claro, deve ser difícil para você deixar o sr. Moore sozinho — disse Anne, em um tom casual.

Ela havia decidido que seria melhor mencionar Dick Moore corriqueiramente como um fato certo, e não o evitar, trazendo uma morbidez indevida ao assunto. Estava certa, pois o ar de constrangimento de Leslie desapareceu no mesmo instante. Evidentemente, ela estaria se perguntando o quanto Anne sabia das condições de sua vida e ficou aliviada por não serem necessárias explicações. Permitiu que pegassem seu chapéu e casaco e se aninhou como uma garota na grande poltrona ao lado de Magog. Leslie estava vestida de maneira bonita e cuidadosa, com o toque de cor habitual do gerânio escarlate em seu pálido pescoço. Seus lindos cabelos brilhavam como ouro derretido na luz aconchegante do fogo. Seus olhos azul-marinhos estavam repletos de alegrias e encantos. Ali, sob a influência da casinha dos sonhos, ela voltou a ser uma menina, esquecida de seu passado e de sua amargura. A atmosfera dos muitos amores que haviam santificado a casinha girava em torno dela; a companhia de dois jovens saudáveis e felizes de sua própria geração a cercou; ela sentiu e se rendeu à magia do ambiente. A srta. Cornelia e o capitão Jim mal a teriam reconhecido; Anne achou difícil de acreditar que aquela era a mulher fria e indiferente que conhecera na praia: essa garota animada que falava e ouvia com a ansiedade de uma alma faminta. E com que avidez os olhos de Leslie olhavam para as estantes entre as janelas!

— Nossa biblioteca não é muito extensa — disse Anne — mas cada livro nela é um *amigo*. Fomos escolhendo nossos livros ao longo dos anos, aqui e ali, nunca comprando um até tê-lo lido e ter tido certeza de que ele pertencia à raça de José.

Leslie riu. Uma bela risada que parecia pertencer à toda a alegria que ecoou pela casinha nos anos pretéritos.

— Tenho alguns livros do meu pai, não muitos — disse ela.
— Eu li todos até quase decorá-los. Não compro muitos livros. Há uma biblioteca circulante na loja do Glen, mas não acho que o comitê que escolhe os livros para o sr. Parker sabe quais

livros são da raça de José, ou talvez não se importem. Era tão raro eu conseguir um de que gostasse que desisti de comprar.

— Espero que você considere nossas estantes como se fossem suas — disse Anne. — Você é total e completamente bem-vinda para pegar emprestado qualquer livro nosso.

— Vocês estão colocando um banquete apetitoso bem diante de mim — disse Leslie, alegremente. Então, quando o relógio bateu as dez horas, ela se levantou, um pouco contra a vontade.

— Preciso ir. Não sabia que era tão tarde. O capitão Jim está sempre dizendo que não demora muito para passar uma hora. Mas fiquei duas, ah, mas gostei tanto delas — disse ela francamente.

— Venha sempre — disseram Anne e Gilbert. Eles haviam se levantado e ficado junto ao brilho da fogueira. Leslie olhou para eles, jovens, esperançosos, felizes, simbolizando tudo o que ela havia perdido e que jamais teria. A luz sumiu de seu rosto e de seus olhos; ela desapareceu; foi a garota que respondeu ao convite que saiu, uma mulher triste e enganada, indo para casa com uma pressa desalentada.

Anne a observou até se perder nas sombras da noite fria e enevoada. Então ela se voltou devagar para o brilho de sua própria ladeira.

— Ela não é adorável, Gilbert? Seu cabelo me fascina. A srta. Cornelia diz que chega até os pés. Ruby Gillis tinha um cabelo lindo, mas o de Leslie está *vivo*! Cada fio dele é ouro vivo.

— Ela é muito bonita — concordou Gilbert, com tanta animação que Anne quase desejou que ele fosse um pouco *menos* entusiasmado.

— Gilbert, você gostaria mais do meu cabelo se ele fosse como o de Leslie? — perguntou ela melancolicamente.

— Eu não iria querer seu cabelo de nenhuma outra cor a não ser essa! — disse Gilbert, com um ou dois comentários convincentes. — Você não seria *Anne* se tivesse cabelos dourados, ou qualquer cor, exceto...

— Vermelho — disse Anne, com uma satisfação sombria.

— Sim, vermelho, para dar calor à sua pele branca como leite e aos seus brilhantes olhos verde-acinzentados. Cabelo dourado não combinaria com você, rainha Anne, *minha* rainha Anne, a rainha do meu coração, da minha vida e do meu lar.

— Então você pode admirar Leslie do jeito que quiser. — disse Anne, indulgente.

XIII
Uma noite fantasmagórica

Certa noite na semana seguinte, Anne decidiu correr pelos campos até a casa no riacho para uma visita informal. Era uma noite de nevoeiro cinzento que viera pelo golfo, envolvendo o porto e os vales, e se aderiu firmemente aos prados outonais. Através dele, o mar soluçava e estremecia. Anne viu Four Winds sob uma nova perspectiva, e o achou estranho, misterioso e fascinante; mas também deu a ela um vago sentimento de solidão. Gilbert estaria ausente até o dia seguinte, participando de um congresso médico em Charlottetown. Anne ansiava por um tempinho com uma amiga. O capitão Jim e a srta. Cornelia eram boas companhias, cada um à sua maneira, mas a juventude ansiava pela juventude.

"Se ao menos Diana ou Phil ou Pris ou Stella pudessem dar uma passada para uma bate-papo", ela pensou consigo mesma, "como seria maravilhoso! Esta é uma noite *fantasmagórica*. Tenho certeza de que todos os navios que já zarparam de Four Winds rumo ao seu destino final poderiam ser vistos esta noite subindo o porto com suas tripulações afogadas no convés, se essa névoa pudesse ser repentinamente afastada. Sinto como se ela ocultasse inúmeros mistérios — como se eu estivesse cercada por espectros das antigas gerações de

Four Winds; pessoas olhando para mim através do véu cinza. Se em algum momento as queridas falecidas senhoras dessa pequena casa voltassem para revisitá-la, por certo viriam em uma noite como esta. Se eu ficar aqui por mais tempo, verei uma ali na minha frente, na cadeira de Gilbert. Este não é um lugar apropriado para ficar hoje à noite. Até Gog e Magog parecem aguçar os ouvidos para ouvir os passos de convidados invisíveis. Vou correr até a casa da Leslie antes de me assustar com minhas próprias fantasias, como fiz há muito tempo na questão da Floresta Mal-Assombrada. Deixarei a minha casa dos sonhos para receber de volta os seus antigos habitantes. Meu fogo aceso lhes dará minha saudação e boa vontade — eles certamente terão ido embora antes de eu retornar, e minha casa será minha de novo. Esta noite, tenho certeza de que ela planeja um encontro com o passado."

Rindo um pouco de sua fantasia, mas sentindo um arrepio na coluna, Anne beijou as patinhas de Gog e Magog e deslizou para a névoa, levando debaixo do braço algumas das novas revistas para Leslie.

— Leslie é louca por livros e revistas — a srta. Cornelia lhe havia dito —, e ela quase nunca tem a chance de ler alguma coisa. Não tem dinheiro para comprar ou assinar as revistas. Ela é de fato, lamentavelmente pobre, Anne. Não sei como consegue viver com o pequeno aluguel da fazenda. Ela não insinua nem mesmo uma reclamação sobre a situação de pobreza em que vive, mas eu sei como deve ser difícil. Foi um prejuízo por toda a sua vida. Ela não se importava com essa situação quando era livre e ambiciosa, mas isso deve atrapalhar agora, *acredite* em mim. Fico feliz por ela ter parecido tão brilhante e alegre na noite em que esteve aqui com você. O capitão Jim disse que precisou colocar o chapéu e o casaco nela e empurrá-la porta afora. Não demore muito para vê-la também. Se demorar, ela vai pensar que é porque você não gostaria de ver Dick, e ela vai rastejar de volta para dentro de sua concha. Dick é um grande e inofensivo bebezão, mas aquele sorriso bobo e a risada dele dão nos nervos de algumas pessoas. Graças a Deus, isso não me irrita. Gosto mais de Dick Moore agora do que quando ele estava no seu juízo perfeito; embora o Senhor saiba que isso não quer dizer muito. Eu estava lá um dia ajudando Leslie a limpar a casa um pouco, e estava fritando *donuts*. Dick me rondava para pegar um, como de costume, e de repente ele agarrou um escaldante que eu tinha acabado de retirar da frigideira e o deixou cair na minha nuca enquanto eu me curvava. E ele começou a rir sem parar em seguida. *Acredite* em mim, Anne, precisei de toda a graça de Deus em meu coração para me impedir de simplesmente virar aquela frigideira cheia de gordura fervente na cabeça dele.

Anne riu da fúria da srta. Cornelia enquanto corria pela escuridão. Mas o riso não combinou com aquela noite. Já estava recomposta o suficiente quando chegou à casa entre os salgueiros. Tudo estava muito silencioso. A parte da frente da casa parecia escura e deserta, então Anne se esgueirou para a porta lateral, que se abria da varanda para uma pequena sala de estar. Lá ela estancou em silêncio.

A porta estava aberta. Além, na sala mal iluminada, estava Leslie Moore à mesa, com os braços cruzados sobre a madeira e a cabeça entre eles. Ela chorava horrivelmente — soluçava baixinho, quase sufocando o choro, como se alguma agonia em sua alma estivesse tentando se libertar. Um velho cachorro preto estava sentado ao seu lado, o focinho pousado no colo, os grandes olhos mudos irradiando simpatia e devoção. Anne recuou consternada. Sentiu que não poderia interferir nessa amargura. Seu coração doeu com tamanha compaixão que ela não conseguiria expressar. Entrar agora seria fechar a porta para sempre a qualquer possibilidade de ajuda ou amizade. Algum instinto a alertou que a menina orgulhosa e amarga jamais perdoaria quem quer que a surpreendesse em seu abandono do desespero.

Anne saiu silenciosamente da varanda e pegou o caminho para o outro lado do quintal. Ali, ouviu vozes na escuridão e viu o brilho fraco de uma luz. No portão, reconheceu dois homens: o capitão Jim com uma lanterna, e outro que ela sabia ser Dick Moore — um homem grande, muito gordo, com um rosto largo, redondo e vermelho e o olhar perdido. Mesmo sob a luz fraca, Anne teve a impressão de que havia algo incomum em seus olhos.

— É você, patroa Blythe? — disse o capitão Jim. — Você não deveria estar vagando sozinha por aí numa noite como essa. Você poderia se perder nessa névoa fácil, fácil. Espere até eu levar o Dick em segurança dentro de casa e voltarei. Não vou permitir que o dr. Blythe volte para descobrir que você atravessou o Cabo Leforce[1] no meio do nevoeiro. Uma mulher fez isso uma vez, há quarenta anos.

Então disse, ao se juntar a ela:

— Então você veio ver Leslie.

— Eu não entrei — disse Anne e contou o que tinha visto. O capitão Jim suspirou.

— Pobre, menina! Ela não chora com frequência, patroa Blythe, é corajosa demais para chorar. E deve se sentir péssima quando chora. Uma noite como hoje é difícil para as mulheres que sofrem. Há algo que traz à tona tudo o que sofremos ou tememos.

— Está cheio de fantasmas — disse Anne, com um calafrio. — Foi por isso que vim até aqui, queria segurar uma mão humana e ouvir uma voz humana.

— Parece haver tantas presenças não humanas nesta noite. Até minha querida casa estava cheia delas. Elas me acotovelaram para fora, então vim para ter uma companhia da minha espécie. Mas você estava certa em não entrar, patroa Blythe.

---

[1] Cape Leforce é um local fictício, tema do primeiro poema de Lucy Maud Montgomery, chamado "On Cape LeForce".

Leslie não teria gostado. Ela não teria gostado que eu entrasse com Dick, como eu teria feito se não a conhecesse. Ele passou o dia todo comigo. Eu o mantenho comigo tanto quanto posso para ajudar Leslie um pouco.

— Não há algo estranho nos olhos dele? — perguntou Anne.

— Você notou? Sim, um é azul e o outro é avelã, o pai dele também tinha os olhos assim. É uma peculiaridade dos Moore. Foi o que me fez saber que ele era Dick Moore quando o vi pela primeira vez em Cuba. Se não fosse pelos olhos dele, eu poderia não o ter reconhecido, com aquela barba enorme e o tamanho dele. Você sabe, certo, que fui eu quem o encontrou e o trouxe para casa. A srta. Cornelia sempre diz que eu não deveria ter feito isso, mas não consigo concordar com ela. Era a coisa *certa* a fazer, por isso a única coisa a ser feita. Não há nenhuma dúvida em minha mente sobre *isso*. Mas meu velho coração dói por Leslie. Ela tem apenas vinte e oito anos. E ela já comeu mais pão que o diabo amassou que a maioria das mulheres de oitenta anos.

Eles caminharam em silêncio por um tempo. Em seguida, Anne disse:

— Sabe, capitão Jim, nunca gostei de andar com uma lanterna. Sempre tenho a estranha sensação de que, do lado de fora do círculo de luz, logo ao lado da borda, na escuridão, estou cercada por um círculo de coisas furtivas, que me observa das sombras com olhos hostis. Tenho essa sensação desde a infância. Qual será a razão? Nunca me sinto assim quando estou na escuridão completa, quando está fechada ao meu redor, não fico nem um pouco assustada.

— Eu também tenho essa sensação — admitiu o capitão Jim. — Acho que quando a escuridão está perto de nós, ela é uma amiga. Mas quando nos separamos dela e a afastamos de nós, nos divorciando dela, por assim dizer, com a luz de uma lanterna, ela então se torna uma inimiga. Mas a névoa está se dissipando. Há um vento forte de oeste aumentando, se você notar. As estrelas estarão brilhando quando você chegar em casa.

Elas brilhavam; e quando Anne retornou à casa dos sonhos, as brasas vermelhas ainda ardiam na lareira e todas as presenças assustadoras haviam ido embora.

XIV
Dias de novembro

A esplendorosa cor que brilhou por semanas ao longo das praias de Four Winds havia se desvanecido no azul-acinzentado suave das colinas no final do outono. Houve muitos dias em que os campos e as praias ficavam sombrios com a chuva nebulosa ou tremendo ao sopro de um vento marinho melancólico — noites também de tempestade, quando Anne às vezes acordava para rezar para que nenhum navio se chocasse contra a costa norte, pois, se assim fosse, nem mesmo a grande e fiel luz girando corajosa na escuridão poderia servir para guiá-los a um porto seguro.

"Em novembro, às vezes sinto como se a primavera nunca mais pudesse voltar", ela suspirou, lamentando a desesperançosa feiura de seus canteiros de flores congelados e enlameados. O pequeno e alegre jardim da noiva do professor era um lugar bem abandonado agora, e os álamos e as bétulas estavam sob postes nus, como dissera o capitão Jim. Mas o abeto atrás da casinha estava sempre verde e firme; e mesmo em novembro e dezembro aconteciam alguns graciosos dias de sol e neblinas da cor púrpura, quando o porto dançava e brilhava tão alegremente quanto no meio do verão, e o golfo se tornava um azul suave e gentil, que a tempestade e o vento selvagem pareciam apenas coisas de um longo sonho passado.

Anne e Gilbert passaram muitas noites de outono no farol. Era sempre um lugar alegre. Mesmo quando o vento leste cantava sombriamente e o mar estava parado e cinzento, indícios de sol pareciam espreitar por toda parte. Talvez seja porque o Primeiro Imediato sempre se pavoneava com sua armadura dourada. Ele era tão grande e refulgente que quase não se sentia falta do sol, e seus ronronados retumbantes constituíam um agradável acompanhamento para as risadas e conversas que ocorriam na frente da lareira do capitão Jim. O capitão e Gilbert tinham muitas discussões e longas conversas sobre assuntos além da compreensão de um gato ou de um rei.

— Gosto de refletir sobre todos os tipos de problemas, embora não consiga resolvê-los — disse o capitão Jim. — Meu velho dizia que nunca deveríamos falar de coisas que não entendíamos, mas se não fizermos isso, doutor, os assuntos para se conversar seriam pouquíssimos. Acho que os deuses riem muitas vezes quando nos ouvem, mas o que importa é lembrar que a gente é só homem e não um deus, diferenciando o bem e o mal. Acho que nossas discussões não farão muito mal a nós ou a ninguém, então vamos dar mais uma chance para tentar saber de onde, por que e para onde esta noite nos leva, doutor.

Enquanto conversavam, Anne ouvia ou sonhava. Às vezes Leslie ia ao farol com eles, e ela e Anne caminhavam ao longo da costa no misterioso crepúsculo ou se sentavam nas rochas aos pés do farol até que a escuridão as levasse de volta ao som da fogueira de madeira flutuante. Em seguida, o capitão Jim iria preparar chá para eles e contar-lhes "contos de terra e mar.

E tudo o que pode acontecer
No grande mundo esquecido lá fora."[1]

---

[1] Verso do poema "The Hanging of the Crane", de Henry Wadsworth Longfellow.

Leslie parecia sempre gostar muito daquelas farras no farol e florescia naquelas horas com sua sagacidade rápida e sua linda risada, ou seu silêncio de olhos brilhantes. Havia um sabor na conversa quando Leslie estava presente, que fazia falta em sua ausência. Mesmo quando ela não falava, ela parecia inspirar os outros ao brilhantismo. O capitão Jim contava melhor suas histórias, Gilbert era mais rápido nas discussões e réplicas, Anne sentia-se estimulada por pequenos jorros e gotas de fantasia e imaginação borbulhando em seus lábios sob a influência da personalidade de Leslie.

— Aquela garota nasceu para ser uma líder nos círculos sociais e intelectuais, longe de Four Winds — ela disse a Gilbert enquanto caminhavam para casa certa noite. — Ela é um desperdício aqui, um desperdício.

— Você não estava ouvindo seu amado e o capitão Jim discutir esse assunto em geral na outra noite? Chegamos à reconfortante conclusão de que o Criador provavelmente sabia como administrar Seu universo tão bem quanto nós, e que, afinal de contas, não existem vidas "perdidas", exceto e à exceção quando um indivíduo deliberadamente desperdiça a própria vida, o que Leslie Moore com certeza não fez. E algumas pessoas poderiam pensar que uma bacharel de Redmond, a quem os editores estavam começando a prestigiar, é "desperdiçada" como a esposa de um médico rural em dificuldades na comunidade rural de Four Winds.

— Gilbert!

— Se você tivesse se casado com Roy Gardner — continuou Gilbert impiedosamente — agora *você* poderia ter sido "uma líder nos círculos sociais e intelectuais longe de Four Winds".

— Gilbert Blythe!

— Você *sabe* que esteve apaixonada por ele em algum momento, Anne.

— Gilbert, isso é ruindade, pura ruindade como é típico de todos os homens, como diz a srta. Cornelia. *Nunca* estive apaixonada por ele. Apenas imaginei que estivesse. *Você* sabe disso. Você sabe que eu preferia ser sua esposa em nossa casa de sonhos e realizações do que uma rainha em um palácio.

A resposta de Gilbert não foi em palavras; mas temo que eles tenham se esquecido da pobre Leslie, percorrendo apressada seu caminho solitário pelos campos até uma casa que não era nem um palácio nem a realização de um sonho.

A lua estava ascendendo sobre o triste e escuro mar atrás deles, transfigurando-o. Sua luz ainda não havia alcançado o porto, o outro lado do qual estava sombrio e sugestivo, com enseadas escuras, ricas sombras e luzes cheias de brilho.

— Como as luzes das casas brilham esta noite no escuro! — disse Anne. — Aquela fileira delas sobre o porto parece um colar. E que luminosidade lá em cima no Glen! Ah, olhe, Gilbert; lá está a nossa. Estou tão feliz por tê-la deixado queimando. Odeio voltar para uma casa escura. *Nossa* casa de luz, Gilbert! Não é linda de ver?

— Apenas um dos muitos milhões de lares da Terra, Anne querida, mas *nosso*, o nosso farol em "um mundo perverso". Quando um sujeito tem uma casa e uma amada esposa ruiva nela, o que mais ele precisa pedir da vida?

— Bem, ele poderia desejar mais uma coisa — sussurrou Anne feliz. — Ah, Gilbert, parece que eu simplesmente não *conseguiria* esperar até a primavera chegar.

XV
Natal em Four Winds

No início, Anne e Gilbert falaram em ir para Avonlea, no Natal; mas, por fim, decidiram ficar em Four Winds.

— Quero passar o primeiro Natal de nossa vida juntos em nossa própria casa — decretou Anne.

Então decidiu-se que Marilla, a sra. Rachel Lynde e os gêmeos iriam passar o Natal em Four Winds. Marilla tinha o rosto de uma mulher que havia dado a volta ao mundo. Ela nunca tinha se distanciado mais de cem quilômetros de casa antes; e nunca tinha tido um jantar de Natal em qualquer lugar que não Green Gables.

A sra. Rachel havia feito e trazido com ela um enorme pudim de ameixa. Nada poderia tê-la convencido que uma bacharel da geração mais jovem poderia fazer um pudim de ameixa de Natal de maneira adequada; mas ela aprovou a casa de Anne.

— Anne é uma boa dona de casa — disse ela a Marilla no quarto de hóspedes na noite de sua chegada. — Eu olhei em sua caixa de pão e em seu lixo. É assim que sempre julgo uma dona de casa, isso sim. Não há nada no lixo que não deveria ter sido jogado fora, e nenhum pedaço velho na caixa de pão. Claro, ela foi treinada por você, mas foi para a faculdade depois.

Percebi que ela colocou minha colcha de tarja de tabaco aqui na cama e aquele grande tapete redondo trançado diante do fogo da sala dela. Isso me faz me sentir em casa.

O primeiro Natal de Anne em sua própria casa foi tão delicioso quanto ela poderia desejar. O dia estava bom e claro; a primeira camada de neve caíra na véspera de Natal e tornou o mundo lindo; o porto ainda estava aberto e cintilante.

O capitão Jim e a srta. Cornelia vieram ao jantar. Leslie e Dick foram convidados, mas Leslie pediu desculpas; eles sempre iam para a casa de seu tio Isaac West no Natal, dissera.

— Ela prefere assim — disse a srta. Cornelia a Anne. — Ela não suporta levar Dick aonde há estranhos. O Natal é sempre uma época difícil para Leslie. Ela e o pai costumavam aproveitar muito juntos o feriado.

O santo da srta. Cornelia e da sra. Rachel não bateu muito. "Dois sóis não giram em torno de uma esfera só."[1] Mas não entraram em conflito, pois a sra. Rachel estava na cozinha ajudando Anne e Marilla com o jantar, e coube a Gilbert entreter o capitão Jim e a srta. Cornelia — ou melhor, ser entretido por eles, pois um diálogo entre esses dois velhos amigos e antagonistas certamente nunca eram enfadonhos.

— Faz muitos anos desde que teve um jantar de Natal aqui, patroa Blythe — disse o capitão Jim. — A srta. Russell sempre ia passar o Natal com os amigos da cidade. Mas eu estava aqui para o primeiro jantar de Natal que foi servido nesta casa, e foi a noiva do professor quem o preparou. Isso foi há sessenta anos, patroa Blythe, e num dia muito parecido com o de hoje; nevou apenas o suficiente para tornar as colinas brancas e o porto tão azul quanto em junho. Eu era só um moleque, nunca tinha sido convidado para jantar antes e era muito tímido para comer o suficiente, mas superei *isso*.

---

[1] Paráfrase do verso "Two stars keep not their motion in one sphere" da peça *Henry*, de Shakespeare.

— A maioria dos homens supera — disse a srta. Cornelia, costurando furiosamente. A srta. Cornelia não ia ficar sentada com as mãos desocupadas, nem mesmo no Natal.

Bebês chegam sem nenhuma consideração por feriados, e um era esperado numa casa pobre no Glen St. Mary. A srta. Cornelia tinha enviado à família um jantar substancial para o pequeno grupo e, portanto, pretendia comer o seu com a consciência limpa.

— Bem, você sabe, o caminho para o coração de um homem é pelo estômago, Cornelia — explicou o capitão Jim.

— Eu acredito em você, *se* esse homem tiver um coração — retrucou a srta. Cornelia. — Suponho que é por isso que tantas mulheres se matam cozinhando, como o fez a pobre Amelia Baxter. Ela morreu na manhã do Natal passado e disse que foi o primeiro desde que se casara que não precisou preparar uma enorme refeição para vinte pessoas. Deve ter sido maravilhoso para ela. Bem, ela morreu há um ano, então logo saberemos que Horace Baxter sente a falta dela.

— Ouvi dizer que ele já estava sentindo — disse o capitão Jim, piscando para Gilbert. — Não foi ele quem apareceu na sua casa num domingo desses, com a roupa preta de funeral e o colarinho passado?

— Não, não foi. E ele nem precisa ir. Eu poderia tê-lo tido há muito tempo quando ele era novo. Eu não quero nenhuma mercadoria de segunda mão *acredite* em mim. Quanto a Horace Baxter, ele estava com dificuldades financeiras um ano atrás, no verão, então rezou e pediu ajuda ao Senhor. Com a morte da esposa e o recebimento do seguro de vida dela, ele disse que acreditava ser essa a resposta às suas preces. Isso é homem que preste?

— Você realmente consegue provar que ele disse isso, Cornelia?

— Eu tenho a palavra do ministro metodista sobre isso, se é que se pode chamar *isso* de prova. Robert Baxter me disse a mesma coisa também, mas admito que *isso* não é evidência. Robert Baxter não costuma dizer a verdade.

— Ora, ora, Cornelia, acho que ele geralmente fala a verdade, mas muda de opinião tantas vezes que parece que não.

— Parece vezes demais, *acredite* em mim. Mas confie que um homem protegerá outro. Não boto a minha mão no fogo por Robert Baxter. Ele virou metodista só porque o coro presbiteriano estava cantando o hino "Eis que vem o noivo no meio da noite",[2] quando ele e Margaret entraram na igreja no domingo depois de se casarem. Bem feito por chegar atrasado! Ele sempre insistiu que o coro fez isso de propósito para insultá-lo, como se ele fosse importante. Mas aquela família sempre pensou que eram batatas muito maiores do que realmente eram. Seu irmão, Eliphalet, imaginava que o diabo estava sempre fungando no seu pescoço, mas eu nunca acreditei que o diabo fosse perder tanto tempo com ele.

— Eu não sei — disse o capitão Jim pensativamente. — Eliphalet Baxter vivia muito sozinho, não tinha nem um gato ou um cachorro para manter ele humano. Quando um homem fica sozinho, é bem capaz de estar com o diabo, se não estiver com Deus. Ele tem que escolher com qual companhia vai ficar, eu acho. Se o diabo sempre esteve ao lado de Life Baxter, deve ter sido porque Life gostava de ter ele por perto.

— Típico de homem — disse a srta. Cornelia, e se calou sobre um complicado arranjo de pregas até que o capitão Jim deliberadamente voltou a provocá-la, comentando de forma casual:

— Eu fui à igreja metodista no domingo de manhã passado.

— Seria melhor ficar em casa lendo sua Bíblia — foi a réplica da srta. Cornelia.

---

[2] Hino do Evangelho de Mateus, versículo 25,6: "Mas, à meia-noite, ouviu-se um clamor: Aí vem o esposo, saí-lhe ao encontro!".

— Ora, Cornelia, *eu* não vejo mal nenhum em ir à igreja metodista quando não há pregação na sua. Sou presbiteriano há setenta e seis anos e não é provável que minha teologia vai içar âncora nesses tempos tardios.

— É um mau exemplo — disse a srta. Cornelia com severidade.

— Além disso — continuou o perverso capitão Jim —, eu queria ouvir uma boa música. Os metodistas têm um ótimo coro, e isso você não pode negar, Cornelia, que o canto em nossa igreja é horrível desde que o coral se dividiu.

— E o que tem se o canto não for bom? Eles estão dando o melhor de si, e Deus não vê diferença entre a voz de um corvo e a voz de um rouxinol.

— Ora, ora, Cornelia — disse o capitão Jim suavemente —, tenho uma opinião melhor sobre o ouvido do Todo-Poderoso para a música do que *essa*.

— O que causou o problema em nosso coral? — perguntou Gilbert, que estava quase sufocando por prender o riso.

— Isso teve a ver com a nova igreja, três anos atrás — respondeu o capitão Jim. — Foi um tempo horrível, o da construção daquela igreja, brigamos sobre a questão de um novo local. Os dois locais não ficavam a mais de duzentos metros um do outro, mas parecia que eram duzentos quilômetros pela amargura dessa briga. Estávamos divididos em três grupos; um queria o local do leste, outro do sul, e o outro defendia o local antigo. A batalha foi travada na cama, na mesa, na igreja e no mercado. Todos os escândalos antigos de três gerações foram arrastados para fora de seus túmulos e divulgados. Três casais romperam por causa disso. E as reuniões que tínhamos para tentar resolver a questão! Cornelia, você se lembra daquela em que o velho Luther Burns se levantou e fez um discurso? Ele expressou sua opinião praticamente à força.

— Quem fala o que quer, ouve o que não quer, capitão. Você quer dizer que ele ficou furioso e atacou todos eles, por todos os lados. Eles também mereciam, um bando de inúteis. Mas o que você esperaria de um comitê de homens? Vinte e sete reuniões, e no final da vigésima sétima não poderiam estar mais longe de ter uma igreja do que quando começaram. Tão longe, na verdade, que quando, em um ataque de fúria para apressar as coisas, eles foram correndo demolir a velha igreja, ficamos ali, sem igreja, e sem lugar para o culto além do salão.

— Os metodistas nos ofereceram a igreja deles, Cornelia.

— A igreja do Glen St. Mary não teria sido construída até hoje — continuou a srta. Cornelia, ignorando o capitão Jim —, se nós, mulheres, não tivéssemos intervindo e assumido o comando. Dissemos que *nós* pretendíamos ter uma igreja, se os homens pretendiam brigar até o dia do juízo final, e estávamos cansadas de ser motivo de chacota para os metodistas. Tivemos *uma* reunião, elegemos um comitê e procuramos doações, que conseguimos. Quando um dos homens veio nos peitar, dissemos que eles tentaram construir uma igreja por dois anos e era a nossa vez. Nós os enquadramos, *acredite* em mim, e em seis meses tínhamos nossa igreja. Claro, quando os homens viram que estávamos determinadas, pararam de discutir e começaram a trabalhar, como homens, assim que viram que precisavam fazê-lo, ou pararam de mandar. Ah, as mulheres não podem pregar ou serem sacerdotes, mas podem construir igrejas e arrecadar dinheiro para elas.

— Os metodistas permitem que as mulheres preguem — disse o capitão Jim.

A srta. Cornelia olhou furiosa para ele.

— Eu nunca disse que os metodistas não tinham bom senso, capitão. O que eu digo é que duvido que eles tenham muita religião.

— Suponho que seja a favor do voto feminino, srta. Cornelia — disse Gilbert.

— Não estou ansiando pela votação, *acredite* em mim — disse a srta. Cornelia com desdém. — *Eu* sei bem o que é limpar a sujeira depois que os homens saem. Mas, em algum momento, quando os homens perceberem que tornaram o mundo uma bagunça da qual não conseguem sair, ficarão felizes em nos dar o voto e descarregar seus problemas sobre nós. Esse é o esquema *deles*. Ah, é bom que as mulheres sejam pacientes, *acredite* em mim!

— E quanto a Jó? — sugeriu o capitão Jim.

— Jó! Jó foi uma exceção de homem paciente que, quando foi descoberto, decidiu-se que ele nunca deveria ser esquecido — retrucou a srta. Cornelia triunfante. — De qualquer forma, a virtude não combina com o nome. Nunca existiu um homem tão impaciente quanto o velho Jó Taylor no porto.

— Bem, você sabe, ele tinha muita coisa pra testar a paciência dele, Cornelia. Nem você pode defender aquela esposa. Eu sempre me lembro do que o velho William MacAllister disse sobre dela no funeral: "Sem dúvidas ela foi uma cristã, mas tinha o temperamento do demônio!"

— Suponho que ela *era* difícil — admitiu a srta. Cornelia com relutância —, mas isso não justifica o que Jó disse quando ela morreu. Ele foi para casa do funeral no cemitério com meu pai. Não disse uma palavra até eles chegarem perto de casa. Então, ele deu um grande suspiro e disse: "Você pode não acreditar, Stephen, mas esse é o dia mais feliz da minha vida!" Isso é homem que preste?

— Suponho que a pobre sra. Jó tenha tornado a vida meio difícil para ele — refletiu o capitão Jim.

— Bem, a decência existe, não? Mesmo que dentro do seu coração um homem esteja se regozijando porque a esposa morreu, ele não precisa proclamar isso aos quatro ventos. E um dia feliz ou não, Jó Taylor não demorou a se casar de novo, você pode ter notado. A segunda esposa sabia lidar com ele. E ela o fez andar na linha, *acredite* em mim! A primeira coisa que ela fez foi fazê-lo correr e erguer uma lápide para a primeira sra. Jó. E ela reservou um lugar para seu próprio nome. Ela disse que não haveria ninguém depois dela para fazê-lo erguer uma estátua para *ela*.

— Por falar nos Taylor, como está a sra. Lewis Taylor no Glen, doutor? — perguntou o capitão Jim.

— Ela está melhorando aos poucos, mas ainda há muito trabalho a ser feito — respondeu Gilbert.

— O marido dela também trabalha muito, criando porcos para competições — disse a srta. Cornelia. — Ele é conhecido por seus lindos porcos. Sente bem mais orgulho deles do que dos filhos. Mas também, com certeza, os porcos são os melhores possíveis, enquanto os filhos não valem muito. Ele escolheu uma mãe fraca para eles, e fez com que ela passasse fome enquanto gerava os filhos e os criava. Os porcos recebiam a nata e os filhos, o leite desnatado.

— Tem horas, Cornelia, que tenho que concordar com você, embora isso me magoe — disse o capitão Jim. — Essa é a exata verdade sobre Lewis Taylor. Quando eu vejo aqueles pobres e miseráveis filhos dele, privados de tudo o que filhos deveriam ter, fico remoendo isso por vários dias.

Gilbert foi para a cozinha em resposta ao aceno de Anne. Anne fechou a porta e deu-lhe um sermão conjugal.

— Gilbert, você e o capitão Jim precisam parar de provocar a srta. Cornelia. Ah, estive ouvindo vocês, e não vou permitir.

— Anne, a srta. Cornelia está se divertindo muito. Você sabe como ela é.

— Bem, não importa. Vocês dois não precisam provocá-la assim. O jantar está pronto agora, e, Gilbert, *não* deixe a sra. Rachel cortar os gansos. Sei que ela pretende se oferecer para fazê-lo porque acha que você não consegue fazer direito. Mostre a ela que você consegue.

— Eu deveria ser capaz. Estive estudando diagramas A-B-C-D de como cortar uma ave pelo último mês — disse Gilbert. — Só não fale comigo enquanto eu estiver cortando, Anne, pois se tirar as letras da minha cabeça estarei em uma situação pior do que você nos velhos tempos de geometria, quando o professor as trocou.

Gilbert cortou os gansos lindamente. Até a sra. Rachel teve que admitir isso. E todos comeram e gostaram. O primeiro jantar de Natal de Anne foi um grande sucesso e ela sorriu com orgulho matronal Feliz e longa foi a ceia; e, quando tudo acabou, eles se reuniram em frente às faiscantes chamas vermelhas da lareira, e o capitão Jim contou-lhes histórias até o sol vermelho começar a descer sobre o porto de Four Winds e as longas sombras azuis dos álamos caírem sobre a neve na alameda.

— Eu devo voltar para o farol — disse ele por fim. — Vou ter tempo para caminhar para casa antes do sol se por. Obrigado por um lindo Natal, patroa Blythe. Leve o sr. Davy ao farol alguma noite antes de ele ir para casa.

— Eu quero ver aqueles deuses de pedra — disse Davy com prazer.

XVI
Véspera de Ano-Novo no farol

O pessoal de Green Gables voltou para casa depois do Natal, Marilla sob a promessa de voltar por um mês na primavera. Mais neve caiu antes do Ano-Novo e o porto congelou, mas o golfo ainda estava livre, além dos aprisionados campos esbranquiçados. O último dia do ano velho foi um daqueles claros, frios e deslumbrantes de inverno, que nos bombardeiam com seu brilho e despertam nossa admiração, mas nunca nosso amor. O céu estava límpido e azul; os diamantes de neve brilhavam insistentemente; os troncos das árvores estavam desavergonhadamente nus, com uma espécie de beleza descarada; as colinas disparavam lanças de cristal de repente. Até as sombras estavam nítidas, rígidas e bem definidas, como nenhuma sombra normal deveria ser. Tudo o que era bonito parecia dez vezes mais bonito e menos atraente em seu flagrante esplendor; e tudo o que era feio parecia dez vezes mais feio, e cada coisa ou era bonita ou feia. Não havia nenhuma combinação suave, ou obscuridade gentil, ou nebulosidade alusiva naquele brilho minucioso. O único que mantinha sua própria individualidade era o abeto — pois ele é a árvore do mistério e da sombra, e nunca cede às invasões do brilho bruto.

Mas finalmente o dia começou a perceber que estava envelhecendo. Então, uma espécie de melancolia caiu sobre sua beleza, que a ofuscou, mas a intensificou; ângulos agudos e pontos brilhantes derreteram-se em curvas e sedutores brilhos. O porto branco adquiriu tons suaves de cinza e rosa; as colinas distantes tornaram-se ametistas.

— O ano velho está indo embora lindamente — disse Anne.

Ela, Leslie e Gilbert estavam a caminho do farol de Four Winds, tendo combinado com o capitão Jim de passar a virada do Ano-Novo lá. O sol havia se posto, e no céu, a sudoeste, pairava Vênus, gloriosa e dourada, tendo se aproximado tão perto de sua irmã terrestre quanto possível. Pela primeira vez, Anne e Gilbert viram a sombra lançada por aquela fulgurante estrela da noite, aquela sombra tênue e misteriosa, raramente vista, exceto quando há neve branca para desnudá-la, e apenas com uma visão aguçada, desaparecendo quando se olha para ela diretamente.

— É como o espírito de uma sombra, não é? — Anne sussurrou. — Você pode vê-la claramente ao seu lado te assombrando quando está olhando para a frente; mas ao se virar para olhá-la... ela já sumiu.

— Ouvi dizer que é possível ver a sombra de Vênus apenas uma vez na vida, e que dentro de um ano depois de vê-la, você receberá o presente mais maravilhoso da sua vida — disse Leslie, embora um pouco titubeante. Talvez ela pensasse que mesmo a sombra de Vênus não conseguiria lhe trazer o presente da vida. Anne sorriu no crepúsculo suave; ela tinha bastante certeza do que a mística sombra lhe prometia.

Eles encontraram Marshall Elliott no farol. De início, Anne sentiu-se inclinada a ficar ressentida pela intrusão daquele excêntrico de barba e cabelos compridos no pequeno círculo familiar. Marshall Elliott, contudo, logo provou seu direito legítimo como membro da família que conhece José. Ele era um homem espirituoso, inteligente e culto, competindo com o próprio capitão Jim na habilidade de contar uma boa história. Todos ficaram felizes quando ele concordou em passar o Ano-Novo com eles.

O pequeno sobrinho do capitão Jim, Joe, viera passar o Ano-Novo com seu tio-avô e tinha adormecido no sofá com o Primeiro Imediato aninhado em uma enorme bola dourada a seus pés.

— Ele não é um rapazinho adorável? — disse o capitão Jim, exultante. — Adoro ver uma criança dormindo, patroa Blythe. É a visão mais linda do mundo, eu acho. Joe adora passar a noite aqui, porque eu o deixo dormir comigo. Em casa ele tem que dormir com os outros dois meninos e ele não gosta. "Por que não posso dormir com papai, tio Jim?", ele diz. "Todos na Bíblia dormem com os pais." Quanto às perguntas que faz, o próprio ministro não conseguiu respondê-las. Elas acabam comigo. "Tio Jim, se eu não fosse *eu* quem eu seria?" E: "Tio Jim, o que aconteceria se Deus morresse?". Ele disparou essas duas para mim esta noite, antes de dormir. Quanto à sua imaginação, ela navega para bem longe. Inventa as histórias mais notáveis, e então a mãe o fecha no armário por contar mentiras. E ele se senta e inventa outra, e a tem pronta para contar quando a mãe o deixar sair. Joe tinha uma para mim quando chegou esta noite. "Tio Jim", ele disse, solene como uma lápide, "eu tive uma aventura no Glen hoje." "Ah é, o que?", digo eu, esperando algo bastante surpreendente, mas não preparado para o que realmente recebo. "Eu conheci um lobo na rua", diz ele, "um lobo gigantesco com uma boca enorme e vermelha e *terríveis* dentes longos, tio Jim." "Eu não sabia que tinha lobos no Glen", eu respondi. "Ah, ele veio de muito, muito longe", diz ele, "e eu achei que ele ia me devorar, tio Jim." "Você ficou com medo?", perguntei. "Não, porque eu tinha uma grande arma", disse Joe, "e atirei no lobo e ele morreu, tio Jim, ficou mortinho da silva, e aí ele foi para o céu e mordeu Deus", disse ele. Bem, eu fiquei bastante atordoado, patroa Blythe.

As horas floresceram em alegria à frente da lareira de madeira flutuante. Capitão Jim contava histórias, e Marshall Elliott cantava canções escocesas antigas com uma bela voz de tenor; por fim, o capitão Jim tirou sua velha rabeca marrom da parede e começou a tocá-la. Ele tinha um jeito estranho de tocar rabeca que todos apreciaram, exceto o Primeiro Imediato, que saltou do sofá como se tivesse levado um tiro, soltou um miado de protesto e saiu correndo escada acima.

— Não dá para cultivar o ouvido para música naquele gato de maneira nenhuma — disse o capitão Jim. — Ele não fica tempo o suficiente para aprender a gostar. Quando conseguimos o órgão para a igreja do Glen, o velho Elder Richards saltou de sua cadeira no minuto em que o organista começou a tocar e saiu correndo da igreja como se tivesse visto um fantasma. Isso me lembrou tanto da reação do Primeiro Imediato quando começo a dedilhar a rabeca que essa foi a primeira e última vez que eu quase ri alto na igreja.

Havia algo tão contagiante nos ritmos animados que o capitão Jim tocava que logo os pés de Marshall Elliott começaram a se mexer. Ele tinha sido um notável dançarino quando jovem. Logo ele se levantou e estendeu as mãos para Leslie, que respondeu instantaneamente. Ao redor da sala iluminada pelo fogo, eles circulavam com uma graça rítmica que era maravilhosa. Leslie dançava com inspiração, o selvagem e doce abandono da música parecendo tê-la invadido e possuído. Anne a observou com fascinada admiração. Nunca a tinha visto assim. Toda a riqueza, a cor e o encanto inatos de sua natureza pareciam ter se soltado e transbordado nas bochechas vermelhas, nos olhos brilhantes e na graça de movimento. Mesmo o aspecto de Marshall Elliott, com sua longa barba e seu cabelo, não estragaria aquela imagem. Pelo contrário, parecia realçá-la. Marshall Elliott parecia um viking de tempos antigos, dançando com uma das filhas de olhos azuis e cabelos dourados das Terras do Norte.

— A dança mais pura que já vi, e já vi muitas na minha época — declarou o capitão Jim, quando por fim o arco caiu de sua cansada mão. Leslie deixou-se cair na cadeira, rindo, sem fôlego.

— Eu amo dançar — disse ela apenas para Anne. — Não danço desde os dezesseis anos, mas eu adoro. A música parece correr em minhas veias como mercúrio e esqueço tudo, *tudo*, exceto o prazer de acompanhá-la. Não há chão aos meus pés, ou paredes ao meu redor, ou teto sobre mim. Eu flutuo entre as estrelas.

O capitão Jim pendurou a rabeca de volta em seu lugar, ao lado de uma grande moldura contendo várias notas de dinheiro.

— Existe algum conhecido seu que pode pagar para pendurar notas de dinheiro emolduradas nas paredes? — perguntou ele.
— Há vinte notas de dez dólares ali, que não valem o vidro sobre elas. São notas antigas do Banco da Ilha do Príncipe Edward. Eu as tinha quando o banco faliu, e as emoldurei e pendurei, em parte como um lembrete para não colocar meus trocados aos bancos e, em parte, para me dar uma sensação realmente luxuosa e milionária. Olá, Imediato, não tenha medo. Você pode voltar agora. A música e a folia acabaram por esta noite. O ano velho tem apenas outra hora para ficar com a gente. Eu vi setenta e seis anos novos chegarem sobre aquele golfo lá longe, patroa Blythe.

— Você verá cem — disse Marshall Elliott.

O capitão Jim balançou a cabeça.

— Não, e não quero, pelo menos acho que não quero. A morte fica mais amigável à medida que envelhecemos. Não que um de nós realmente queira morrer, Marshall. Tennyson falou a verdade quando disse isso. Lá no Glen tem a sra. Wallace, que teve muitos problemas durante toda a vida, coitada, e perdeu quase todos que amava. Ela está sempre dizendo que ficará feliz quando chegar sua hora e que não quer ficar nem mais um dia nesse vale de lágrimas. Mas quando fica doente... Deus nos acuda! Médicos da cidade, uma enfermeira treinada, remédio suficiente para matar um cachorro. A vida pode ser um vale de lágrimas, sim, mas existem algumas pessoas que gostam de chorar, eu acho.

Eles passaram a última hora do ano que estava indo embora em silêncio contemplando o fogo. Poucos minutos antes da meia-noite, o capitão Jim se levantou e abriu a porta.

— Devemos deixar o ano novo entrar — disse ele.

Lá fora, estava uma bela noite azul. Uma faixa cintilante de luar enfeitava o golfo. Nas faixas de areia, o porto brilhava como um pavimento de pérolas. Eles pararam diante da porta e esperaram. O capitão Jim, com sua experiência plena e madura; Marshall Elliott, na metade de sua vigorosa vida, embora vazia, Gilbert e Anne, com suas memórias preciosas e esperanças primorosas; Leslie, com seu histórico de anos de fome e seu futuro sem esperança. O relógio na pequena prateleira acima da lareira bateu meia-noite.

— Bem-vindo, Ano-Novo — disse o capitão Jim, curvando-se enquanto o último minuto morria. — Desejo o melhor ano da vida de vocês, companheiros. Acho que tudo o que o Ano Novo nos trará será o melhor que o Grande Capitão tem para nós, e, de uma forma ou de outra, todos nós atracaremos em um bom porto seguro.

XVII
Um inverno em Four Winds

O inverno se estabeleceu depois do Ano-Novo. Grandes montes de neve se amontoavam ao redor da casinha, e palmas de gelo cobriram suas janelas. O gelo do porto ficou mais firme e espesso, até que o povo de Four Winds deu início ao hábito de inverno de caminhar sobre ele. Os caminhos seguros eram "marcados" por um funcionário do governo benevolente, e noite e dia os tilintares alegres dos sinos do trenó soavam. Nas noites de luar, Anne os ouvia em sua casa de sonhos como sinos de fada. O golfo ficou coberto de gelo e o farol de Four Winds não foi mais aceso. Durante os meses em que a navegação ficava paralisada, o escritório do capitão Jim era uma sinecura.

— O Primeiro Imediato e eu não teremos nada para fazer até a primavera, exceto nos aquecer e nos divertir. O último faroleiro costumava ir para o Glen no inverno; mas eu prefiro ficar aqui. O Primeiro Imediato pode ser envenenado ou comido por cachorros no Glen. É um pouquinho solitário, claro, sem o farol nem o mar como companhia, mas se nossos amigos vierem nos ver com frequência, vamos superar isso.

O capitão Jim tinha um barco especial para navegar no gelo e muitas foram as voltas selvagens e gloriosas que Gilbert, Anne e Leslie deram pelo porto congelado com ele. Anne e Leslie também fizeram longas caminhadas juntas pelos campos, com seus sapatos de neve, ou pelo porto depois de tempestades, ou pela floresta além do Glen. Eram ótimas companheiras de caminhadas e conversas à beira do fogo. Cada uma tinha algo a oferecer a outra — cada uma sentia que a vida era mais rica para uma troca amigável de ideias e um silêncio amigável; cada uma olhava para os campos brancos entre suas casas com uma consciência agradável de existir uma amiga do outro lado. Porém, apesar de tudo isso, Anne sentia que sempre havia uma barreira entre Leslie e ela — uma restrição que nunca desaparecia por completo.

— Não sei por que não consigo me aproximar dela — disse Anne uma noite ao capitão Jim. — Eu gosto tanto dela, a admiro muito e *quero* trazê-la para dentro do meu coração e entrar no dela. Mas parece que nunca conseguirei cruzar essa barreira.

— Sua vida toda você foi muito feliz, patroa Blythe — disse o capitão Jim pensativamente. — Acho que é por isso que você e Leslie não podem se aproximar de verdade em suas almas. A barreira entre vocês é que a experiência dela é de tristeza e dificuldades. Ela não é responsável por isso e você também não; mas está lá e nenhuma de vocês consegue cruzá-la.

— Minha infância não foi muito feliz antes de vir para Green Gables — disse Anne, olhando sobriamente pela janela para a beleza imóvel, triste e morta das sombras de árvores sem folhas na neve iluminada pela lua.

— Talvez não, mas foi apenas a infelicidade comum de uma criança que não tinha ninguém para cuidar dela de verdade. Não aconteceu nenhuma *tragédia* na sua vida, patroa Blythe. E a vida da pobre Leslie tem sido quase *toda* uma tragédia. Ela sente, acho, mas talvez ela nem sabe que sente, que existe uma grande coisa na vida dela que você não pode entrar nem entender, e assim, ela precisa te manter afastada, para te impedir, vamos dizer assim, de se machucar Você sabe que, se tem algo dentro da gente que magoa, a gente não gosta que alguém saiba disso ou fale disso. Isso vale tanto para nossa alma quanto para nosso corpo, acho. A alma de Leslie deve estar quase em carne viva, não é de admirar que ela esconda isso.

— Se isso fosse tudo, eu não me importaria, capitão Jim. Eu entenderia. Mas há momentos, nem sempre, mas de vez em quando, em que quase chego a acreditar que Leslie não... não gosta de mim. Às vezes, eu surpreendo um olhar dela que parece mostrar ressentimento e antipatia... passa muito rápido, mas eu vejo, tenho certeza disso. E me dói, capitão Jim. Não estou acostumada a não ser gostada — e tentei tanto ganhar a amizade de Leslie.

— Você ganhou, patroa Blythe. Não fica ruminando uma ideia tola que a Leslie não gosta de você. Se não gostasse, ela não ficaria perto de você, muito menos sendo amável com você como ela é. Eu conheço Leslie Moore bem demais para não ter certeza disso.

— A primeira vez em que a vi, levando seus gansos colina abaixo no dia em que cheguei a Four Winds, ela me olhou com essa mesma expressão — insistiu Anne. — Eu senti isso, mesmo em meio à minha admiração por sua beleza. Ela olhou para mim com ressentimento, olhou sim, capitão Jim.

— O ressentimento deve ter sido sobre outra coisa, patroa Blythe, e você foi alvo dele porque calhou de estar passando na hora. Acontece que Leslie tem crises de mau humor de vez em quando, pobre garota. Eu não posso culpar ela, quando sei o que ela tem que aguentar. Não sei como isso é possível. O médico e eu conversamos muito sobre a origem desse mal, mas ainda não descobrimos muito sobre ele. Há um vasto oceano de coisas que não dá para entender na vida, não é mesmo, patroa Blythe? Às vezes, tudo parece funcionar direitinho, como aconteceu com você e o médico. E, do outro lado, tudo parece ir para o brejo. Veja só a Leslie, tão inteligente e bonita que você acha que ela foi feita para ser uma rainha, e, em vez disso, ela fica confinada naquela casa, sem quase nada que uma mulher valorizaria, sem nenhuma perspectiva, exceto esperar pelo Dick Moore pelo resto da vida. Mas, veja bem, patroa Blythe, me atrevo a dizer que ela escolheria sua vida agora, tal como é, em vez da vida que viveu com Dick antes de ele partir. Isso é algo com que a língua de um velho marinheiro desajeitado não deveria se intrometer. Mas você ajudou muito a Leslie, ela é uma criatura diferente desde da sua chegada em Four Winds. Nós, velhos amigos, vemos a diferença nela, mas você não consegue. A srta. Cornelia e eu, a gente tava conversando sobre isso outro dia, e é um dos poucos pontos fortes que a gente concorda. Então, sério, esqueça todas essas ideias malucas que a Leslie não gosta de você.

Anne dificilmente as descartaria por completo, pois houve momentos em que sentiu, sem dúvidas, com um instinto que não seria combatido pela razão, que Leslie nutria um estranho e indefinível ressentimento em relação a ela. Às vezes, essa consciência secreta prejudicava o prazer dessa camaradagem; em outras, era quase esquecida; mas Anne sempre achou que havia um espinho escondido ali, que poderia feri-la a qualquer momento. Ela sentiu uma cruel pontada no dia em que contou a Leslie o que esperava que a primavera trouxesse para a casinha dos sonhos. Leslie a olhou com olhos duros, amargos e hostis.

— Então você vai ter isso também — disse ela com a voz embargada. E sem dizer mais nada, ela se virou e atravessou os campos de volta para casa. Anne ficou profundamente magoada; naquele momento, sentiu como se nunca mais pudesse gostar de Leslie. No entanto, quando Leslie apareceu algumas noites depois, ela foi tão agradável, tão amigável, tão franca, espirituosa e cativante, que Anne ficou encantada e a perdoou e esqueceu o assunto. Porém, nunca mais mencionou sua querida esperança a Leslie, que também não falou mais naquilo. Certa noite, contudo, quando o final do inverno ouvia os primeiros sinais da primavera, ela foi até a casinha para uma conversa ao crepúsculo e, ao ir embora, deixou uma pequena caixa branca sobre a mesa. Anne a encontrou depois de Leslie ter ido e a abriu pensativa. Nela estava um minúsculo vestido branco de acabamento requintado — bordado com delicadeza, com dobras maravilhosas; uma beleza pura. Cada ponto era feito à mão; e os pequenos babados de renda na gola e nas mangas eram de autêntica renda valenciana. Sobre ele, um cartão — "com o amor de Leslie".

— Quantas horas de trabalho ela deve ter gastado para fazer isso — disse Anne. — E o material deve ter custado mais do que ela realmente poderia pagar. É tão bondoso de sua parte.

Mas Leslie foi brusca e lacônica quando Anne agradeceu, e ela se viu aturdida outra vez.

O presente de Leslie não era o único na casinha. A srta. Cornelia havia, por enquanto, desistido de costurar para oito bebês indesejados, e passou a costurar para um primeiro filho muito desejado, cujas boas-vindas não deixariam nada a desejar. Philippa Blake e Diana Wright enviaram cada uma roupinhas maravilhosas, e a sra. Rachel Lynde enviou várias, nas quais o bom material e os pontos bem-feitos tomaram o lugar de bordados e babados. A própria Anne costurou várias, proibida de tocar numa maquinaria, gastando neles as horas mais felizes daquele feliz inverno

O capitão Jim era o hóspede mais frequente da casinha e ninguém era mais bem-vindo. A cada dia, Anne amava cada vez mais o velho marinheiro de alma simples e coração sincero. Ele era tão revigorante quanto a brisa do mar, tão interessante quanto uma crônica antiga. Anne nunca se cansava de ouvir suas histórias, e suas curiosas observações e comentários eram um contínuo deleite para ela. O capitão Jim era uma daquelas pessoas raras e interessantes que nunca falam, mas sempre dizem alguma coisa. O leite da bondade humana e a sabedoria da serpente estavam misturados em sua composição em adoráveis proporções.

Nada parecia incomodar o capitão Jim ou deprimi-lo de forma alguma.

— Eu peguei esse hábito de aproveitar as coisas — ele disse uma vez, quando Anne comentou sobre sua inabalável alegria. — É tão crônico que acho que gosto até das coisas desagradáveis. É muito divertido pensar que não podem durar. "Velho reumatismo", digo eu, quando me aperta daquele jeito, "você tem que parar de doer algum dia. Quanto pior você estiver, mais cedo irá parar, sabe. Eu estou fadado a levar o melhor de você no longo prazo, seja dentro do corpo ou fora dele."

Uma noite, ao lado da lareira no farol, Anne viu o Livro da Vida do capitão. Ele não precisou de persuasão para mostrar e orgulhosamente o deu para ela ler.

— Escrevo para deixar para o pequeno Joe — disse ele. — Não gosto da ideia de todas as coisas que fiz e vi serem esquecidas depois de eu ter navegado para minha última viagem. Joe, ele vai se lembrar e contar tudo aos filhos.

Era um velho livro encadernado em couro com o registro de suas viagens e aventuras. Anne pensou que tesouro descoberto seria para um escritor. Cada frase era uma pepita. O livro, propriamente dito, não possuía nenhum mérito literário; o encanto de narrar histórias do capitão Jim era desapontador na escrita; ele só conseguia pincelar mais ou menos um esboço cru de seus contos famosos, e tanto a ortografia como a gramática estavam infelizmente tortas. Mas Anne sentiu que se alguém possuísse o dom de extrair daquele registro simples uma vida corajósa e aventureira, lendo nas entrelinhas as histórias de perigos enfrentados e deveres virilmente alcançados, uma história maravilhosa poderia surgir dali. A rica comédia e a emocionante tragédia estavam escondidas no Livro da Vida do capitão Jim, esperando pelo toque da mão do mestre para despertar o riso, a dor e o horror em muita gente.

Anne disse algo sobre isso a Gilbert enquanto caminhavam para casa.

— Por que você mesma não tenta fazer isso, Anne?
Anne abanou a cabeça.
— Não. Eu gostaria de poder. Mas não faz parte do meu dom. Você sabe qual é o meu forte, Gilbert, o fantasioso, os contos de fada, o encantamento. Para escrever o Livro da Vida do capitão Jim como deveria ser escrito, é preciso ser mestre de estilo vigoroso, porém sutil, um psicólogo afiado, um humorista e um trágico nato. Uma rara combinação de dons é necessária. Paul poderia fazê-lo, se fosse mais velho. De qualquer forma, vou pedir que ele venha no próximo verão para conhecer o capitão Jim.

Venha para esta enseada, escreveu Anne a Paul. *Receio que não vá encontrar aqui Nora ou a Dama Dourada ou os Marinheiros Gêmeos, mas encontrará um velho marinheiro que pode lhe contar histórias maravilhosas.*

Paul, entretanto, respondeu lamentando não poder ir naquele ano. Estava indo ao exterior para estudar dois anos.

No meu retorno, irei para Four Winds, querida professora, escreveu ele.

— Mas nesse meio-tempo, o capitão Jim envelhece — disse Anne com tristeza —, e não há ninguém para escrever o livro de sua vida.

XVIII
Dias de primavera

O gelo no porto escureceu e apodreceu sob o sol de março. Em abril, já havia águas azuis e ventos que formavam marolas no golfo; e o farol de Four Winds voltou a adornar os crepúsculos.

— Estou tão feliz por voltar a vê-lo — disse Anne, na primeira noite de sua volta. — Senti tanta falta disso durante todo o inverno. O céu do noroeste parecia vazio e solitário sem essa luz.

A terra estava macia, com folhas novíssimas, recém-nascidas de tom verde-dourado. Havia uma névoa esmeralda na floresta além do Glen. Os vales voltados para o mar estavam repletos de névoas de fadas ao amanhecer.

Ventos vibrantes carregavam e levavam espumas de sal em seu hálito. O mar ria, brilhava, altivo e sedutor, como uma linda mulher coquete. O cardume de arenques aumentou e a vila de pescadores despertou para a vida. O porto fervilhava de velas brancas em direção ao canal. Os navios começaram a ir e vir novamente.

— Em um dia de primavera como este — disse Anne —, eu sei exatamente como minha alma vai se sentir na manhã da ressurreição.

— Há momentos na primavera em que sinto aqui dentro que poderia ter sido um poeta se tivesse começado cedo — observou o capitão Jim. — Eu me pego contando versos antigos que ouvi o professor recitar há sessenta anos. Eles não me vêm em outras ocasiões. Agora sinto como se tivesse que ir para as rochas ou os campos ou a água e jorrá-los.

O capitão Jim veio naquela tarde para trazer a Anne um carregamento de conchas para o jardim e um pequeno ramo de erva-doce que encontrara numa caminhada pelas dunas de areia.

— Está muito rara ao longo desse litoral agora — disse ele. — Quando eu era menino, havia montes delas. Mas agora, só de vez em quando que você encontra um macinho, e nunca quando está procurando. Você só tropeça nela quando está caminhando pelas dunas de areia, sem nem pensar em erva-doce e de repente o ar está cheio de doçura — e ali está debaixo dos seus pés. Eu adoro o cheiro da erva-doce. Sempre me faz pensar na minha mãe.

— Ela gostava do cheiro? — perguntou Anne.

— Não que eu saiba. Não sei se ela algum dia viu uma erva-doce. Não, é porque tem uma espécie de perfume maternal, não é infantil, você entende. É um aroma maduro e saudável e confiável, como uma mãe. A noiva do professor sempre a guardava entre seus lenços. Você poderia colocar esse pequeno maço entre os seus, patroa Blythe. Não gosto desses aromas comprados, mas um cheiro de erva-doce pertence ao mesmo lugar que uma dama.

Anne não ficou especialmente entusiasmada com a ideia de cercar seus canteiros de flores com conchas de amêijoas; como decoração, à primeira vista, não gostara delas. Mas não magoaria o capitão Jim por nada; então, adotou uma bondade que não sentiu a princípio, e agradeceu-lhe de coração. E quando ele circundou orgulhosamente cada canteiro com uma das grandes conchas brancas como leite, Anne descobriu, para sua surpresa, que havia gostado do efeito. Em um gramado da cidade, ou mesmo lá no Glen, elas não ornariam muito, mas aqui, no jardim antiquado e à beira-mar da casinha dos sonhos, as conchas pareciam *pertencer*.

— São lindas — disse ela com sinceridade.

— A noiva do professor sempre tinha essas patas-de-vaca em volta dos canteiros — disse o capitão Jim. — Ela era especialista em flores. Bastava *olhar* para elas, e mexer nelas, *pronto*, cresciam que nem mato. Algumas pessoas têm esse talento, eu acho que você também tem, patroa Blythe.

— Ah, eu não sei, mas amo meu jardim e adoro trabalhar nele. Enchê-lo de plantas verdes, fazer algo crescer, observando dia a dia para ver os maravilhosos brotinhos novos despontando, é como dar uma mão na criação, acredito. Agora mesmo, meu jardim é como a fé: a substância das coisas que esperamos. Mas espere um pouco.

— Sempre fico surpreso quando olho para as sementinhas marrons enrugadas e penso nos arco-íris que delas brotarão — disse o capitão Jim. — Quando penso sobre as sementes, não acho difícil acreditar que temos almas que viverão em outros mundos. A gente mal pode acreditar que tem vida nessas coisas minúsculas, algumas do tamanho de grãos de poeira, muito menos cor e cheiro, se você não tivesse visto o milagre, não é?

Anne, que contava seus dias como as contas de prata em um rosário, não conseguia fazer a longa caminhada até o farol ou pegar a estrada do Glen. Mas a srta. Cornelia e o capitão Jim iam com frequência à casinha. A srta. Cornelia foi a alegria da existência de Anne e Gilbert. Eles riam demasiadamente de seus discursos depois de cada visita. Quando o capitão Jim e ela vinham visitar ao mesmo tempo, a diversão era ouvi-los. Eles travavam uma prolixa guerra, ela atacando, ele defendendo. Anne uma vez repreendeu o capitão por suas provocações à srta. Cornelia.

— Ah, eu adoro deixar ela irritada, patroa Blythe — riu o pecador impenitente. — É minha maior diversão na vida. Aquela língua dela faria bolhas em uma pedra. E você e aquele jovem médico gostam de ouvi-la tanto quanto eu.

O capitão Jim apareceu numa outra noite para presentear Anne com algumas flores-de-maio. O jardim estava tomado pelo ar marítimo denso, perfumado e pacífico de uma noite primaveril. Havia uma névoa branca como leite à beira do mar, com uma jovem lua beijando-a e uma alegria prateada de estrelas sobre Glen. O sino da igreja do outro lado do porto tocava com suavidade. O gentil carrilhão flutuou pelo crepúsculo para se misturar com o suave gemido primaveril do mar. As flores do capitão Jim adicionaram o toque final ao charme da noite.

— Não vi nenhuma nesta primavera e senti falta delas — disse Anne, enterrando o rosto nelas.

— Não dá para encontrar essas no entorno de Four Winds, só nos campos lá pra cima do Glen. Fiz uma pequena viagem hoje para a terra-sem-nada-para-fazer e colhi essas para você. Acho que são as últimas que você vai ver nessa primavera, pois estão quase passando da hora.

— Como você é gentil e atencioso, capitão Jim. Ninguém mais, nem mesmo Gilbert — disse, balançando a cabeça para ele — , se lembrou que eu sempre fico ansiosa pelas flores-de-maio na primavera.

— Bem, eu também tinha outra tarefa, queria levar pro sr. Howard um pedaço de truta. Ele gosta de uma truta de vez em quando, e é tudo que posso fazer por uma gentileza que recebi dele uma vez. Fiquei lá a tarde toda conversando. Ele gosta de falar comigo, mesmo sendo um homem muito educado e eu apenas um velho marinheiro ignorante, porque ele é uma dessas pessoas que precisa falar ou ficam infelizes, e raramente encontra ouvintes por aqui. O pessoal do Glen tem vergonha dele porque acha que ele é ateu. Ele não foi tão longe assim, poucos homens vão, acho; mas ele é o que se poderia chamar de herege. Os hereges são estranhos, mas interessantes. É só porque eles perdem o rumo procurando por Deus, achando que Ele é difícil de encontrar, o que não é verdade. A maioria deles veem que se enganaram depois de um tempo, eu acho. Não acho que ouvir as teorias do sr. Howard pode me fazer muito mal. Veja bem, acredito naquilo em que fui educado a acreditar. Isso me poupa muito trabalho, e, pensando em tudo, Deus é bom. O problema com o sr. Howard é que ele é um pouco inteligente *demais*. Ele acha que está destinado a viver de acordo com a própria inteligência e que é mais inteligente descobrir um novo jeito de chegar no céu do que seguir os velhos caminhos que as pessoas comuns e ignorantes estão percorrendo. Mas ele vai chegar lá em algum momento, e então ele vai achar graça de si mesmo.

— Para começar, o sr. Howard era metodista — disse a srta. Cornelia, como se achasse que ele não tinha um caminho muito longo até alcançar heresia.

— Você sabe, Cornelia — disse o capitão Jim com seriedade —, muitas vezes penso que se eu não fosse presbiteriano seria metodista.

— Ah, bem — concedeu a srta. Cornelia —, se você não fosse presbiteriano, não importaria muito o que você fosse. Por falar em heresia, isso me lembra, doutor, eu trouxe de volta o livro que você me emprestou, aquele *A Lei Natural no Mundo Espiritual*. Não consegui ler mais do que um terço. Eu consigo ler coisas que têm sentido e consigo ler bobagens, mas aquele livro não é nenhuma coisa nem outra.

— É considerado um tanto herético em algumas partes — admitiu Gilbert —, mas eu lhe disse isso antes de emprestá-lo, srta. Cornelia.

— Ah, eu não teria me importado que fosse herético. Consigo suportar coisas estranhas, mas não consigo tolerar bobagens — disse a srta. Cornelia calmamente, com um ar de ter dito a última coisa que havia a se dizer sobre o *A Lei Natural no Mundo Espiritual*.

— Por falar em livros, *Um Louco Amor* terminou enfim tem duas semanas — comentou o capitão Jim pensativamente. — Chegou a cento e três capítulos. Assim que eles se casaram, o livro terminou de repente, então acho que todos os problemas deles acabaram. É muito bom que seja assim nos livros, não é, mesmo que não seja em nenhum outro lugar?

— Nunca li nenhum romance — disse a srta. Cornelia. — Você sabe como estava Geordie Russell hoje, capitão Jim?

— Sim, parei lá a caminho de casa para vê-lo. Ele está bem, mas está cozinhando num caldo de problemas, pobre homem.

— É claro, a maior parte desse caldo é invenção da cabeça dele, mas acho que isso não torna mais fácil de suportar. É um pessimista terrível — disse a srta. Cornelia.

— Bem, não, ele não é exatamente um pessimista, Cornelia. Ele só não encontra nada que sirva a ele.

— E isso não é ser pessimista?

— Não, não. O pessimista é aquele que nunca espera encontrar algo que se adapte a ele. Geordie ainda não chegou *tão* longe.

— Você encontraria algo bom para dizer sobre o próprio diabo, Jim Boyd.

— Bem, você já ouviu a história da velha senhora que disse que ele era perseverante. Mas não, Cornelia, não tenho nada de bom a dizer sobre o diabo.

— Você sequer acredita nele? — perguntou a srta. Cornelia seriamente.

— Como você pode perguntar isso, sabendo que sou um bom presbiteriano, Cornelia? Como um presbiteriano poderia viver sem um demônio?

— *Acredita*? — insistiu a srta. Miss Cornelia.

Subitamente, o capitão Jim ficou sério.

— Eu acredito no que ouvi um ministro certa vez chamar de "um poder do mal poderoso, maligno e *esperto* operando no universo" — disse ele solenemente. — Acredito *nisso*, Cornelia.

Você pode chamá-lo de diabo, ou "princípio do mal", ou Velho Chifrudo, ou qualquer nome que você quiser dar. Ele está lá, e todos os ateus e hereges do mundo não podem argumentar contra isso, mais do que eles podem argumentar contra Deus. Ele está lá e está operando. Mas, veja bem, Cornelia, eu acredito que vai levar a pior no longo prazo.

— Tenho certeza de que espero que sim — disse a srta. Cornelia, sem parecer esperançosa demais. — Mas, falando no diabo, tenho certeza de que Billy Booth está possuído por ele agora. Você ouviu falar da última cena de Billy?

— Não, o que foi isso?

— Ele foi lá e pôs fogo na roupa nova marrom de lã da esposa, que ela pagou vinte e cinco dólares em Charlottetown, porque ele disse que os homens a admiraram muito quando ela a usou para ir à igreja pela primeira vez. Isso é homem que preste?

— A patroa Booth é muito bonita, e marrom orna com ela — disse o capitão Jim, pensativo.

— E você acha que isso é motivo suficiente para ele enfiar o conjunto novo da esposa no forno da cozinha? Billy Booth é um idiota ciumento e torna a vida da esposa insuportável. Ela chorou a semana toda por causa do conjunto novo. Ah, Anne, gostaria de poder escrever como você, *acredite* em mim. Tenho certeza de que atingiria alguns dos homens daqui!

— Esses Booth são todos esquisitos — disse o capitão Jim. — Billy parecia o mais são de todos até se casar, depois disso essa estranha onda de ciúme cresceu nele. Agora, o irmão dele, Daniel, sempre foi estranho.

— Tinha acessos de raiva de tempos em tempos e não queria sair da cama — disse a srta. Cornelia com satisfação. — A esposa dele precisava fazer todo o trabalho do celeiro até que ele melhorasse. Quando ele morreu, as pessoas mandaram cartas de condolências para ela; se eu tivesse escrito alguma coisa, teria sido "parabéns". O pai deles, o velho Abram Booth, era um velho idiota e nojento. Estava bêbado no funeral da esposa e ficava cambaleando e soluçando, dizendo "E-E-Eu não be-be-bebi muito... mas me siiiinto terrivelmente a-a-a--ah-legre". Dei-lhe uma boa cutucada nas costas com meu guarda-chuva quando ele se aproximou de mim, e isso o deixou sóbrio até tirarem o caixão de casa. O jovem Johnny Booth deveria ter se casado ontem, mas o casamento não aconteceu porque ele pegou caxumba. Isso é homem que preste??

— Como ele poderia ter evitado pegar caxumba, coitado?

— Eu sinto pena, *acredite* em mim, da coitada da Kate Sterns. Não sei como ele poderia ter evitado pegar caxumba, mas *sei* que a ceia do casamento estava pronta e tudo vai estragar até ele melhorar. Quanto desperdício! Ele deveria ter tido caxumba quando era menino.

— Vamos, vamos, Cornelia, você não acha que está sendo um pouco irracional?

A srta. Cornelia não quis responder e, em vez disso, se voltou para Susan Baker, uma velha solteirona do Glen, de rosto sombrio e bom coração, que fora contratada como governanta na casinha durante algumas semanas. Susan fora ao Glen ajudar um doente e havia acabado de retornar.

— Como está a pobre tia Mandy? — perguntou a srta. Cornelia.

Susan suspirou.

— Muito mal, muito mal, Cornelia. Temo que ela logo estará no céu, coitada!

— Ah, com certeza não é tão ruim assim! — exclamou a srta. Cornelia, com empatia.

O capitão Jim e Gilbert se entreolharam. Então, de repente, ambos se levantaram e saíram.

— Há ocasiões — disse o capitão Jim, entre espasmos — em que seria pecado *não* rir! Aquelas duas excelentes mulheres!

XIX
O amanhecer e o anoitecer

No início de junho, floresciam nas colinas de areia rosas selvagens cor-de-rosa e o Glen estava coberto de flores de macieira, quando Marilla chegou à casinha, acompanhada por uma arca preta de crina de cavalo, estampada com pregos de latão, que havia repousado imperturbável no sótão de Green Gables por meio século. Susan Baker, que, durante sua estada de poucas semanas na casinha, já venerava com cego fervor a jovem sra. Blythe, como chamava Anne, a princípio observava Marilla com desconfiança e um pouco de ciúme. Mas como Marilla não tentou interferir nos assuntos da cozinha e não mostrou nenhum desejo de interromper os cuidados de Susan com jovem sra. Blythe, a boa governanta se reconciliou com a nova presença e disse às suas camaradas no Glen que a srta. Cuthbert era uma boa senhora que conhecia seu lugar.

Uma noite, quando a aparência límpida do céu se encheu de vermelho e os tordos vibravam no crepúsculo dourado com hinos jubilosos às estrelas da noite, houve uma repentina comoção na casinha dos sonhos. Mensagens telefônicas foram enviadas para o Glen, e o dr. Dave e uma enfermeira de chapéu branco vieram apressadamente; Marilla caminhava pelo jardim entre as conchas de almeja murmurando preces entre os lábios tensos e Susan ficou sentada na cozinha com algodão nos ouvidos e o avental sobre a cabeça.

Leslie, olhando para fora da casa do riacho, viu que todas as janelas da casinha estavam iluminadas e não dormiu naquela noite.

A noite de junho era curta, mas pareceu uma eternidade para aqueles que esperavam e assistiam.

— Ah, isso *nunca* vai acabar? — disse Marilla; então ela viu como a enfermeira e o dr. Dave pareciam sérios e não ousou fazer mais perguntas. Talvez Anne... mas Marilla não conseguia imaginar isso.

— Não me diga — disse Susan ferozmente, respondendo à angústia nos olhos de Marilla — que Deus poderia ser tão cruel a ponto de tirar de nós aquela cordeirinha quando a amamos tanto.

— Ele tirou outros tão bem-queridos também — disse Marilla com voz rouca.

Ao amanhecer, no entanto, quando o sol nascente desfez as névoas que pairavam sobre o banco de areia e delas formou arco-íris, a alegria invadiu a casinha. Anne estava segura e uma pequenina criatura branca, com grandes olhos como os da mãe, estava deitada ao lado dela. Gilbert, com o rosto cinzento e abatido pela agonia da noite, desceu para contar a Marilla e Susan.

— Graças a Deus —, estremeceu Marilla.

Susan se levantou e tirou o algodão das orelhas.

— Agora para o café da manhã — disse ela de forma enérgica. — Eu sou da opinião de que todos ficaremos felizes comendo algumas coisinhas. Diga à jovem sra. Blythe para não se preocupar com nada, Susan está no comando. Diga a ela apenas para pensar em seu bebê.

Gilbert sorriu um tanto melancólico enquanto se afastava. Anne, com o rosto empalidecido pelo batismo de dor, os olhos brilhando com a paixão sagrada da maternidade, não precisava que lhe dissessem para pensar na bebê. Ela não pensava em mais nada. Por algumas horas sentiu o gosto de uma felicidade tão rara e extraordinária que chegou a se perguntar se os anjos no céu não a invejariam.

— Pequena Joyce — murmurou ela quando Marilla entrou para ver a bebê. — Planejamos chamá-la assim, se fosse menina. Havia tantos nomes que gostaríamos de dar a ela, mas não podíamos escolher entre eles, então decidimos por Joyce, e seu apelido pode ser Joy. Joy, alegria, combina muito bem. Ah, Marilla, antes eu pensava que era feliz. Agora sei que acabei de sonhar um sonho agradável de felicidade. *Esta* é a realidade.

— Você não deve falar, Anne, espere até se fortalecer — disse Marilla em advertência.

— Você sabe como é difícil para mim *não* falar — sorriu Anne.

A princípio ela estava muito fraca e feliz para notar que Gilbert e a enfermeira pareciam sérios e Marilla, triste. Então, aos poucos, um medo frio e sem remorso, como uma névoa do mar invadindo a terra, rastejou em seu coração. Por que Gilbert não estava mais feliz? Por que ele não falava sobre a bebê? Por que eles não a deixaram ficar com ela depois daquele primeiro momento celestial? Havia algo errado?

— Gilbert — sussurrou Anne suplicante —, a bebê, está bem, não está? Diga-me, por favor, diga-me.

Gilbert demorou muito para se virar; então ele se curvou sobre Anne e olhou em seus olhos. Marilla, ouvindo receosamente do lado de fora, escutou um gemido lamentável e inconsolável, e fugiu para a cozinha onde Susan estava chorando.

— Oh, pobre cordeirinha, pobre cordeirinha! Como ela suportará, srta. Cuthbert? Temo que isso vá matá-la. Ela estava tão fortalecida e feliz, ansiando por esse bebê, planejando isso. Não se pode fazer nada a respeito, srta. Cuthbert?

— Receio que não, Susan. Gilbert diz que não há esperança. Ele sabia desde o começo que a pequenina não viveria.

— E é um bebê tão doce — soluçou Susan. — Nunca vi um bebezinho tão branco, normalmente eles são avermelhados ou amarelados. E ela abriu aqueles grandes olhos como se já tivesse meses. A pobrezinha! Ah, pobre e jovem sra. Blythe!

Ao pôr do sol, a pequena alma que viera com o amanhecer foi embora, deixando tristezas atrás de si. A srta. Cornelia pegou a pequenina e pálida criatura das mãos gentis, mas estranhas da enfermeira, e vestiu a criança que parecia de cera com o lindo vestido feito por Leslie, que pedira a ela para o fazer. Então a levou de volta ao lado da inconsolável mãe, cega pelas lágrimas.

— O Senhor deu e o Senhor tirou, querida — disse ela em meio às lágrimas. — Bendito seja o nome do Senhor.

Então ela foi embora, deixando Anne e Gilbert sozinhos com sua filhinha morta.

No dia seguinte, a pequena e pálida Joy foi colocada em um caixão de veludo, forrado por Leslie com flores de maçã, e levada para o cemitério da igreja do outro lado do porto. A srta. Cornelia e Marilla guardaram todas as roupinhas feitas com amor, e o cesto de babados tecido e bordado para o bebezinho com covinhas e cabecinha macia. A pequena Joy nunca dormiria ali; ela havia encontrado uma cama mais fria e estreita.

— Que decepção terrível — suspirou a srta. Cornelia. — Eu estava ansiosa por esse bebê e também queria que fosse uma menina.

— Eu só posso agradecer que a vida de Anne foi poupada — disse Marilla com um calafrio, lembrando-se das horas sombrias quando a garota que amava passava pelo vale das sombras.

— Pobre, pobre cordeirinha! O coração dela está partido — disse Susan.

— Eu *invejo* a Anne — disse Leslie repentina e ferozmente —, e eu a invejaria mesmo se ela morresse! Ela foi mãe por um dia lindo. Eu de bom grado daria minha *vida* por isso!

— Eu não falaria assim, Leslie, querida — disse a srta. Cornelia com desaprovação. Ela temia que a digna srta. Cuthbert achasse Leslie uma pessoa horrível.

A convalescença de Anne foi longa e muitas coisas a amarguraram. A floração e a luz do sol do mundo de Four Winds a irritavam cruelmente; mesmo assim, quando a chuva caiu forte, ela a imaginou batendo sem piedade contra a pequena sepultura do outro lado do porto; e quando o vento soprou ao redor dos beirais, ela ouviu vozes tristes nunca ouvidas antes.

Visitas gentis a machucavam também, suas banalidades bem-intencionadas e seus esforços para encobrir a nudez do luto. Uma carta de Phil Blake foi uma ferroada a mais. Phil tinha ouvido falar do nascimento do bebê, mas não de sua morte, e escreveu a Anne uma carta de felicitações de doce alegria, magoando-a terrivelmente.

— Eu estaria rindo da carta dela, se minha filha estivesse comigo — soluçou ela para Marilla. — Mas, ao lê-la, tudo me parece apenas uma crueldade desenfreada, embora eu saiba que Phil não me magoaria por nada no mundo. Ah, Marilla, não vejo *como* poderei ser feliz de novo, *tudo* irá me magoar completamente, pelo resto da minha vida.

— O tempo cura tudo — disse Marilla, atormentada pela empatia, mas que nunca conseguiu aprender a se expressar sem ditados antigos.

— Não parece *justo* — disse Anne com rebeldia. — Os bebês nascem e vivem onde não são desejados, onde serão negligenciados, onde não têm a menor chance. Eu teria amado tanto minha filha, cuidado dela com tanto carinho, tanta ternura, tentaria dar a ela todas as oportunidades para uma boa vida e, no entanto, não tive permissão para ficar com ela.

— Foi a vontade de Deus, Anne — disse Marilla, impotente diante do enigma do Universo, do *porquê* da dor não merecida.

— E a pequena Joy está melhor.

— Eu não consigo acreditar nisso — exclamou Anne com amargura. Então, vendo que Marilla parecia chocada, acrescentou com veemência: — Por que ela deveria nascer, por que qualquer pessoa deveria nascer, se morrer é melhor? Não acredito que seja melhor para uma criança morrer nascendo do que viver sua vida, amar e ser amada, desfrutar e sofrer, fazer o que tiver de fazer, e desenvolver um caráter que lhe daria uma personalidade na eternidade. E como você sabe que era a vontade de Deus? Talvez fosse apenas uma contrariedade de Seu propósito pelo Poder do Mal. Não se pode esperar que nos resignemos a isso.

— Oh, Anne, não fale assim — disse Marilla, genuinamente alarmada de que Anne estivesse à deriva em águas profundas e perigosas. — Não conseguimos entender, mas devemos ter fé, precisamos acreditar que tudo é para o melhor. Eu sei que você acha difícil pensar assim, agora. Mas tente ser corajosa, pelo amor que tem a Gilbert. Ele está tão preocupado com você. Você não está se fortalecendo tão rápido quanto deveria.

— Ah, sei que tenho sido muito egoísta — suspirou Anne. — Amo Gilbert mais do que nunca e quero viver para o bem dele. Mas parece que parte de mim foi enterrada ali naquele pequeno cemitério do porto e dói tanto que tenho medo da vida.

— Não vai doer para sempre, Anne.

— A ideia de que pode parar de doer às vezes me dói mais do que tudo, Marilla.

— Sim, eu sei. Também senti isso, sobre outras coisas. Mas nós amamos você, Anne. O capitão Jim tem vindo todos os dias para perguntar por você e a sra. Moore está sempre por aqui, e a srta. Bryant passa a maior parte do tempo dela, acredito, fazendo comidinhas boas para você. Susan não gosta muito disso. Ela acha que pode cozinhar tão bem quanto a srta. Bryant.

— Querida Susan! Ah, todos têm sido tão queridos, bons e amáveis comigo, Marilla. Não sou ingrata... e talvez... quando essa dor horrível diminuir um pouco, talvez eu descubra que consigo continuar vivendo.

XX
O sumiço de Margaret

Anne percebeu que conseguia continuar vivendo e esse dia chegou quando ela voltou a sorrir com um dos discursos da srta. Cornelia. Mas havia algo no sorriso de Anne que nunca esteve lá antes e nunca mais estaria ausente dele de novo.

No primeiro dia em que foi capaz de dar um passeio, Gilbert a levou até o farol de Four Winds e a deixou ali enquanto continuou a remar pelo canal para ver um paciente na vila de pescadores. Um vento forte soprava através do porto e das dunas, transformando a água em gorros brancos e lavando a costa com longas fileiras de ondas prateadas.

— Estou muito orgulhoso de vê-la aqui, patroa Blythe — disse o capitão Jim. — Senta, senta. Receio que esteja cheio de pó aqui hoje, mas não há necessidade de olhar para a poeira quando você pode olhar para esse cenário, não é?

— Não me importo com a poeira — disse Anne —, mas Gilbert diz que devo ficar ao ar livre. Acho que vou me sentar nas pedras lá embaixo.

— Você gostaria de companhia ou prefere ficar sozinha?

— Se por companhia você quer dizer a sua, prefiro muito mais tê-la do que ficar sozinha — disse Anne, sorrindo. Então suspirou. Ela nunca se importou de ficar sozinha.

Agora temia isso. Agora, quando ficava sozinha, sentia-se terrivelmente solitária.

— Este é um lugarzinho agradável onde o vento não te alcança — disse o capitão Jim, quando chegaram às rochas. — Costumo vir aqui. É um ótimo lugar para sentar e sonhar.

— Ah... sonhos — suspirou Anne. — Não consigo sonhar agora, capitão Jim, acabaram meus sonhos.

— Ah, não acabou, não, patroa Blythe — disse o capitão Jim pensativamente. — Eu sei como você está se sentindo agora, mas se continuar vivendo, vai voltar a se alegrar e a primeira coisa que você vai fazer é sonhar de novo, graças ao bom Deus por isso! Se não fosse pelos sonhos, a gente poderia muito bem ser enterrado. Como poderíamos viver se não fosse por nosso sonho de imortalidade? E esse é um sonho que *precisa* se tornar realidade, patroa Blythe. Você verá sua pequena Joyce de novo algum dia.

— Mas ela não será meu bebê — disse Anne, com os lábios trêmulos. — Ah, ela poderá ser, como Longfellow diz, "uma bela donzela, vestida com graça celestial",[1] contudo, será uma estranha para mim.

— Deus fará muito melhor que *isso*, eu acredito — disse o capitão Jim.

Ambos ficaram em silêncio por um tempo. Então o capitão Jim disse bem baixinho:

— Patroa Blythe, posso lhe contar sobre a perda de Margaret?

— Claro — disse Anne com gentileza. Ela não sabia quem era Margaret, mas sentia que estava prestes a ouvir o romance da vida do capitão Jim.

— Muitas vezes quis lhe contar sobre ela — continuou o capitão Jim. — Você sabe por que, patroa Blythe? É porque

---

[1] Versos do poema "Resignation", do poeta estadunidense Henry Wadsworth Longfellow.

eu quero que alguém se lembre dela e pense nela depois de eu partir. Não consigo suportar que o nome dela seja esquecido por todas as almas vivas. E agora ninguém se lembra da perda de Margaret, apenas eu.

Então o capitão Jim contou a história, uma antiga e esquecida história, de mais de cinquenta anos, em que Margaret adormecera um dia no barquinho do pai e ficou à deriva, ou assim se acredita que aconteceu, pois nunca se soube com certeza sobre seu destino no canal afora, além das dunas, para morrer na terrível tempestade que surgira repentinamente naquela longínqua tarde de verão. Mas, para o capitão Jim, aqueles cinquenta anos pareciam como ontem ao contá-la.

— Eu caminhei pela praia por muitos meses depois disso — ele disse tristemente — procurando encontrar seu querido e adorável corpinho; mas o mar nunca me devolveu ela. Mas eu vou encontrar ela algum dia, patroa Blythe. Eu vou encontrar Margaret algum dia. Ela está esperando por mim. Gostaria de poder te contar como ela era, mas não consigo. Vi uma névoa fina e prateada pairando sobre as dunas ao nascer do sol que se parecia com ela, e depois eu vi uma bétula branca na floresta lá atrás que me fez pensar nela. Ela tinha cabelos castanhos claros e um rostinho pálido e doce, e dedos longos e finos como os seus, patroa Blythe, só que mais bronzeados, porque ela era uma menina da praia. Às vezes, eu acordo no meio da noite e ouço o mar me chamando do jeito antigo, e parece que a perdida Margaret me chama. E quando há uma tempestade e as ondas estão soluçando e gemendo, eu posso ouvir seus lamentos entre elas. E quando elas riem em um dia alegre, é a risada suave, traquina de Margaret. O mar a tirou de mim, mas um dia eu vou encontrar ela, patroa Blythe, sim. Ele não poderá nos separar para sempre.

— Estou feliz que você tenha me falado sobre ela — disse Anne. — Muitas vezes me perguntei por que você viveu sozinho por toda a vida.

— Eu nunca conseguiria gostar de mais ninguém. Margaret foi embora e levou meu coração com ela — disse o velho enamorado, que por cinquenta anos foi fiel ao seu amor afogado. — Você não se importará se eu falar muito sobre ela, não é, patroa Blythe? É um prazer para mim, porque toda a dor saiu da minha memória anos atrás e deixaram apenas sua abençoada lembrança. Sei que você nunca a esquecerá, patroa Blythe. E se os anos, como espero, trouxerem outras crianças para sua casa, quero que me prometa que contará a história de Margaret a *ela*s, para que seu nome não seja esquecido por toda a eternidade.

XXI
Barreiras que caem

— Anne — disse Leslie, interrompendo de repente um curto silêncio —, você não sabe como é *bom* estar sentada aqui com você de novo, trabalhando e conversando e ficando em silêncio juntas.

Elas estavam sentadas entre os pequenos lírios-roxos na margem do riacho no jardim da casa de Anne. A água cintilava e sussurrava para elas, as bétulas lançavam sombras sarapintadas sobre elas, rosas floresciam ao longo das trilhas. O sol começava a baixar e o ar estava cheio de música. Havia a música do vento nos abetos atrás da casa, a das ondas do mar, e a do distante sino da igreja perto da qual a pequenina criaturinha pálida jazia. Anne adorava aquele sino, embora agora lhe trouxesse pensamentos tristes.

Anne olhou com curiosidade para Leslie, que havia largado a costura e falou de repente, sem se conter, o que era muito incomum para ela.

— Naquela noite horrível em que você estava tão mal — Leslie continuou —, fiquei pensando que talvez não teríamos mais conversas, caminhadas e costuras juntas. E percebi exatamente o que sua amizade significa para mim, o quanto *você* é importante e como fui uma besta odiosa com você antes!

— Leslie! Leslie! Nunca permito que ninguém xingue meus amigos.

— É verdade. Isso é o que fui, uma besta odiosa. Mas eu preciso te dizer uma coisa, Anne, acho que você vai me desprezar depois disso, mas eu *preciso* confessar: houve algumas vezes no inverno passado e na primavera em que *odiei* você.

— Eu *sabia* disso — disse Anne calmamente.

— Você *sabia*?

— Sim, eu conseguia ver nos seus olhos.

— E, mesmo assim, você continuou gostando de mim e sendo minha amiga.

— Bem, foi só uma vez ou outra, Leslie. Das outras vezes, eu acho que você me amava.

— Sim, com certeza. Mas aquele outro sentimento horrível sempre esteve lá, envenenando meu coração. Eu conseguia reprimi-lo ao máximo... às vezes até o esquecia... mas, às vezes, ele ressurgia e tomava conta de mim. Eu te odiava porque *invejava* você, ah, eu ficava doente de inveja de você, às vezes. Você tinha uma casinha dos sonhos, um amor, felicidade e projetos felizes, tudo o que eu sempre quis e nunca tive. E nunca teria! *Isso* foi o que doeu. Eu não teria invejado você se tivesse alguma esperança de que a vida poderia ser diferente para mim. Mas eu não tinha, não tinha e não parecia *justo*. Isso me revoltava e também me magoava muito, e por isso eu te odiava, às vezes. Ah, eu estava tão envergonhada disso, agora mesmo estou morrendo de vergonha mas precisava contar a você.

"Naquela noite, tive medo de que você fosse morrer e pensei que seria punida por minha maldade e eu te amava tanto naquele momento. Anne, Anne, nunca tive nada para amar desde que minha mãe morreu, exceto o cachorro velho do Dick, e é tão horrível não ter nada para amar, a vida fica tão *vazia*, e não há *nada* pior do que o vazio e eu poderia ter te amado tanto, mas aquela coisa horrível destruiu isso."

Leslie estava tremendo e se tornando quase incoerente pela violência de sua emoção.

— Não, Leslie — implorou Anne — ah, não. Eu entendo, não fale mais nisso.

— Preciso, eu preciso. Quando soube que você sobreviveria, jurei que te contaria tudo assim que estivesse bem, que não continuaria aceitando sua amizade e seu companheirismo sem dizer o quanto era indigna deles. E eu estava com tanto medo de que esse sentimento horrível fizesse você se virar contra mim!

— Você não precisava temer isso, Leslie.

— Ah, estou tão feliz... tão feliz, Anne — Leslie apertou com força as mãos bronzeadas e endurecidas pelo trabalho para evitar que tremessem. — Mas quero contar tudo, agora que comecei. Você não deve se lembrar da primeira vez em que te vi, suponho... não foi naquela noite na praia...

— Não, foi quando Gilbert e eu viemos para casa. Você estava levando seus gansos morro abaixo. É *claro* que eu me lembraria! Achei você tão bonita, esperei semanas e semanas até descobrir quem você era.

— Eu sabia quem *você* era, embora não tivesse visto nenhum de vocês antes. Eu tinha ouvido falar do novo médico e sua noiva que estavam vindo morar na casinha da srta. Russell. Eu... eu te odiei naquele exato momento, Anne.

— Senti o ressentimento em seus olhos, mas depois duvidei, achei que devia estar enganada... porque não havia *razão* para aquilo.

— Foi porque você parecia tão feliz. Ah, você vai concordar comigo agora que eu sou uma besta odiosa... odiar outra mulher só porque ela está feliz, ainda mais quando a felicidade dela não foi às minhas custas! Foi por isso que nunca fui visitar você antes. Eu sabia muito bem que deveria ir, até mesmo nossos simples costumes de Four Winds exigiam isso. Mas não conseguia. Eu costumava te observar da minha janela, podia ver você e seu marido passeando por aí no jardim à noite, ou você correndo pela estrada dos álamos para encontrá-lo. E isso me machucava. Mesmo assim, por outro lado, eu queria visitá-la. Senti que, se não fosse tão infeliz, poderia ter gostado de você e encontrado em você o que eu nunca tive na minha vida: uma amiga íntima e *verdadeira* da minha idade. E se lembra daquela noite na praia? Você estava com medo de que eu te achasse uma louca. Deve ter pensado que *eu* era.

— Não, mas eu não conseguia te entender, Leslie. Em um momento você se abria e no outro se fechava.

— Estava muito infeliz naquela noite, tive um dia ruim. Dick tinha sido muito... muito difícil de cuidar naquele dia. Em geral ele é tranquilo e facilmente controlável, você sabe, Anne. Mas em alguns dias ele se torna completamente diferente. Eu estava tão triste, fugi para a praia assim que ele adormeceu. Era meu único refúgio. Fiquei ali sentada pensando em como meu pobre pai havia acabado com a própria vida, me perguntando se eu não seria levada a fazer o mesmo algum dia. Ah, meu coração estava cheio de pensamentos sombrios! E, então, veio você dançando pela enseada como uma criança alegre. Eu... eu te odiei mais do que nunca. E, no entanto, queria a sua amizade. Um sentimento me balançava por um momento; o outro no próximo. Quando cheguei em casa naquela noite, chorei de vergonha do que você deveria pensar de mim. Mas sempre foi a mesma coisa quando vinha aqui. Às vezes, eu ficava feliz e aproveitava minha visita. Em outras, aquela sensação horrível estragava tudo. Houve momentos em que tudo sobre você e sua casa me faziam mal. Você tinha tantas coisinhas queridas que eu não poderia ter. Você sabe, é ridículo, mas eu tinha um rancor especial por aqueles cachorros de porcelana. Houve momentos em que eu queria pegar Gog e Magog e bater seus focinhos pretos atrevidos um no outro! Ah, você sorri, Anne, mas nunca foi engraçado para mim. Eu vinha aqui e via você e Gilbert com seus livros e suas flores, e seus deuses domésticos, e suas piadinhas internas e seu amor um pelo outro demonstrado em cada olhar e palavra, mesmo quando vocês não percebiam, e eu voltava para casa para... você sabe para o que eu voltava! Ah, Anne, não acredito que eu seja ciumenta e invejosa por natureza. Quando eu era menina, faltavam-me muitas coisas que meus colegas de escola tinham, mas nunca me importei, e nunca não gostei deles por isso. Mas eu pareço ter crescido e ficado com tanto ódio...

— Leslie, querida, pare de se culpar. Você não é odiosa, nem ciumenta, nem invejosa. A vida que você tem que viver a distorceu um pouco, talvez, mas certamente também teria arruinado uma natureza menos fina e nobre que a sua. Estou deixando você me dizer tudo isso por acreditar que seja melhor colocar para fora e tirar esse peso de sua alma. Mas não se culpe mais.

— Tudo bem, eu não vou. Só queria que você me conhecesse como eu sou. Aquela vez que você me contou de sua querida esperança para a primavera foi a pior de todas, Anne. Nunca me perdoarei pela maneira como me comportei naquele dia. Meu arrependimento foi em lágrimas. E eu fiquei pensando em você, pensamentos ternos e amorosos no vestidinho que eu fiz. Mas eu deveria saber que qualquer coisa que fizesse só poderia ser uma mortalha no final.

— Não, Leslie, *isso* é amargo e mórbido, deixe esses pensamentos de lado. Fiquei tão feliz quando você trouxe o vestidinho; e, como precisei perder a pequena Joyce, gosto de pensar que o vestido que ela usou foi o que você fez para ela quando se permitiu me amar.

— Anne, você sabe, acredito que sempre te amarei depois disso. Acho que nunca vou voltar a sentir essa coisa horrível por você. Falar tudo parece ter acabado com isso, de alguma forma. É muito estranho, e eu achava isso tão real e amargo. É como abrir a porta de um quarto escuro para mostrar alguma criatura horrível que você acreditava estar lá, e quando os raios de luz clareiam seu monstro, ele acaba sendo apenas uma sombra, desaparecendo quando a luz entra. Isso nunca mais vai ficar entre nós de novo.

— Não, agora somos amigas de verdade, Leslie, e estou muito feliz.

— Espero que não me entenda mal se eu disser mais alguma coisa. Anne, fiquei profundamente triste quando você perdeu sua bebê; e se eu pudesse tê-la salvado cortando uma de minhas mãos, eu o faria. Mas sua tristeza nos aproximou. Sua felicidade perfeita não é mais uma barreira. Ah, não me entenda mal, querida, *não* estou feliz que sua felicidade não seja mais perfeita, posso dizer isso sinceramente; mas, como não é, não existe mais esse abismo entre nós.

— Eu entendo *sim*, Leslie. Agora, vamos apenas deixar o passado para trás e esquecer todas as coisas desagradáveis nele. Tudo será diferente. Ambas somos da raça de José agora. Acho que você tem sido maravilhosa, maravilhosa. E, Leslie, não posso deixar de acreditar que a vida ainda tem algo bom e belo para você.

Leslie meneou a cabeça.

— Não — ela disse sem emoção. — Não há nenhuma esperança. Dick nunca ficará melhor... e, mesmo se sua memória voltasse, oh, Anne, seria ainda pior. Isso é algo que você não consegue entender, sua esposa feliz. Anne, a srta. Cornelia alguma vez contou para você como me casei com Dick?

— Sim.

— Fico feliz, queria que você soubesse, mas não conseguiria me obrigar a falar sobre isso se você não soubesse. Anne, parece que desde os meus doze anos a vida tem sido amarga. Antes disso, tive uma infância feliz. Éramos muito pobres, mas não nos importávamos. Meu pai era tão maravilhoso, tão inteligente, amoroso e solidário. Éramos parceiros desde que me lembro por gente. E minha mãe era tão doce. Ela era muito, muito bonita. Eu me pareço com ela, mas não sou tão bonita.

— A srta. Cornelia disse que você é muito mais bonita.

— Ela está enganada, ou sendo imparcial. Acho que minha aparência *é* melhor, minha mãe estava encurvada pelo trabalho árduo, mas ela tinha o rosto de um anjo. Eu costumava admirá-la em adoração. Todos nós a adorávamos: meu pai, Kenneth e eu.

Anne lembrou-se de que a srta. Cornelia lhe passara uma impressão muito diferente da mãe de Leslie. Mas a visão do amor não é a mais verdadeira? Ainda assim, *foi* egoísmo da parte de Rose West obrigar a filha a se casar com Dick Moore.

— Kenneth era meu irmão — continuou Leslie. — Ah, eu não consigo te dizer o quanto eu o amava. E ele foi cruelmente morto. Você sabe como?

— Sim.

— Eu vi o rostinho dele quando a roda passou por cima. Ele caiu de costas. Anne, eu me lembro disso até hoje. Sempre vou lembrar, Anne, e tudo que peço aos céus é que essa lembrança seja apagada da minha memória. Ó, meu Deus!

— Leslie, não fale nisso. Eu conheço a história, não entre em detalhes sem sentido que apenas atormentam sua alma. Essa lembrança *será* apagada.

Depois de um momento de conflito, Leslie recuperou um pouco de autocontrole.

— Então a saúde do meu pai piorou e ele ficou abatido, a mente foi se deteriorando, você também soube disso tudo?

— Sim.

— Depois disso, eu tinha apenas minha mãe na vida. Mas eu era muito ambiciosa. Pretendia lecionar, trilhar meu caminho para a faculdade. Pretendia subir até o topo, mas não vou falar sobre isso também. Você sabe o que aconteceu. Eu não consegui ver minha querida mãe sofrendo daquele jeito; uma escrava a vida toda sendo expulsa da própria casa. Claro, eu poderia ganhar um bom salário, o suficiente para vivermos bem. Mas a mamãe não *conseguia* deixar a casa. Ela tinha ido para lá como noiva, e amava tanto meu pai, e todas as suas lembranças estavam lá. Mesmo assim, Anne, quando penso que a deixei feliz no seu último ano, não me arrependo do que fiz. Quanto a Dick, não o odiei quando nos casamos, apenas sentia por ele a indiferença amigável que sentia pela maioria dos meus colegas de escola. Eu sabia que ele bebia um pouco, mas nunca tinha ouvido falar sobre a história da garota na enseada dos pescadores. Se soubesse, não ia *conseguir* me casar com ele, nem pela minha mãe. Depois, eu o odiei *mesmo*, embora minha mãe não soubesse. Ela morreu e então eu fiquei sozinha. Tinha apenas dezessete anos e estava sozinha. Dick tinha partido no Four Sisters. Eu esperava que ele não ficasse muito mais em casa. O mar sempre esteve em seu sangue. Era minha única esperança. Bem, o capitão Jim o trouxe para casa, como você sabe, e isso é tudo que há a dizer. Você me conhece agora, Anne, o pior de mim, mas finalmente, todas as barreiras caíram. E você ainda quer ser minha amiga?

Anne ergueu os olhos por entre as bétulas, para a lanterna de papel branca em forma de meia-lua flutuando para o golfo do pôr-do-sol. Seu rosto era muito amável.

— Eu sou sua amiga e você é minha, para sempre — disse ela. — Uma amiga como eu nunca conheci antes. Tive muitos amigos queridos e amados, mas há algo em você, Leslie, que eu nunca encontrei em mais ninguém. Você tem muito a me oferecer em sua rica natureza, e eu tenho mais a oferecer a você do que antes, na minha adolescência displicente. Nós duas somos mulheres e... amigas para sempre.

Elas apertaram as mãos e sorriram uma para o outra através das lágrimas que enchiam os olhos cinzentos e azuis.

XXII
A srta. Cornelia organiza as coisas

Gilbert insistiu para que Susan ficasse na casinha durante o verão. A princípio, Anne protestou.

— A vida aqui com apenas nós dois é tão doce, Gilbert. Arruína um pouco ter outra pessoa na casa. Susan é uma alma querida, mas, mesmo assim, é uma estranha. Não será ruim fazer o trabalho aqui.

— Você precisa seguir o conselho do seu médico — disse Gilbert. — Há um velho provérbio que diz que a esposa do sapateiro anda descalça e a do médico morre jovem. Não quero que isso seja verdade na minha casa. Você manterá Susan até que sua velha fonte de energia retorne e essas pequenas covas em suas bochechas se encham.

— Vá com calma, sra. Blythe, querida — disse Susan, entrando de repente. — Divirta-se e não se preocupe com a despensa. Susan está no comando. De que adianta ter um cachorro se é você quem late? Vou levar café para você todas as manhãs.

— Mas é claro que não — riu Anne. — Concordo com a srta. Cornelia de que é um escândalo que uma mulher sem doença nenhuma tomar o café da manhã na cama, e quase justifica os homens e seus exageros.

— Ah, Cornelia! — disse Susan, com desdém inefável. — Acho que você tem mais bom senso, sra. Blythe, querida, do que prestar atenção ao que Cornelia Bryant diz. Não vejo por que ela fica sempre atropelando os homens, mesmo sendo uma solteirona. *Eu* sou uma solteirona, mas você nunca me ouviu falar mal dos homens. Eu gosto deles. Eu teria me casado com um se pudesse. Não é engraçado ninguém nunca ter me pedido em casamento, senhora Blythe, querida? Não sou linda, mas tenho tão boa aparência quanto qualquer mulher casada por aí. Mas nunca tive um namorado. Você tem ideia de por que disso?

— Pode ser predestinação — sugeriu Anne, com uma solenidade sobrenatural.

Susan concordou com a cabeça.

— Isso é o que eu sempre pensei, sra. Blythe, querida, e me serve de grande consolo. Não me importo que ninguém me queira, se o Todo-Poderoso assim decretou, para Seus próprios e sábios propósitos. Mas, às vezes, a dúvida surge, sra. Blythe, querida, e me pergunto se talvez o Todo-Poderoso não tenha relação com isso mais que qualquer outra pessoa. Sendo *assim*, não posso me resignar. Mas, talvez — acrescentou Susan, se animando —, ainda exista uma chance de eu me casar. Muitas vezes penso no antigo versinho que minha tia costumava recitar para mim: "Nunca houve uma gansa tão cinzenta, mas algum dia, cedo ou tarde, algum ganso honesto virá em sua direção e a tomará por sua companheira!". Uma mulher nunca pode ter certeza de que não se casará até estar enterrada, sra. Blythe, querida, e enquanto isso farei uma porção de tortas de cereja. Percebo que é a favorita do médico e eu *gosto* de cozinhar para um homem que aprecia minha comida.

A srta. Cornelia apareceu naquela tarde, ofegando um pouco.

— Eu não me importo muito com o mundo nem com o diabo, mas a carne me incomoda bastante — ela admitiu. —

Você está sempre tão fresca quanto um pepino, Anne, querida. Estou sentindo o cheiro de torta de cereja? Se sim, me peça para ficar para o chá. Não provei uma torta de cereja neste verão. Minhas cerejas foram todas roubadas por aqueles patifes dos meninos Gilman do Glen.

— Ora, ora, Cornelia — protestou o capitão Jim, que lia um romance sobre os mares em um canto da sala de estar —, você não deveria dizer isso sobre aqueles dois pobres meninos Gilman, órfãos de mãe, a menos que tenha uma prova concreta. Só porque o pai deles não é muito honesto, não é motivo para chamá-los de ladrões. É mais provável que tenham sido os tordos pegando suas cerejas.

— Tordos? — perguntou a srta. Cornelia com desdém. — Hum! Tordos de duas pernas, *acredite* em mim.

— Bem, a maioria dos tordos em Four Winds são feitos com base nesse princípio — disse o capitão Jim gravemente.

A srta. Cornelia o olhou por um momento. Então se recostou na cadeira de balanço e riu longamente e sem hesitação.

— Bem, *finalmente* você me pegou, Jim Boyd, eu admito. Veja como ele está satisfeito, Anne, querida, sorrindo como o gato de *Alice no País das Maravilhas*. Quanto às pernas desses tordos, se elas forem compridas, queimadas de sol, com calças esfarrapadas penduradas, exatamente como as que vi na minha cerejeira em uma manhã de sol na semana passada, pedirei perdão aos meninos Gilman. Quando eu enfim desci, elas já tinham ido embora. Não consegui entender como essas pernas desapareceram tão de repente, mas o capitão Jim me esclareceu. Elas voaram para longe, certamente.

O capitão Jim riu e foi embora, lamentavelmente recusando um convite para ficar para jantar e comer uma torta de cereja.

— Estou indo ver Leslie e perguntar se ela aceita um pensionista — a srta. Cornelia retomou o assunto. — Ontem recebi uma carta da sra. Daly, de Toronto, que ficou em minha casa dois anos atrás. Ela queria que eu aceitasse um amigo dela para o verão. O nome dele é Owen Ford, e ele é jornaleiro, e parece que é neto do professor que construiu esta casa aqui. A filha mais velha de John Selwyn se casou com um homem de Ontário de sobrenome Ford, e esse rapaz é o filho dela. Ele quer conhecer o antigo lugar em que os avós moravam. Owen passou por maus bocados quando teve febre tifoide na primavera e ainda não está totalmente recuperado, então o médico o mandou vir para a praia. Ele não quer se hospedar em um hotel, quer ficar em um lugar tranquilo, caseiro. Não posso hospedá-lo em minha casa pois estarei ausente em agosto. Fui nomeada delegada de uma convenção da Sociedade Feminina e eu vou para Kingsport. Não sei se Leslie vai querer ser incomodada com ele, mas não há mais ninguém. Se ela não puder aceitá-lo, ele terá que procurar do outro lado do porto.

— Depois de vê-la, volte para nos ajudar a comer nossas tortas de cereja — disse Anne. — Traga Leslie e Dick também, se eles puderem vir. E então você vai para Kingsport? Que bela estadia você vai ter. Vou lhe dar uma carta para uma amiga minha de lá, a sra. Jonas Blake

— Eu convenci a sra. Thomas Holt a ir comigo — disse a srta. Cornelia complacentemente. — É hora de ela ter umas pequenas férias, *acredite* em mim. Ela está quase morrendo de tanto trabalhar. Tom Holt sabe fazer crochê lindamente, mas não consegue ganhar a vida para a família. Parece que nunca consegue acordar cedo o suficiente para fazer qualquer trabalho, mas eu percebo que ele sempre consegue se levantar cedo para ir pescar. Isso é homem que preste?

Anne sorriu. Ela tinha aprendido a não levar em conta as opiniões da srta. Cornelia sobre os homens de Four Winds. Caso contrário, ela deveria acreditar que todos eles faziam parte do mais desesperado grupo de banidos e vagabundos do mundo, tendo verdadeiras escravas e mártires por esposas. Esse Tom Holt, por exemplo, ela sabia que ele era um marido gentil, um pai muito querido e um excelente vizinho. Se tinha a tendência a ser preguiçoso, gostando mais da pesca para a qual nasceu do que da agricultura da qual não gostava, e se ele possuía uma inofensiva excentricidade para fazer trabalhos extravagantes, ninguém, exceto a srta. Cornelia, parecia culpá-lo. A esposa que fora uma "vigarista", e que se orgulhava disso, a família tinha uma vida confortável sustentada pela fazenda; e seus robustos filhos e filhas, tendo herdado a energia da mãe, estavam de uma forma ou de outra, preparados para se darem bem no mundo. Não havia família mais feliz no Glen St. Mary do que a dos Holt.

A srta. Cornelia voltou satisfeita da casa rio acima.

— Leslie vai aceitá-lo — anunciou ela. — Ela se sobressaltou com o acaso. Quer ganhar um pouco de dinheiro para cobrir com ripas o telhado da casa no outono, e não sabia como faria isso. Espero que o capitão Jim fique mais do que interessado quando souber que um neto dos Selwyn está vindo para cá. Leslie pediu para lhe dizer que está ansiosa por uma torta de cereja, mas não pôde vir para o chá porque precisa ir atrás dos perus. Eles se dispersaram. Mas ela disse que, se sobrar um pedaço, para você colocar na despensa que ela dá uma escapada assim que puder e vem buscá-lo. Você não sabe, Anne, querida, o bem que isso fez ao meu coração, ouvir Leslie enviar-lhe uma mensagem como essa, rindo como costumava fazer há muito tempo. Há uma grande mudança nela ultimamente. Ela ri e brinca como uma garota, e pelo que ela fala, eu deduzo que está sempre aqui.

— Todos os dias, ou então estou lá — disse Anne. — Eu não sei o que faria sem Leslie, principalmente agora, quando Gilbert está tão ocupado. Ele quase nunca está em casa, exceto por algumas horas na madrugada. Ele está de fato trabalhando demais. O pessoal do porto manda buscá-lo a todo momento.

— Eles deveriam chamar seu próprio médico — disse a srta. Cornelia. — Embora, para ser sincera, eu não possa culpá-los, porque ele é metodista. Desde que o dr. Blythe salvou a sra. Allonby, as pessoas pensam que ele pode ressuscitar os mortos. Eu acredito que o dr. Dave esteja com um pouquinho de ciúmes, do jeito que os homens são. Ele acha que o dr. Blythe tem ideias inovadoras demais! "Bem", eu disse a ele, "foi uma ideia inovadora que salvou Rhoda Allonby. Se *você* estivesse cuidando dela, ela teria morrido e então haveria uma lápide dizendo que Deus a levou". Ah, eu gosto de falar o que penso ao dr. Dave! Ele manda e desmanda no Glen há anos e acha que as pessoas se esqueceram dele. Falando em médicos, gostaria que o dr. Blythe fosse cuidar dos furúnculos no pescoço de Dick Moore. Está ficando além da habilidade de Leslie. Não sei por que Dick Moore agora tem furúnculos, como se ele não tivesse problemas suficientes sem isso!

— Você sabe, Dick tem uma grande simpatia por mim — disse Anne. — Ele me segue como um cachorrinho e sorri como uma criança satisfeita quando eu o noto.

— Isso te assusta?

— Nem um pouco. Gosto do pobre Dick Moore. Ele parece tão miserável e interessante, ao mesmo tempo.

— Você não o acharia muito interessante se o visse em seus dias de rabugice, *acredite* em mim. Mas estou feliz que ele não te assuste, é o melhor para Leslie. Ela terá mais o que fazer quando o pensionista chegar. Espero que ele seja uma criatura decente. Você provavelmente vai gostar dele, é escritor.

— Eu me pergunto por que as pessoas tão comumente supõem que se dois indivíduos são escritores, eles devem ser extremamente congêneres — disse Anne, um pouco desdenhosa. — Ninguém esperaria que dois ferreiros se sentissem violentamente interessantes um pelo outro apenas por serem ferreiros.

Mesmo assim, ela esperava a chegada de Owen Ford com uma agradável sensação de esperança. Se ele fosse jovem e simpático, poderia ser uma adição muito agradável à sociedade de Four Winds. As portas da pequena casa estavam sempre abertas para aqueles da raça de José.

XXIII
A chegada de Owen Ford

Certa noite, a srta. Cornelia telefonou para Anne.

— O escritor acabou de chegar aqui. Vou levá-lo até sua casa, e você pode mostrar a ele o caminho até a casa de Leslie. É mais curto do que dirigir pela outra estrada, e estou com muita pressa. O bebê Reese caiu em um balde de água quente no Glen e quase morreu escaldado, e eles querem que eu vá imediatamente, para colocar uma nova pele na criança, eu presumo. A sra. Reese é sempre tão descuidada, e espera que outras pessoas consertem seus erros. Você não se importará, não é, querida? O baú dele pode ir amanhã.

— Muito bem — disse Anne. — Como ele é, srta. Cornelia?

— Você verá como é o exterior dele quando eu o levar. Quanto ao interior, só o Senhor que o fez sabe. Não vou dizer mais nada, pois todos os telefones no Glen devem estar ouvindo.

— A srta. Cornelia evidentemente não consegue encontrar muitos defeitos na aparência do sr. Ford, ou ela iria dizer, apesar dos telefones — disse Anne. — Concluo, portanto, Susan, que o sr. Ford é mais bonito do que feio.

— Olha, sra. Blythe, querida, eu *gosto* de ver um homem bem-apessoado — disse Susan francamente. — Não seria melhor eu preparar um lanche para ele? Tem uma torta de morango de derreter na boca.

— Não, Leslie está esperando por ele e já está com o jantar pronto. Além disso, quero aquela torta de morango para o meu pobre homem. Ele só chegará tarde, então deixe a torta e um copo de leite para ele, Susan.

— Farei isso, senhora Blythe, querida. Susan está no comando. Afinal, é melhor dar torta para seu próprio homem do que para estranhos, que podem estar apenas querendo comer o que veem pela frente. E o doutor também é um homem bem bonito, que não se vê todo dia.

Quando Owen Ford apareceu, Anne secretamente admitiu, enquanto a srta. Cornelia o despachava, que ele era de fato bonito. Era alto e tinha ombros largos, cabelos castanhos grossos, nariz e queixo bem definidos, olhos grandes e brilhantes em um tom de cinza-escuro.

— E você notou as orelhas e os dentes, sra. Blythe, querida? — perguntou Susan mais tarde. — Ele tem as orelhas com o formato mais bonito que já vi na cabeça de um homem. Eu gosto de orelhas. Quando era jovem, tinha medo de ser obrigada a me casar com um homem com orelhas de abano. Mas não precisaria ter me preocupado, pois nunca tive nenhuma chance com qualquer tipo de orelhas.

Anne não tinha notado as orelhas de Owen Ford, mas percebeu seus dentes, quando seus lábios se separaram em um sorriso franco e amigável. Sem sorrir, seu rosto era um pouco triste e sem expressão, não muito diferente do herói melancólico e inescrutável das primeiras fantasias de Anne; mas, ao sorrir, um contentamento, humor e charme o iluminavam. Certamente, o exterior, como disse a srta. Cornelia, de Owen Ford era muito apresentável.

— Você não sabe como estou encantado por estar aqui, sra. Blythe — disse ele, observando o entorno com olhos ansiosos e interessados. — Estou com uma sensação estranha de voltar para casa. Minha mãe nasceu e passou a infância aqui, sabe. Ela falava muito comigo de sua antiga casa. Conheço a planta dela tão bem quanto da minha própria e, é claro, ela me contou a história de sua construção e da agonizante vigília de meu avô pelo Royal William. Eu pensava que uma casa tão antiga já teria desaparecido anos atrás, ou teria vindo antes para vê-la.

— Casas antigas não desaparecem tão facilmente nesse litoral encantado — sorriu Anne. — Essa é uma "terra onde todas as coisas parecem sempre iguais",[1] quase sempre, pelo menos. A casa de John Selwyn não mudou muito, e no quintal, as roseiras que seu avô plantou para sua noiva florescem nesse exato minuto.

— Como o pensamento me liga a eles! Com sua licença, devo explorar todo o lugar em breve.

— Nossas portas estarão sempre abertas para você — prometeu Anne. — E sabia que o velho capitão do mar que guarda o farol de Four Winds conhecia John Selwyn e sua noiva muito bem quando era garoto? Ele me contou a história deles na noite em que vim para cá. Sou a terceira noiva dessa linda casa antiga.

— Será possível? Isso *é* um achado. Devo ir atrás dele.

— Não será difícil, pois somos todos amigos do capitão Jim. Ele estará tão ansioso para vê-lo quanto você. Sua avó brilha como uma estrela em sua memória. Mas acho que a sra. Moore está lhe esperando. Vou lhe mostrar nossa estrada de "cruzamentos".

Anne o acompanhou até a casa riacho acima, e eles passaram por um campo branco como a neve repleto de margaridas. Um barco cheio de pessoas cantava ao longe, do outro lado do porto. O som flutuou sobre a água como uma música fraca e sobrenatural soprada pelo vento em um mar estrelado. O

---

[1] Verso do poema "The Lotos-eaters", de Lord Tennyson.

grande farol brilhava e guiava. Owen Ford olhou à sua volta com satisfação.

— E então essa é Four Winds — disse ele. — Não estava preparado para achá-lo tão bonita, apesar de todos os elogios de mamãe. Que cores, que cenário, que encanto! Em pouco tempo estarei forte como um cavalo. E se a beleza servir de inspiração, devo certamente começar meu grande romance canadense aqui.

— Você ainda não começou? — perguntou Anne.

— Infelizmente, ainda não. Nunca consegui alcançar a ideia central certa para ele. Ela se esconde de mim, chega perto, me atrai, acena para mim, e, por fim, vai embora. Às vezes, quase a agarro, mas ela já partiu. Talvez em meio a essa paz e beleza, eu consiga capturá-la. A srta. Bryant me disse que você escreve.

— Ah, eu escrevo pequenos contos para crianças. Não tenho escrito muito desde que me casei. E certamente não tenho planos para um grande romance canadense — riu Anne. — Isso está muito além de mim.

Owen Ford riu também.

— Ouso dizer que está além de mim também. Mesmo assim, pretendo tentar algum dia, se tiver tempo. Um jornalista não tem muita chance para esse tipo de coisa. Escrevi muitos contos para revistas, mas nunca tive o ócio que parece ser necessário para escrever um livro. No entanto, com três meses de liberdade, devo começar, se ao menos pudesse obter o motivo necessário para isso: a *alma* do livro.

Uma ideia passou pela mente de Anne tão rápido que a fez se sobressaltar. Mas ela não disse nada, pois haviam chegado à casa dos Moore. Quando entraram no jardim, Leslie saiu pela porta lateral da varanda, espiando na escuridão em busca de algum sinal de seu aguardado convidado. Ela ficou exatamente onde a luz amarela quente inundou-a vinda da porta aberta. Ela usava um vestido simples de voile de algodão creme, com o habitual cinto vermelho. Leslie não vivia sem seu toque de carmesim. Ela disse a Anne que nunca se sentia satisfeita sem um brilho vermelho em si, nem que fosse apenas uma flor. Para Anne, isso sempre pareceu simbolizar a personalidade de Leslie, negada de qualquer expressão, exceto naquele brilho flamejante. O vestido de Leslie tinha um corte um pouco folgado no pescoço e mangas curtas. Seus braços brilhavam como mármore tingido de marfim. Cada curva delicada de seu corpo era delineada na escuridão suave contra a luz. Seu cabelo brilhava como uma chama. Atrás dela estava um céu púrpura, salpicado de estrelas sobre o porto.

Anne ouviu seu companheiro arfar. Mesmo ao anoitecer, ela podia ver o espanto e a admiração em seu rosto.

— Quem é essa linda criatura? — ele perguntou.

— Essa é a sra. Moore — disse Anne. — Ela é adorável, não é?

— Eu... eu nunca vi nada como ela — respondeu ele, um tanto atordoado. — Eu não estava preparado... não estava esperando. Deus do céu, uma *deusa* como senhoria! Ora, se ela estivesse vestida com um traje roxo da cor do oceano, com uma fileira de ametistas no cabelo, ela seria uma verdadeira rainha do mar. E aceita hóspedes!

— Até as deusas precisam viver — disse Anne. — E Leslie não é uma deusa. É apenas uma mulher muito bonita, tão humana quanto todos nós. A srta. Bryant lhe contou sobre o sr. Moore?

— Sim, ele é mentalmente deficiente, ou algo do tipo, certo? Mas ela não disse nada sobre a sra. Moore, e eu supus que ela fosse uma dona de casa comum, que aceita pensionistas para ganhar um dinheirinho honesto.

— Bem, isso é exatamente o que Leslie está fazendo — disse Anne com firmeza. — E não é de todo agradável para ela também. Espero que você não se incomode com Dick. Se o incomodar, por favor, não deixe Leslie notar. Isso a magoaria terrivelmente. Ele é apenas um bebezão, e às vezes um pouco irritante.

— Ah, não vou ligar para ele. Acho que não vou ficar muito tempo em casa de qualquer maneira, exceto para as refeições. Mas que pena! A vida dela deve ser difícil.

— É. Mas ela não gosta que sintam pena dela.

Leslie voltou para dentro e os recebeu na porta da frente. Ela cumprimentou Owen Ford com fria civilidade e disse-lhe em tom profissional que seu quarto e jantar estavam prontos. Dick, com um sorriso satisfeito, subiu as escadas com a mala, e Owen Ford foi instalado como um hóspede na velha casa entre os salgueiros.

XXIV
O livro da vida do capitão Jim

— Eu tenho uma ideia em um pequeno casulo marrom que poderá possivelmente se transformar em uma magnífica mariposa de realização — disse Anne a Gilbert ao chegar em casa. Ele havia voltado mais cedo do que ela esperava e estava saboreando a torta de morango de Susan. A própria Susan pairava no fundo, como um espírito guardião um pouco sombrio, embora benéfico, e sentia tanto prazer em assistir Gilbert comer a torta quanto ele em comê-la.

— Qual é sua ideia? — ele perguntou.

— Não vou contar ainda. Não até ver se consigo fazer a coisa acontecer.

— Que tipo de sujeito é esse Ford?

— Ah, é um homem agradável e muito bonito.

— E que lindas orelhas ele tem, doutor, querido — interrompeu Susan com deleite.

— Ele tem cerca de trinta ou trinta e cinco anos, eu acho, e está pensando em escrever um romance. Tem a voz agradável e um sorriso encantador, e ele sabe como se vestir. Mas, parece que a vida não tem sido totalmente fácil para ele, de alguma forma.

Owen Ford apareceu na noite seguinte com um bilhete de Leslie para Anne; eles contemplaram o pôr do sol no jardim e depois saíram para um passeio ao luar no porto, no pequeno barco que Gilbert havia arranjado para os passeios de verão. Gostaram muito de Owen e sentiram que já o conheciam há muitos anos, que distingue a maçonaria de quem pertence à raça de José.

— Ele é tão bom quanto suas orelhas, senhora Blythe, querida — disse Susan, quando ele saiu. Ele disse a Susan que nunca provara nada parecido como o seu bolo de morango e, naquele momento, o coração de Susan pertencia a ele para sempre.

— Tem algo no jeito dele — ela refletiu, enquanto limpava as sobras do jantar. — É muito estranho que não seja casado, pois um homem como aquele poderia ter qualquer moça à disposição. Bem, talvez ele seja como eu, e ainda não tenha encontrado a pessoa certa.

Susan de fato se tornou bastante romântica em suas reflexões enquanto lavava os pratos do jantar.

Duas noites depois, Anne levou Owen Ford até o farol de Four Winds para apresentá-lo ao capitão Jim. Os campos de trevos ao longo da praia do porto estavam embranquecendo com o vento do ocidente, e o capitão Jim teve um de seus melhores crepúsculos. Ele próprio acabara de voltar de uma ida ao porto.

— Tive que ir lá e dizer para o Henry Pollack que ele está morrendo. Todo mundo estava com medo de contar. Achavam que ele não ia aguentar a notícia, pois está terrivelmente determinado a viver e tem feito planos incessantes para o outono. A esposa dele achou que ele deveria ser informado e que era melhor eu dizer que ele não vai melhorar. Henry e eu somos velhos amigos, navegamos juntos no Gaivota Cinza por anos. Bem, eu fui e sentei do lado dele na cama e disse a ele, disse assim, de forma direta e simples, pois se uma coisa precisa ser contada pode muito bem ser contada de uma vez, eu disse: "Camarada, acho que você recebeu suas ordens de partir dessa vez", eu estava me tremendo por dentro, porque é uma coisa horrível ter que dizer a um homem que não tem a menor ideia que ele vai bater as botas.

"Mas, veja só, patroa Blythe, Henry olha para mim, com aqueles olhos pretos e brilhantes em seu rosto enrugado e me fala: 'Diz algo que eu não sei, Jim Boyd, se você quiser me dar informações. Eu já *sei* há uma semana'. Fiquei chocado demais para falar, e Henry deu uma risadinha. 'Ver você entrando aqui', disse ele, 'com o rosto mais solene que uma lápide, sentado aí com as mãos cruzadas sobre o estômago, me falando uma notícia velha e mofada como essa! Faria um gato rir, Jim Boyd", disse ele. 'Quem te contou?', perguntei que nem um bobo. 'Ninguém', ele respondeu. 'Uma semana atrás, era terça-feira à noite, eu estava deitado aqui acordado e, de repente, eu soube. Já suspeitava disso antes, mas então *soube*. Não falei nada para poupar a mulher. E eu *gostaria* que aquele celeiro fosse construído, porque Eben nunca vai acertar. Mas, de qualquer forma, agora que você está em paz com sua mente, Jim, sorria e me diga algo interessante.' Ficaram com tanto medo de contar, e ele sabia o tempo todo. Estranho como a natureza cuida de nós, não é, e diz o que a gente precisa saber quando chega a hora? Eu já te contei a história sobre Henry ter metido o anzol no nariz, patroa Blythe?

— Não.

— Bem, ele e eu rimos sobre isso hoje. Aconteceu quase trinta anos atrás. Um dia, estavam ele, eu e vários outros pescando cavalas. Foi um grande dia, nunca vi um cardume de cavala assim no golfo e, na empolgação geral, Henry ficou bastante valente e planejou enfiar um anzol de um lado do nariz. Bem, então lá foi ele; havia uma farpa em uma extremidade e um grande pedaço de chumbo na outra, então não dava para tirar na hora. A gente queria levar ele para terra firme, mas Henry entrou na brincadeira, disse que ficaria maluco se deixasse uma farra como aquela por nada menos que um tétano. Então, continuou pescando, mordendo o punho e gemendo de dor de vez em quando. Depois o cardume passou e a gente voltou com uma grande carga, e eu peguei uma lixa e comecei a tentar lixar aquele gancho. Tentei ser o mais gentil possível, mas você deveria ter ouvido Henry; não, melhor não ter ouvido. Foi bom não ter nenhuma mulher por perto naquele momento.

"Henry não falava palavrões, mas ele tinha ouvido aqui e ali coisas do tipo ao longo de sua juventude e tirou alguns da memória e vomitou todos em mim. Finalmente, ele entregou os pontos, disse que não aguentava mais e que eu não tinha compaixão. Então, pegamos uma carona e eu o levei a um médico em Charlottetown, a uns sessenta quilômetros, porque não tinha nenhum mais perto naquela época, e ele com aquele bendito gancho ainda pendurado no nariz. Quando chegamos lá, o velho dr. Crabb simplesmente pegou uma lixa e lixou o gancho do mesmo jeito que eu tentei fazer, só que ele sabia fazer isso com facilidade!"

A visita do capitão Jim a seu velho amigo reavivou muitas lembranças e agora ele estava em plena maré de reminiscências.

— Henry estava me perguntando hoje se eu lembrava de quando o velho padre Chiniquy abençoou o barco de Alexander MacAllister. Outra história estranha e que é verdadeira. Eu mesmo estava no barco. Saímos ele e eu no barco do Alexander MacAllister uma manhã ao nascer do sol. Além de nós, tinha um rapaz francês no barco, católico, é claro. Sabe, o velho padre Chiniquy havia se tornado protestante, então os católicos não eram muito simpáticos a ele. Bem, a gente ficou sentados no golfo sob o sol escaldante até o meio-dia, e não pegou um peixe sequer. Então fomos para a costa, e o velho padre Chiniquy teve que ir, então disse com aquele jeito educado: "Lamento não poder ir com você nesta tarde, sr. MacAllister, mas deixo-vos a minha bênção. Vais apanhar mil esta tarde". Olha, não pegamos mil, mas pegamos exatamente novecentos e noventa e nove, a maior pescaria para um pequeno barco em toda a costa norte naquele verão. Curioso, não é? Aí, Alexander MacAllister vira e diz a Andrew Peters: "E então, e o que você acha do Padre Chiniquy agora?". "Olha", resmungou Andrew, "acho que ainda falta uma benção do velho demônio". Nossa, como Henry riu disso hoje!

— Você sabe quem é o sr. Ford, capitão Jim? — perguntou Anne, vendo que a fonte de reminiscências do capitão Jim tinha se esgotado por enquanto. — Eu quero que você adivinhe.

O capitão Jim balançou a cabeça.

— Eu nunca fui capaz de adivinhar nada, patroa Blythe, e, mesmo assim, quando entrei, pensei: "Onde foi que eu vi esses olhos antes?", porque eu *já* os vi.

— Pense em uma manhã de setembro, muitos anos atrás — disse Anne baixinho. — Pense em um navio navegando pelo porto, um navio há muito aguardado e pelo qual foi desesperado. Pense no dia em que o Royal William chegou, e na primeira vez que você olhou para a noiva do professor.

O capitão Jim se sobressaltou.

— Esses são os olhos de Persis Selwyn — ele disse quase gritando. — Você não pode ser filho dela, você deve ser...

— Neto. Sim, eu sou o filho de Alice Selwyn.

O capitão Jim praticamente correu até Owen Ford e voltou a apertar sua mão.

— O filho de Alice Selwyn! Senhor, seja bem-vindo! Muitas vezes eu me perguntei onde os descendentes do professor estariam vivendo. Eu sabia que não havia nenhum na Ilha. Alice... Alice foi o primeiro bebê a nascer na casinha. Nenhum outro bebê trouxe mais alegria! Eu embalei ela uma centena de vezes. Foi do meu joelho que ela deu os primeiros passos sozinha. Consigo ver direitinho o rosto da mãe dela a olhando! E isso foi há quase sessenta anos. Ela ainda está viva?

— Não, ela morreu quando eu era garoto.

— Ah, não me parece certo que eu esteja vivo para ouvir isso — suspirou o capitão Jim. — Mas estou muito contente de ver você. Trouxe de volta minha juventude por um tempinho. Você não sabe que *benção* isso é. A patroa Blythe aqui faz essa mágica, e ela traz minha juventude muitas vezes para mim.

O capitão Jim ficou ainda mais animado quando descobriu que Owen Ford era o que ele chamava de "escritor de verdade". Ele o olhou como um ser superior. O capitão Jim sabia que Anne escrevia, mas nunca levava esse fato muito a sério. Ele achava que as mulheres eram criaturas encantadoras, que deviam ter direito ao voto e tudo que desejassem, abençoadas sejam, mas não acreditava que elas pudessem escrever.

— Basta olhar para *Louco Amor* — protestava ele. — Uma mulher escreveu aquilo e, veja só, cento e três capítulos quando tudo poderia ser contado em dez. Uma mulher que escreve nunca sabe quando parar; esse é o problema. O ponto principal de uma boa escrita é saber quando parar.

— O sr. Ford quer ouvir algumas de suas histórias, capitão Jim — disse Anne. — Conte a ele sobre o capitão que enlouqueceu e imaginou que era o Holandês Voador.

Essa era a melhor história do capitão Jim. Era uma mistura de horror e humor e, embora Anne a tivesse ouvido várias vezes, ria com entusiasmo e estremecia tanto quanto o sr. Ford. Outras histórias seguiram a essa, pois o capitão Jim tinha uma plateia cativa em seu coração. Contou como seu navio fora atropelado por um navio a vapor; como fora abordado por piratas malaios; como seu navio pegara fogo; como ele ajudou um prisioneiro político a escapar de uma república sul-africana; como naufragou em um outono nas ilhas Madalenas[1] e ficou encalhado lá durante o inverno; como um tigre se

---

[1] Arquipélago do oceano Atlântico situado em Quebec, no Canadá. As ilhas Madalenas ficam entre a Ilha do Príncipe Eduardo e a Terra Nova.

soltou a bordo do navio; como sua tripulação se amotinou e o abandonou em uma ilha árida, essas e muitas outras histórias, trágicas, engraçadas ou grotescas, que o capitão Jim relatou. O mistério do mar, o fascínio das terras distantes, a atração da aventura, o riso do mundo, tudo isso percebido e sentido por seus ouvintes. Owen Ford escutava, a cabeça apoiada na mão, e o Primeiro Imediato ronronando em seu joelho, os olhos brilhantes e fixos no rosto áspero e eloquente do capitão Jim.

— Você não vai deixar o sr. Ford ver o seu Livro da Vida, capitão Jim? — perguntou Anne, quando o capitão finalmente declarou que as histórias deveriam acabar por enquanto.

— Ah, ele não quer ser incomodado com *isso* — protestou o capitão Jim, que secretamente estava morrendo de vontade de mostrar seu livro.

— Não há nada nesse momento que eu gostaria mais do que ver esse seu livro, capitão Boyd — disse Owen. — Se for tão maravilhoso quanto suas histórias, valerá a pena ver.

Com fingida relutância, o capitão Jim tirou o Livro da Vida do antigo baú e o entregou a Owen.

— Eu acho que você não vai se importar muito com a minha escrita velha. Eu nunca tive muita instrução — ele apontou de passagem. — Escrevi isso apenas para divertir meu sobrinho, Joe. Ele está sempre querendo histórias. Veio aqui ontem e me disse, como se me censurasse, enquanto eu tirava um bacalhau de quase dez quilos do meu barco: "Tio Jim, o bacalhau não é um animal idiota?". E eu estava dizendo a ele, sabe, que a gente tem que ser muito gentil com animais idiotas, e nunca maltratar eles de forma nenhuma. Eu me safei dizendo que o bacalhau era burro o suficiente, mas que não era um animal, mas Joe não parecia satisfeito, e isso não me satisfez. Você tem que ter muito cuidado com o que diz a essas criaturinhas. Eles conseguem *enxergar* através da gente.

Enquanto falava, o capitão Jim observava pelo canto do olho Owen Ford examinando o Livro da Vida. Ao perceber o convidado perdido entre as páginas, ele se virou sorrindo para o armário e começou a preparar um bule de chá. Owen Ford se separou do Livro da Vida com tanta relutância quanto um avarento se afasta de seu ouro, tempo suficiente para saborear seu chá, e então voltou a ele avidamente.

— Ah, você pode levar essa coisa para casa se quiser — disse o capitão Jim, como se "a coisa" não fosse seu bem mais precioso. — Eu devo descer e trazer meu barco um pouco para cima sobre os trilhos. Está vindo um vento. Você notou o céu esta noite? "As caudas da égua e as escamas da cavala fazem os navios altos elevarem as velas".[2]

Owen Ford aceitou de bom grado a oferta do Livro da Vida do capitão Jim. No caminho para casa, Anne contou a ele a história do sumiço de Margaret.

— Esse velho capitão é um senhor maravilhoso — disse ele. — Que vida ele levou! Ora, o homem teve mais aventuras em uma semana do que a maioria de nós em uma vida inteira. Você realmente acha que suas histórias são todas verdadeiras?

— Sim, acho. Tenho certeza de que o capitão Jim não conseguiria mentir, e, além disso, as pessoas por aqui dizem que tudo aconteceu como ele relata. Muitos de seus antigos companheiros estavam vivos para o corroborar. Ele é um dos últimos capitão do mar da Ilha do Príncipe Eduardo. Estão quase extintos agora.

---

[2] Provérbio meteorológico que descreve como um marinheiro responderia se visse "escamas de cavala" se aproximando. "Escamas de cavala" é o anúncio de que uma frente quente se aproxima. Frentes quentes podem trazer ventos e precipitação.

XXV
Escrevendo o livro

Owen Ford foi até a casinha na manhã seguinte, muito empolgado.

— Sra. Blythe, este é um livro maravilhoso, absolutamente maravilhoso. Se eu pudesse pegá-lo e usar o material para um livro, tenho certeza de que poderia fazer dele o romance do ano. Você acha que o capitão Jim permitiria?

— Permitir! Tenho certeza de que ele ficaria encantado! — exclamou Anne. — Admito que era o que estava na minha cabeça quando o levei até lá ontem à noite. O capitão Jim sempre desejou que alguém adequado escrevesse seu livro para ele.

— Você vai até ao farol comigo essa noite, sra. Blythe? Vou perguntar a ele sobre o Livro da Vida, mas quero que você diga a ele que me contou a história sobre o sumiço de Margaret e pergunte se ele me deixa usá-la como fio do romance com o qual quero tecer as narrativas do livro de forma harmoniosa.

O capitão Jim ficou mais animado do que nunca quando Owen Ford lhe contou seu plano. Por fim, seu sonho acalentado seria realizado, e o Livro de Vida seria entregue ao mundo. Também estava satisfeito com o fato de que a história do sumiço de Margaret seria tecida no enredo.

— Isso evitará que o nome dela seja esquecido — disse ele melancolicamente.

— É por isso que eu quero colocá-lo na história. Vamos colaborar — gritou Owen, encantado. — Você dará a alma e eu o corpo. Ah, escreveremos um livro famoso juntos, capitão Jim. E começaremos a trabalhar imediatamente.

— E pensar que meu livro será escrito pelo neto do professor! — exclamou o capitão Jim. — Rapaz, seu avô era o amigo mais querido que já tive. Achava que não havia ninguém como ele. Agora entendo por que tive que esperar por tanto tempo. Não poderia ser escrito até que o homem certo viesse escrevê-lo. Você *pertence* a Four Winds. Você possui a alma da costa norte no seu interior, é o *único* que poderia escrever essa história.

O minúsculo cômodo ao lado da sala de estar do farol foi arranjado para que funcionasse como escritório para Owen. A presença do capitão Jim seria necessária enquanto ele escrevesse, para consultá-lo sobre muitos assuntos de navegação marítima e conhecimentos do golfo que Owen desconhecia completamente.

Ele começou a trabalhar no livro na manhã seguinte e mergulhou nele de corpo e alma. Quanto ao capitão Jim, ele era um homem feliz naquele verão. Observava a pequena sala onde Owen trabalhava como um santuário sagrado. Owen conversou sobre tudo com o capitão Jim, mas não o deixou ver o manuscrito.

— Você precisará esperar até que seja publicado — disse ele. — Então verá tudo de uma vez em sua melhor forma.

Ele mergulhou nos tesouros do Livro da Vida do capitão Jim e os usou livremente. Sonhou e meditou sobre o sumiço de Margaret até ela se tornar uma realidade vívida para ele e retornar à vida em suas páginas. À medida que o livro progredia, Owen tomou posse da escrita e trabalhou nela com ânsia febril. Permitiu que Anne e Leslie lessem o manuscrito e o criticassem; e o capítulo final, que os críticos, mais tarde, chamariam de idílico, foi escrito com base em uma sugestão de Leslie.

Anne se parabenizou pelo sucesso de sua ideia.

— Eu sabia quando olhei para Owen Ford que ele era o homem certo para isso — disse ela a Gilbert. — Tanto o humor quanto a paixão estavam estampados em seu rosto, e isso, junto com a arte da expressão, era exatamente o que seria necessário para escrever o livro. Como diria a sra. Rachel, ele estava predestinado para esse papel.

Owen Ford escrevia pela manhã. As tardes geralmente eram passadas em algum passeio alegre com os Blythe. Leslie os acompanhava bastante, pois o capitão Jim tomava conta de Dick com frequência, a fim de libertá-la. Eles foram passear de barco no porto e navegaram pelos três belos rios que desaguavam no mar; comiam marisco assado na enseada e mexilhão assado nas rochas. Colheram morangos nas dunas de areia; foram pescar bacalhau com o capitão Jim. Caçavam tarambolas nos campos ao longo da praia e patos selvagens na enseada, ou, pelo menos, os homens caçavam. À noite, caminhavam pelos campos costeiros baixos e cobertos de margaridas sob uma lua dourada, ou sentavam-se na sala de estar da casinha, onde, muitas vezes, o frescor da brisa do mar justificava um fogo de madeira flutuante; e falavam de mil e uma coisas que jovens felizes, ávidos e espertos conseguem encontrar para conversar.

Desde sua confissão a Anne, Leslie tinha mudado. Não havia nenhum traço de sua antiga frieza e reserva, nenhuma sombra de sua amargura anterior. A infância da qual ela fora tirada parecia lhe voltar com a maturidade e a feminilidade; ela se expandiu como uma flor de fogo e perfume; nenhuma risada era mais pronta do que a dela, nenhuma inteligência mais rápida nos círculos crepusculares daquele verão encantado. Quando não podia estar com eles, todos sentiam que faltava alguma graça delicada naquelas reuniões. Sua beleza foi iluminada pela alma desperta em seu interior, como uma lâmpada rosada brilharia através de um vaso de alabastro perfeito. Em alguns momentos, os olhos de Anne pareciam doer pelo seu esplendor. Quanto a Owen Ford, a "Margaret" de seu livro — embora tivesse os cabelos castanhos macios e o rosto de fada da garota real que desaparecera há tanto tempo, repousando onde dorme a Atlântida perdida — tinha a personalidade de Leslie Moore, conforme foi revelada a ele naqueles dias felizes na enseada de Four Winds.

Em suma, foi um verão que jamais seria esquecido, daqueles verões que são raros na vida de alguém, e que deixam uma rica herança de belas memórias em sua passagem; um daqueles verões que, em uma feliz combinação de clima agradável, amigos encantadores e atividades deliciosas, chegava tão perto da perfeição quanto qualquer coisa jamais chegaria nesse mundo.

— Bom demais para durar — disse Anne a si mesma com um pequeno suspiro, no dia de setembro em que certo sopro do vento e certo tom de azul intenso nas águas do golfo indicavam que o outono seria difícil.

Naquela noite, Owen Ford disse a eles que havia terminado seu livro e que suas férias deveriam chegar ao fim.

— Ainda tenho muito a fazer, revisando e editando, e assim por diante — disse ele —, mas no geral está pronto. Escrevi a última frase hoje de manhã. Se eu conseguir encontrar uma editora para ele, provavelmente sairá no próximo verão ou outono.

Owen não tinha nenhuma dúvida de que encontraria uma editora. Sabia que havia escrito um grande livro — um livro que faria enorme sucesso — um livro que *viveria*. Ele sabia que isso lhe traria fama e fortuna; mas ao escrever a última linha, curvou a cabeça sobre o manuscrito e ficou sentado ali por um longo tempo. E seus pensamentos não eram sobre o bom trabalho que havia feito.

XXVI
A confissão de Owen Ford

— Sinto muito que Gilbert esteja fora — disse Anne. — Ele precisou sair, Allan Lyons, no Glen, sofreu um acidente grave. E provavelmente só vai chegar em casa muito tarde. Mas ele me pediu para lhe dizer que acordaria cedo o suficiente para vê-lo antes da sua partida. É uma pena. Susan e eu tínhamos planejado uma pequena festa de despedida em sua última noite aqui conosco.

Ela estava sentada ao lado do riacho do jardim no pequeno assento rústico que Gilbert construíra. Owen Ford estava diante dela, encostado na coluna de bronze de uma bétula amarela. O rapaz estava muito pálido e seu rosto apresentava as marcas da falta de sono da noite anterior. Anne, ao observá-lo, pensou se, afinal, o verão havia lhe trazido a força que deveria. Havia trabalhado demais no livro? Ela se lembrou de que há cerca de uma semana ele já não parecia bem.

— Estou até que contente que o doutor não esteja — disse Owen devagar. — Eu queria vê-la sozinha, sra. Blythe. Há algo que devo contar a alguém, ou acho que enlouquecerei. Estou tentando há uma semana encarar isso de frente... e não consigo. Sei que posso confiar em você, e, além de tudo, acho que você vai entender. Uma mulher com olhos como os seus sempre entende. Você é uma dessas pessoas a quem instintivamente se dizem coisas. Sra. Blythe, eu amo Leslie. Estou *apaixonado*! Essa palavra parece até fraca demais para o que estou sentindo!

Sua voz falhou de súbito pela paixão reprimida de sua declaração. Ele virou a cabeça e escondeu o rosto no braço. Todo seu corpo tremeu. Anne ficou encarando-o, pálida e horrorizada. Ela nunca tinha pensado nisso! Ainda assim, como é que nunca tinha pensado nisso? Agora parecia a coisa mais natural e inevitável. Anne se questionou sobre a própria cegueira. Mas, coisas do tipo não aconteciam em Four Winds. Em outras partes do mundo, as paixões humanas poderiam desafiar as convenções e leis humanas, mas não *aqui*, com certeza. Leslie mantivera os pensionistas de verão vindo e indo por dez anos, e nada parecido jamais acontecera. Mas, talvez, eles não fossem como Owen Ford, e a vívida e *viva* Leslie desse verão não era a mesma garota fria e taciturna de outros anos. Ah, *alguém* deveria ter pensado nisso! Por que a srta. Cornelia não pensara nisso? A srta. Cornelia estava sempre a postos para soar o alarme no que dizia a respeito dos homens. Um ressentimento irracional contra a srta. Cornelia tomou Anne. Contudo, ela deu um pequeno gemido silencioso. Não importa de quem seja a culpa, o mal está feito. E Leslie, e quanto a Leslie? Foi por Leslie que Anne se sentiu mais preocupada.

— Leslie sabe disso, sr. Ford? — ela perguntou baixinho.

— Não, não, a menos que tenha adivinhado. Você certamente não acha que eu seria canalha o suficiente para dizer isso a ela, sra. Blythe. Não pude evitar amá-la, isso é tudo, e minha desgraça é ainda maior do que eu posso suportar.

— *Ela* retribui esse sentimento? — perguntou Anne. No momento em que a pergunta cruzou seus lábios, ela sentiu que não deveria tê-la dito. Owen Ford respondeu com um protesto ansioso.

— Ah, não, não, claro que não. Mas eu poderia fazê-la me amar se ela estivesse desimpedida, tenho certeza de que conseguiria.

"Ela retribui, sim, e ele sabe disso", pensou Anne. Em voz alta ela disse com empatia, mas firmeza:

— Mas ela não é desimpedida, sr. Ford. E a única coisa que você pode fazer é ir embora em silêncio e deixá-la seguir com a própria vida.

— Eu sei, eu sei — grunhiu Owen. Ele se sentou na margem gramada e olhou melancolicamente para a água cor de âmbar abaixo dele. — Eu sei que não há nada a fazer, nada a não ser dizer formalmente "Adeus, sra. Moore. Obrigado por toda sua gentileza para comigo nesse verão", assim como eu teria dito à enfadonha dona de casa pela hospedagem durante o verão. E era uma simples dona de casa que eu esperava encontrar quando chegasse. Então, pagarei minha pensão como qualquer pensionista honesto e irei embora! Ah, é muito simples. Sem dúvida, sem perplexidade, uma rota direta para o fim do mundo! E vou seguir em frente, não precisa temer que eu não o faça, sra. Blythe. Mas confesso que seria mais fácil caminhar sobre arados em brasa.

Anne se encolheu com a dor em sua voz. E havia tão pouco que poderia ser dito que fosse adequado à situação. Culpá-lo estava fora de questão, aconselhá-lo não era necessário, consolá-lo seria ridículo pela agonia resoluta daquele homem. Ela apenas podia sentir com ele um labirinto de compaixão e arrependimento. Seu coração se apertou por Leslie! Aquela pobre garota não tinha sofrido o suficiente sem mais essa agora?

— Não seria tão difícil ir embora e deixá-la se ela, ao menos, fosse feliz — retomou Owen apaixonadamente. — Mas pensar em sua morte em vida, perceber para que a estou deixando! *Isso* é o pior de tudo. Eu daria minha vida para fazê-la feliz e não posso fazer nada nem mesmo para ajudá-la, nada. Ela está para sempre unida àquele pobre desgraçado, sem esperança a não ser envelhecer durante uma sucessão de anos vazios, sem sentido e estéreis. Fico louco de pensar nisso. Mas devo seguir com minha vida, sem nunca mais vê-la, mas consciente de tudo o que ela está passando. É horrível, horrível!

— É muito difícil — disse Anne com tristeza. — Nós, os amigos dela daqui, sabemos como é difícil para ela.

— E ela tem tanta vida para dar — disse Owen com rebeldia. — Sua beleza é o menor de seus dotes. E ela é a mulher mais linda que já conheci. Aquela risada dela! Eu passei todo o verão tentando fazê-la rir, apenas pelo prazer de ouvi-la. E seus olhos, eles são tão profundos e azuis quanto o precipício lá fora. Nunca vi azul tão forte e... tão dourado! Você já viu o cabelo dela solto, sra. Blythe?

— Não.

— Eu vi, uma vez. Fui pescar com o capitão Jim no farol, mas ventava muito para navegar, então voltei. Ela tinha aproveitado a chance de estar sozinha em casa para lavar o cabelo e estava de pé na varanda ao sol para secá-lo. Caía a seus pés como uma cascata de ouro vivo. Quando me viu, ela entrou apressada, e o vento pegou seus cabelos e os girou ao redor ela: Dânae[1] em sua nuvem. Não sei como, mas só naquele instante tive consciência de que a amava, e percebi que a amava desde que a vi pela primeira vez em pé contra a escuridão sob o brilho da luz. E ela ter que continuar aqui, cuidando de Dick e o acalmando, trabalhando e economizando para uma mera existência, enquanto eu vou passar minha vida ansiando em vão por ela, e impedido, por esse mesmo fato, de até mesmo dar a ela a pequena ajuda que um amigo poderia. Caminhei pela praia na noite passada, quase até o amanhecer, e revirei esse assunto muitas vezes. E ainda, apesar de tudo, não posso culpar meu coração por ter vindo para Four Winds. Parece-me

---

[1] Na mitologia grega Dânae era uma princesa amada por Zeus, com quem teve um filho. Dânae era filha de Acrísio, rei de Argos, e da ninfa Eurídice.

que, por pior que isso tudo seja, seria ainda pior nunca a ter conhecido. É uma dor ardente e lancinante, amá-la e deixá-la, mas não a ter amado é impensável. Suponho que tudo isso pareça muito louco, todas essas terríveis emoções sempre parecem tolas quando as colocamos em nossas palavras tão inadequadas e tolas. Elas não deveriam ser faladas, apenas sentidas e suportadas. Eu não deveria ter falado, mas ajudou, um pouco. Pelo menos me deu forças para ir embora de forma respeitável amanhã de manhã, sem fazer uma cena. Você vai me escrever de vez em quando, não é, sra. Blythe, e me dar notícias dela também?

— Sim — disse Anne. — Ah, sinto muito que você vá, vamos sentir muito a sua falta, temos sido tão amigos! Se não fosse por isso, você poderia voltar em outros verões. Talvez, até mesmo... aos poucos, quando você a tiver esquecido...

— Eu nunca vou esquecê-la e nunca mais volto para Four Winds — disse Owen brevemente.

O silêncio e o crepúsculo caíram sobre o jardim. Ao longe, o mar batia suave e monotonamente nas dunas. O vento da noite nos álamos parecia algum canto triste, estranho e antigo, algum sonho partido em velhas memórias. Uma faia esguia e bem-formada ergueu-se diante deles contra o fino milho, a esmeralda e a rosa pálida do céu ocidental, que destacou cada folha e galho em uma beleza escura, trêmula e duvidosa.

— Não é lindo? — disse Owen, apontando-o com o ar de um homem que deseja manter certa conversa para trás.

— É tão bonito que me dói — disse Anne suavemente. — Coisas perfeitas como essa sempre me atingem. Lembro-me que a chamava de "dor esquisita" quando criança. Por que uma dor como essa parece inseparável da perfeição? É a dor da finalização, quando percebemos que não pode haver nada além do retrocesso?

— Talvez — disse Owen com ar sonhador — seja o infinito aprisionado em nós clamando por sua infindável alma gêmea naquela perfeição visível.

— Você parece estar um pouco resfriado. É melhor passar um pouco de gordura no nariz quando for para a cama — disse a srta. Cornelia, que entrara pelo pequeno portão entre os abetos a tempo de ouvir o último comentário de Owen. A srta. Cornelia gostava dele; mas era uma questão de princípio para ela punir qualquer linguagem pomposa de um cavalheiro tão esnobe.

A srta. Cornelia personificava a comédia que sempre aparece na tragédia da vida. Anne, cujos nervos estavam bastante tensos, riu histericamente e até Owen sorriu. Era óbvio que o sentimento e a paixão costumavam desaparecer na presença da srta. Cornelia. E, no entanto, para Anne nada parecia tão desesperador, escuro e doloroso como parecera alguns momentos antes. Mas o sono estava longe de seus olhos naquela noite.

XXVII
Nos bancos de areia

Owen Ford partiu de Four Winds na manhã seguinte. À tarde, Anne foi visitar Leslie, mas não encontrou ninguém. A casa estava trancada e não havia luz em nenhuma janela. Parecia uma casa abandonada sem vida. Leslie não apareceu no dia seguinte, o que Anne achou um mau sinal.

Tendo Gilbert a oportunidade de ir à enseada de pesca à noite, Anne foi com ele até o farol para ficar um pouco com o capitão Jim. Mas a grande luz, cortando suas faixas através da névoa da noite de outono, estava aos cuidados de Alec Boyd e o capitão Jim estava ausente.

— O que você vai fazer? —perguntou Gilbert. — Quer vir comigo?

— Não quero ir para a enseada, mas vou atravessar o canal com você e caminhar pelo banco de areia até a sua volta. A costa rochosa está muito escorregadia e sombria esta noite.

Sozinha nas dunas de areia, Anne se entregou ao estranho encanto da noite. Fazia calor para setembro e o fim da tarde fora muito nublado; mas a lua cheia diminuía o nevoeiro em parte e transformava o porto, o golfo e as costas circundantes num mundo estranho, fantástico e irreal de pálida névoa prateada, através da qual tudo parecia fantasmagórico. A escuna preta do capitão Josiah Crawford, carregada com batatas para os portos de Bluenose, navegava pelo canal como um navio espectral com destino a uma terra desconhecida, sempre recuando, para nunca ser alcançada. Os sons das invisíveis gaivotas no alto eram os gritos das almas dos marinheiros condenados. Os pequenos cachos de espuma que deslizavam pela areia pareciam duendes roubando as cavernas marinhas. As grandes dunas de areia de ombros redondos eram gigantes adormecidos de algum antigo conto do norte. As luzes que brilhavam palidamente pelo porto eram os faróis ilusórios em alguma costa do país das fadas. Anne se deliciou com centenas de fantasias enquanto vagava pela névoa. Era delicioso, romântico e misterioso estar vagando sozinha nessa praia encantada.

Mas estaria ela sozinha? Algo surgiu na névoa diante dela, tomou forma e de repente se moveu em sua direção através da areia ondulada pelas ondas.

— Leslie! — exclamou Anne com espanto. — O que você está fazendo *aqui*?

— Eu que pergunto, o que *você* está fazendo aqui? — disse Leslie, tentando rir. O esforço foi um fracasso. Ela parecia muito pálida e cansada; mas os cachos de seu cabelo sob seu chapéu escarlate molduravam seu rosto e os olhos cintilavam como pequenos anéis de ouro.

— Estou esperando por Gilbert, ele foi até a enseada. Eu pretendia ficar no farol, mas o capitão Jim não estava.

— Bem, vim aqui porque queria andar, andar e *andar* — disse Leslie, inquieta. — Eu não poderia ir para a costa rochosa, a maré estava muito alta e as pedras me prenderiam ali. Eu tive que vir para cá, senão enlouqueceria, eu acho. Remei sozinha pelo canal com o bote do capitão Jim. Já faz uma hora que estou aqui. Venha, venha, vamos caminhar. Não consigo ficar parada. Ah, Anne!

— Leslie, querida, qual é o problema? — perguntou Anne, embora já soubesse muito bem.

— Não posso te dizer, não me pergunte. Eu não me importaria se você soubesse... até gostaria que você soubesse, mas não posso te contar... não posso contar a ninguém. Eu fui uma idiota, Anne, e dói terrivelmente ser uma idiota. Não existe nada pior nesse mundo.

Ela riu com tristeza. Anne passou o braço em volta dela.

— Leslie, você se apaixonou pelo sr. Ford?

Leslie se voltou com ardor.

— Como você sabia? — ela exclamou. — Anne, como você sabia? Ah, está escrito na minha cara para que todos vejam? Está tão claro assim?

— Não, não. Eu... eu não posso te dizer como soube. Veio à minha mente por acaso. Leslie, não me olhe assim!

— Você me despreza? — perguntou Leslie em um tom feroz e baixo. — Você acha que eu sou uma mulher má, perversa? Ou você acha que sou simplesmente idiota?

— Eu não acho que você seja nenhuma dessas coisas. Venha, querida, vamos apenas conversar com sensatez, como poderíamos falar sobre qualquer outra das grandes crises da vida. Você tem ruminado isso e se deixou levar por uma visão mórbida sobre o assunto. Você sabe que tem uma pequena tendência a fazer isso a respeito de tudo que dá errado, e me prometeu que lutaria contra isso.

— Mas... ah, é tão... tão vergonhoso — murmurou Leslie. — Eu digo, amá-lo... sem pensar... quando não sou livre para amar ninguém.

— Não há nada de vergonhoso nisso. Mas lamento muito que você tenha aprendido a gostar de Owen, porque, do jeito que as coisas estão, só vai te deixar mais infeliz.

— Eu não *aprendi* a gostar de ninguém — disse Leslie, caminhando e falando fervorosamente. — Se fosse assim, poderia ter evitado. Nunca sonhei algo do tipo até aquele dia, uma semana atrás, quando ele me contou que havia terminado o livro e que logo deveria partir. Foi então que eu soube. Senti como se alguém tivesse me dado um golpe terrível. Eu não disse nada... não conseguia falar... mas não sei como fiquei. Tive tanto medo de que meu rosto me traísse. Ah, eu morreria de vergonha se pensasse que ele sabia... ou suspeitava.

Anne estava em um silêncio infeliz, pensativa pelas deduções de sua conversa com Owen. Leslie continuou a falar febrilmente, como se encontrasse alívio no ato.

— Estive tão feliz durante esse verão inteiro, Anne! Mais feliz do que jamais fui em toda a minha vida. Achei que era porque tudo havia ficado claro entre você e eu, e que foi nossa amizade que fez a vida parecer tão bela e plena de novo. E foi, em parte, mas não totalmente... ah, nem perto de ser. Agora sei por que tudo era tão diferente. E tudo acabou e ele partiu. Como poderei viver, Anne? Quando voltei para casa essa manhã depois que ele havia partido, a solidão me atingiu como um soco no estômago.

— Aos poucos não vai parecer tão difícil, querida — disse Anne, que sempre sentiu a dor dos amigos com tanta intensidade que não encontrava palavras fáceis e fluentes de consolo. Além disso, ela se lembrava de como os discursos bem-intencionados a magoaram em sua própria tristeza e estava receosa.

— Ah, para mim parece que vai ficar cada vez mais difícil — disse Leslie com tristeza. — Não tenho nenhuma esperança para a minha vida. O amanhã virá e o depois de amanhã também, e ele não voltará, nunca mais voltará. Ah, quando penso que nunca mais o verei, sinto como se uma grande garra retorcesse com violência as cordas do meu coração. Uma vez, muito tempo atrás, sonhei com o amor e pensei que deveria ser lindo, e *agora*, é *isso*. Quando ele foi embora ontem de manhã, estava tão frio e indiferente. Ele disse "Até logo, sra. Moore" no tom mais frio do mundo, como se nós nem tivéssemos sido amigos, como se eu não significasse absolutamente nada. Eu sei que não significo... não gostaria que Owen tivesse gostado de mim, mas ele *poderia* ter sido um pouco mais gentil.

"Ah, gostaria que Gilbert viesse", pensou Anne. Ela estava dividida entre sua amizade por Leslie e a necessidade de evitar qualquer coisa que traísse a confiança de Owen. Sabia a razão da frieza de seu adeus, por que não poderia ter a cordialidade que sua boa amizade exigia, mas não podia contar isso a Leslie.

— Não pude evitar, Anne, não pude evitar — disse a pobre Leslie.

— Eu sei que não.

— Você me culpa muito por isso?

— Eu não culpo você de forma alguma.

— E você não vai... você não vai contar a Gilbert?

— Leslie! Você acha que eu faria uma coisa dessas?

— Ah, eu não sei, você e Gilbert são tão *amigos*. Não vejo como você poderia deixar de contar tudo a ele.

— Conto tudo sobre minhas próprias preocupações, sim. Mas não os segredos dos meus amigos.

— Eu não suportaria que *ele* soubesse. Mas estou feliz que *você* saiba. Eu me sentiria culpada se houvesse algo que me envergonhasse de dizer a você. Espero que a srta. Cornelia não descubra. Às vezes, me sinto como se aqueles terríveis, gentis olhos castanhos dela lessem minha alma. Ah, eu gostaria que essa névoa nunca se dissipasse, de poder ficar nela para sempre, escondida de todos os seres vivos. Não vejo como posso continuar com essa vida. Este verão foi tão pleno. Não me senti só por um minuto sequer. Antes de Owen chegar, costumava haver momentos horríveis, quando eu estava com você e Gilbert, e depois tinha que deixá-los. Vocês dois iam embora juntos e eu ia *sozinha*. Depois que Owen chegou, ele sempre estava lá caminhando comigo para casa, nós ríamos e conversávamos como você e Gilbert faziam; nunca mais me senti sozinha ou com inveja da felicidade dos outros. E *agora*! Ah, sim, eu fui uma idiota. Vamos parar de falar sobre a minha loucura. Nunca mais vou aborrecê-la com isso.

— Ali está Gilbert, e você vai voltar conosco — disse Anne, que não tinha nenhuma intenção de deixar Leslie vagando sozinha nas dunas de areia numa noite como aquela e num temperamento como aquele. — Há espaço de sobra em nosso barco para três, e nós amarraremos o bote atrás.

— Ah, suponho que devo me resignar a ser a ímpar de novo — disse a pobre Leslie com outra risada amarga. — Perdoe-me, Anne, isso foi odioso. Eu deveria ser grata, e *sou*, por ter dois bons amigos que estão contentes em me incluir como uma integrante da turma. Não se importe com meus discursos odiosos. Eu apenas pareço estar sofrendo muito e tudo dói em mim.

— Leslie parecia muito quieta essa noite, não é? — disse Gilbert, quando ele e Anne chegaram em casa. — O que diabos ela estava fazendo lá nas dunas de areia sozinha?

— Ah, ela estava cansada, e você sabe que ela gosta de ir para a praia depois de um dos dias ruins do Dick.

— Que pena que ela não conheceu e se casou com um sujeito como Ford lá trás — disse Gilbert. — Eles teriam formado um casal ideal, não é?

— Pelo amor de Deus, Gilbert, não vai virar um casamenteiro. É uma profissão abominável para um homem — exclamou Anne muito séria, com medo de que Gilbert pudesse perceber a verdade se continuasse no assunto.

— Deus me livre, querida Anne, não sou casamenteiro, não — protestou Gilbert, bastante surpreso com o tom dela. — Eu só estava pensando em um dos casais que poderiam ter acontecido.

— Bem, não aconteceram. É uma perda de tempo — disse Anne. Então ela acrescentou de repente: — Ah, Gilbert, gostaria que todos pudessem ser tão felizes quanto nós.

XXVIII
Inícios e fins

— Tenho lido os obituários — disse a srta. Cornelia, largando o *Daily Enterprise* e retomando sua costura.

O porto estava escuro sob um céu sombrio de novembro; as folhas mortas se acumulavam encharcadas nos peitoris das janelas; mas a casinha continuava num alegre primaveril à luz do fogo, com as samambaias e os gerânios de Anne.

— Aqui é sempre verão, Anne — disse Leslie um dia; e todos os presentes naquela casa de sonhos sentiam o mesmo.

— O *Enterprise* parece estar cheio de obituários hoje em dia — disse a srta. Cornelia. — Sempre tem um par de colunas, e eu leio tudo. É uma das minhas formas de lazer, principalmente quando há alguma poesia original junto delas. Aqui está um exemplo para você:

Ela foi para o Criador,
Para nunca mais vagar.
Ela tocava e cantava com alegria
A cantiga "Lar doce Lar".

— Quem disse que não temos nenhum talento poético na Ilha! Você já notou quantas pessoas boas morrem, Anne, querida? É lamentável. Aqui estão dez obituários, e cada uma dessas pessoas é santa e modelo, até mesmo os homens. Aqui está o velho Peter Stimson, que "deixou um grande círculo de amigos para lamentar sua prematura perda". Deus do céu, Anne, querida, aquele homem tinha oitenta anos, e todos que o conheciam o desejavam morto há trinta. Leia obituários quando estiver triste, Anne, querida, melhor ainda os de pessoas que você conhece. Se você tiver algum senso de humor, eles vão animá-la, *acredite* em mim. Eu gostaria apenas de ter escrito os obituários de algumas pessoas. Você não acha a palavra "obituário" horrível? Esse Peter de quem falei agora tinha cara de obituário, e, de vez em quando, penso na palavra "obituário". Mas, para mim, só há uma palavra mais horrível que essa, que é "viúva". Jesus Amado! Anne querida, posso ser uma solteirona, mas há conforto nisso, pois nunca serei "viúva" de homem nenhum.

— É *mesmo* uma palavra estranha — disse Anne, rindo. — O cemitério de Avonlea estava cheio de velhas lápides "em memória de Fulano de Tal, viúva do falecido Fulano de Tal". Isso sempre me fez pensar em algo desgastado e apodrecido. Por que tantas palavras relacionadas com a morte são tão desagradáveis? Eu gostaria que o costume de chamar um cadáver de "restos mortais" pudesse ser abolido. Eu tremo de verdade quando ouço o agente funerário dizer em um funeral: "Todos os que desejam ver os restos mortais, por favor, venham por aqui". Sempre me dá a impressão horrível de que estou prestes a ver a cena de um banquete cabalístico.

— Bem, tudo que espero — disse a srta. Cornelia com tranquilidade — é que quando eu morrer, ninguém me chame de "nossa irmã que partiu". Eu peguei uma repugnância dessa história de "irmã" e "irmão" há cinco anos, quando havia um evangelista viajante que organizava reuniões no Glen. Eu achei que tudo que saía de sua boca era inútil, logo de início. Senti em meus ossos que havia algo de errado com ele. E havia. Veja bem, ele estava *fingindo* ser presbiteriano — presbiteriano, ele disse —, mas era metodista o tempo todo. Ele chamava todo mundo de "irmão" e "irmã". Tinha um grande círculo de relacionamentos. Certa noite, ele agarrou minha mão com fervor e disse suplicante: "Minha *querida* irmã Bryant, você é cristã?". Eu olhei bem para a cara dele e disse com calma: "O único irmão que já tive, sr. Fiske, está enterrado há quinze anos, e desde então, não adotei mais nenhum. Quanto a ser cristã, sempre fui desde a época em que o senhor ainda estava nas fraldas engatinhando pelo chão". *Isso* acabou com ele, *acredite* em mim. Lembre-se, Anne, querida, não sou melhor que nenhum evangelista. Tivemos alguns homens realmente bons e sérios, que trabalharam muito bem e fizeram os velhos pecadores se contorcerem. Mas esse homem, esse Fiske, não era um deles. Certa noite, ri comigo mesma. Fiske tinha pedido a todos os cristãos que se levantassem. *Eu* não me levantei, *acredite* em mim! Nunca gostei desse tipo de coisa. Mas a maioria se levantou e então ele pediu a todos que queriam ser cristãos que se levantassem. Ninguém se mexeu por um tempinho, então Fiske começou a entoar um hino a todo pulmão. Bem na minha frente, o pobre Ikey Baker estava sentado no banco dos Millison. Era um garoto pobre, de dez anos, e o Millison quase o matou de tanto trabalhar. A pobre criaturinha estava sempre tão cansada que adormecia sempre que ia à igreja ou em qualquer lugar onde pudesse ficar sentado por alguns minutos. Ele tinha dormido durante todo o culto, e eu estava grata por ver a pobre criança descansando, *acredite* em mim. Bem, quando a voz de Fiske reverberou rumo ao céu e o resto se juntou a ele, o pobre Ikey acordou sobressaltado. Ele pensou que era apenas um canto comum e que todo mundo deveria ficar de pé, então logo se levantou, sabendo que receberia um peteleco da Maria Millison por dormir no culto. Fiske o viu, parou e gritou: "Outra alma salva! Glória Aleluia!". E lá estava o pobre e assustado Ikey, meio acordado e bocejando, nem sequer pensando em sua alma. Pobre criança, ele nunca teve tempo para pensar em nada além daquele seu pobre corpinho cansado e sobrecarregado.

"Leslie compareceu uma noite e o tal do Fiske foi logo atrás dela, ah, ele estava especialmente preocupado com a alma das garotas bonitas, *acredite* em mim! Ele a ofendeu e ela nunca mais voltou. E então, em todo culto, ele fazia uma oração, em voz alta, para que o Senhor abrandasse o coração de Leslie. Por fim, fui até o sr. Leavitt, nosso ministro na época, e disse-lhe que se ele não fizesse Fiske parar com aquilo, eu simplesmente me levantaria no culto seguinte e jogaria meu hinário nele se ele voltasse a mencionar aquela jovem bonita, mas impenitente. Eu teria feito isso, sim, *acredite* em mim. Leavitt acabou com isso, mas Fiske continuou com suas reuniões até que Charley Douglas encerrou a carreira dele no Glen. A sra. Charley tinha passado todo o inverno na Califórnia. Ela estava realmente melancólica no outono, um tipo de melancolia religiosa, era de família. O pai se preocupava tanto em acreditar que havia cometido o pecado imperdoável e acabou morrendo em um manicômio. Então, quando Rose Douglas ficou daquele jeito, Charley logo a despachou para visitar a irmã em Los Angeles. Ela ficou muito bem e voltou para casa exatamente quando o restabelecimento de Fiske estava em pleno andamento. Ela desceu do trem no Glen, toda sorrisos e alegria, e a primeira coisa que viu a encarando de volta, na extremidade preta do compartimento de carga, foi a pergunta, em grandes letras brancas, com sessenta centímetros de altura: "Para onde vais, para o céu ou para o inferno?". Essa foi uma das ideias de Fiske, e ele pediu a Henry Hammond para pintar os dizeres para ele. Rose soltou um guincho e desmaiou; e quando a levaram para casa, estava pior do que nunca. Charley Douglas foi até o sr. Leavitt e disse-lhe que todos os Douglas deixariam a igreja se Fiske fosse mantido lá por mais tempo. O sr. Leavitt teve que ceder, pois os Douglas pagavam metade de seu salário, então

Fiske partiu e tivemos que voltar a depender da nossa Bíblia para obter instruções sobre como chegar ao céu. Depois que ele foi embora, o sr. Leavitt descobriu que ele era apenas um metodista disfarçado e se sentiu muito mal, *acredite* em mim. O sr. Leavitt falhou em alguns aspectos, mas ele era um bom e sólido presbiteriano."

— A propósito, recebi uma carta do sr. Ford ontem — disse Anne. — Ele me pediu para lhe mandar lembranças.

— Eu não quero as lembranças dele — disse a srta. Cornelia, seca.

— Por que? — disse Anne, espantada. — Achei que você gostasse dele.

— Bem, eu gostava, de certa forma. Mas nunca vou perdoá-lo pelo que fez a Leslie. Aquela pobre criança sofrendo por ele, como se ela não tivesse problemas de sobra, e ele, perambulando por Toronto, sem dúvida, divertindo-se como sempre. Igualzinho a um homem.

— Ah, srta. Cornelia, como você descobriu?

— Deus do céu, Anne, querida, eu tenho olhos, não tenho? E conheço Leslie desde que ela era um bebê. Seus olhos têm tido um novo tipo de tristeza durante todo o outono, e eu sei que aquele escritorzinho estava por trás disso, de alguma forma. Eu nunca vou me perdoar por ter sido a razão de trazê-lo aqui. Mas nunca esperaria que ele fosse daquele jeito. Pensei que ele seria mais um dos outros homens que Leslie havia hospedado, um jovem presunçoso, metido, cada um deles, pelos quais ela nunca se interessou. Um até tentou flertar com ela uma vez e ela deu um gelo nele, tão forte que acho que até hoje ele não descongelou. Então, nunca achei que houvesse algum perigo.

— Não deixe Leslie suspeitar que você conhece o segredo dela — disse Anne ansiosa. — Eu acho que isso a magoaria.

— Acredite em mim, Anne, querida. *Eu* não nasci ontem. Ah, amaldiçoo todos os homens! Para começar, um deles arruinou a vida de Leslie, e agora outro dessa tribo vem e a torna ainda mais miserável. Anne, esse mundo é um lugar horrível, acredite em mim.

— "Há algo errado neste mundo, que será mudado aos poucos".[1] — citou Anne com ar sonhador.

— A única boa mudança seria em um mundo onde não há homens — disse a srta. Cornelia melancolicamente.

— O que os homens estão fazendo agora? — perguntou Gilbert, entrando.

— Travessuras, travessuras! O que mais eles fazem?

— Foi Eva que comeu a maçã, srta. Cornelia.

— Mas foi uma criatura que a tentou — retrucou a srta. Cornelia triunfante.

Leslie, depois que a primeira angústia cessou, descobriu que era possível continuar com a vida afinal, como a maioria de nós, não importa qual tenha sido nossa forma particular de tormento. É até possível que ela tenha tido bons momentos depois disso, quando estava junto do círculo alegre da casinha dos sonhos. Mas se Anne tinha esperanças que ela esquecesse Owen Ford, ela se desiludiu pela furtiva ansiedade nos olhos de Leslie sempre que o nome dele era mencionado. Com pena dessa ansiedade, Anne sempre dava um jeito de contar ao capitão Jim ou Gilbert pedaços de notícias das cartas de Owen quando Leslie estava com eles. O rubor e a palidez da garota nesses momentos falavam com muita eloquência da emoção que tomava conta de seu ser. Mas ela nunca o mencionou para Anne, ou aquela noite nas dunas.

Certo dia, seu velho cachorro morreu e ela sofreu terrivelmente por causa dele.

— Ele era meu amigo há tanto tempo — disse ela tristemente para Anne. — Era o antigo cachorro de Dick, você sabe, Dick o teve por mais ou menos um ano antes de nos casarmos. Ele o deixou comigo quando partiu no Four Sisters. Carlo

---

[1] Verso do poema "The Miller's Daughter", de Alfred Lord Tennysson.

gostava muito de mim e seu amor canino me ajudou muito durante aquele primeiro ano terrível e solitário depois da morte da minha mãe. Quando soube que Dick voltaria, tive medo de que Carlo não fosse mais tanto meu. Mas ele nunca pareceu se importar com Dick, embora já tivesse gostado muito dele antes. Rosnava para Dick como se ele fosse um estranho. Eu ficava contente. Era bom ter uma coisa cujo amor era todo meu. Aquele cachorro velho era um grande conforto para mim, Anne. Ficou tão fraco no outono que tive medo de que não pudesse viver muito, mas esperava poder cuidar dele durante o inverno. Ele parecia tão bem essa manhã. Estava deitado no tapete diante do fogo; então, de repente, se levantou e se aproximou de mim; colocou a cabeça no meu colo e me lançou um olhar amoroso com aqueles olhos grandes e suaves de cachorro, e então estremeceu e morreu. Vou sentir muito a falta dele!

— Deixe-me te dar outro cachorro, Leslie — disse Anne. — Vou dar um lindo Setter Ordon de presente de Natal para Gilbert. Deixe-me dar um para você também.

Leslie balançou a cabeça.

— Não agora, obrigada, Anne. Eu não estou com vontade de ter outro cachorro ainda. Parece que não vou gostar de nenhum outro agora. Talvez, com o tempo eu deixe você me dar um. Preciso de um cachorro para proteção. Mas havia algo quase humano em Carlo, não seria *decente* ocupar o lugar dele assim tão depressa, minha cara.

Anne viajou para Avonlea uma semana antes do Natal e ficou até depois das férias. Gilbert foi encontrá-la, e houve uma alegre celebração de Ano-Novo em Green Gables, quando os Barry, os Blythe e os Wright se reuniram para saborear um jantar que demandou muito cuidado e preparação da sra. Rachel e Marilla. Quando voltaram para Four Winds, a casinha estava quase à deriva, pois a terceira tempestade de um inverno que se revelaria fenomenalmente tempestuoso havia subido até o porto e acumulado enormes montanhas de neve sobre tudo o que encontrou. Mas o capitão Jim tirou a neve das portas e dos caminhos e a srta. Cornelia veio e acendeu o fogo da lareira.

— É bom tê-la de volta, Anne, querida! Mas você já viu essas ondas? Não se consegue ver ao casa dos Moore, a menos que você vá para o segundo andar. Leslie vai ficar tão feliz pela sua volta. Ela está quase enterrada viva. Dick consegue remover a neve com uma pá e acha divertido fazê-lo, ainda bem. Susan me mandou um recado avisando que estaria aqui amanhã. Para onde você está indo agora, capitão?

— Acho que vou até o Glen conversar um pouco com o velho Martin Strong. Ele não está longe do fim e está solitário. Não tem muitos amigos, esteve muito ocupado a vida toda para fazer alguma amizade. Fez muito dinheiro, no entanto.

— Oras, ele pensou que, uma vez que não poderia servir a Deus e a Mamom, seria melhor servir apenas a Mamom — disse a srta. Cornelia secamente. — Portanto, ele não deve reclamar se não encontrar no dinheiro uma companhia muito boa agora.

O capitão Jim saiu, mas se lembrou de algo no quintal e voltou por um momento.

— Recebi uma carta do sr. Ford, patroa Blythe, e ele disse que o livro da minha vida foi aceito e será publicado no próximo outono. Fiquei bastante animado quando recebi a notícia. Pensar que vou ver finalmente impresso.

— Aquele homem é completamente louco quando ao assunto é o livro dele — disse a srta. Cornelia com compaixão. — De minha parte, acho que já há livros demais no mundo.

XXIX
Gilbert e Anne discordam

Gilbert largou o pesado livro médico sobre o qual estivera debruçado até que o crepúsculo crescente da noite de março o fez desistir. Ele se recostou na cadeira e olhou pensativamente para fora da janela. Era o início da primavera — provavelmente a época mais feia do ano. Nem mesmo o pôr do sol poderia redimir a paisagem morta e encharcada e o gelo negro em decomposição do porto para o qual olhava. Nenhum sinal de vida era visível, exceto um grande corvo negro voando solitário seu caminho através de um campo de chumbo. Gilbert especulou preguiçosamente sobre aquele corvo. Era um corvo de família, com uma fêmea adorável, esperando por ele na floresta além do Glen? Ou era um jovem corvo fanfarrão com pensamentos de cortejo em mente? Ou um corvo solteiro e cínico, acreditando que viaja mais rápido quem viaja sozinho? Fosse o que fosse, logo desapareceu em uma escuridão agradável e Gilbert se voltou para a visão mais animada do interior.

A luz do fogo tremeluzia de canto a canto, brilhando nos pelos brancos e verdes de Gog e Magog, na cabeça marrom e lustrosa do belo cachorro se aquecendo no tapete, nos porta-retratos nas paredes, no vaso de narcisos do jardim da janela, na própria Anne, sentada à sua mesinha, com a costura ao seu lado e as mãos cruzadas sobre os joelhos enquanto imaginava paisagens nas labaredas, castelos na Espanha cujas torres arejadas perfuravam nuvens iluminadas pela lua e navios ao pôr do sol navegando do Cabo da Boa Esperança direto para a enseada de Four Winds com carga preciosa. Pois Anne voltara a ser uma sonhadora de sonhos, embora uma espécie sombria de medo a acompanhasse noite e dia para obscurecer suas visões.

Gilbert estava acostumado a se referir a si mesmo como "um velho casado". Porém, ainda olhava para Anne com os olhos incrédulos de um namorado. Ainda não conseguia acreditar totalmente que ela era de fato *dele*. Afinal, podia ser apenas um sonho, parte integrante desta casa mágica dos sonhos. Sua alma ainda ficava na ponta dos pés diante dela, para que o encanto não fosse quebrado e o sonho dissipado.

— Anne — disse ele devagar — empreste-me seus ouvidos. Quero falar com você sobre uma coisa.

Anne o olhou pelo aposento iluminado pelo fogo.

— O que é? — perguntou ela animada. — Você parece terrivelmente solene, Gilbert. Eu não fiz nada errado hoje. Pergunte a Susan.

— Não é de você, ou de nós mesmos. Quero falar sobre Dick Moore.

— Dick Moore? — ecoou Anne, sentando-se, alerta. — Ora, o que você tem a dizer sobre ele?

— Tenho pensado muito nele ultimamente. Você se lembra daquela vez, no verão passado, em que o tratei por causa daqueles furúnculos no pescoço?

— Sim, sim.

— Aproveitei para examinar com minúcia as cicatrizes em sua cabeça. Sempre achei que Dick era um caso muito interessante do ponto de vista clínico. Ultimamente tenho estudado a história da trefina, um instrumento cirúrgico, e os casos em que ela tem sido empregada. Anne, cheguei à conclusão de que se Dick Moore fosse levado a um bom hospital e a operação de trefina fosse realizada em várias partes de seu crânio, sua memória e faculdades poderiam ser restauradas.

— Gilbert! — A voz de Anne estava cheia de protesto. — Certamente você não quis dizer isso!

— Sim, sim. E decidi que é meu dever abordar o assunto com Leslie.

— Gilbert Blythe, você *não* pode fazer isso! — exclamou Anne com veemência. — Ah, Gilbert, você não pode, por favor, você não poderia ser tão cruel. Prometa que não vai conversar com ela.

— Ora, Anne, querida, não achei que você fosse reagir assim. Seja razoável...

— Não serei razoável, não posso ser razoável. *Estou* sendo razoável! É você que está sendo irracional. Gilbert, você já pensou alguma vez o que significaria para Leslie se Dick Moore voltasse a ser quem era? Pare e pense! Ela está infeliz o suficiente agora; mas a vida como enfermeira e cuidadora de Dick é mil vezes mais fácil para ela do que a vida como esposa de Dick. Eu sei... EU SEI! É impensável. Não se meta nesse assunto. Deixe isso estar.

— Eu *tenho* pensado sobre esse aspecto do caso com muito cuidado, Anne. Mas acredito que seja obrigação de um médico recolocar a sanidade da mente e do corpo de um paciente acima de todas as outras considerações, não importa quais sejam as consequências. Acredito que seja meu dever me esforçar para restaurar a saúde e a sanidade, se houver alguma esperança disso.

— Mas Dick não é seu paciente nesse assunto — exclamou Anne, adotando outra tática. — Se Leslie tivesse perguntado a você se algo poderia ser feito por ele, *então* seria seu dever dizer a ela o que você realmente pensa. Mas você não tem o direito de se intrometer.

— Não chamo isso de intromissão. Tio Dave disse a Leslie, doze anos atrás, que nada poderia ser feito por Dick. Ela acredita nisso, é claro.

— E por que o tio Dave diria isso, se não fosse verdade? — exclamou Anne, triunfante. — Ele não sabe tanto quanto você sobre o assunto?

— Acho que não, embora possa parecer presunçoso dizer isso. E você sabe tão bem quanto eu que ele é preconceituoso contra o que chama de "essas noções inovadoras de cortar e explorar". Ele até se opõe à cirurgia de apendicite!

— Ele está certo — exclamou Anne, com uma mudança completa de opinião. — Eu mesma acredito que vocês, médicos modernos, gostam muito de fazer experimentos com carne e sangue humanos.

— Rhoda Allonby não estaria viva hoje se eu tivesse tido medo de fazer um determinado experimento — argumentou Gilbert. — Eu corri o risco e salvei a vida dela.

— Estou farta de ouvir falar de Rhoda Allonby — exclamou Anne, muito injustamente, pois Gilbert nunca mais mencionou o nome da sra. Allonby desde o dia em que contara a Anne sobre seu sucesso no caso dela. E ele não podia ser culpado pela discussão de outras pessoas sobre o assunto.

Gilbert ficou muito magoado.

— Eu não esperava que você visse o assunto dessa forma, Anne — disse ele um pouco tenso, se levantando e indo em direção à porta do escritório. Foi a primeira vez que tiveram uma briga.

Mas Anne voou atrás dele e o arrastou de volta.

— Agora, Gilbert, você não vai sair emburrado. Sente-se aqui e eu vou me desculpar lin-da-mente; eu não deveria ter dito isso. Mas... ah, se você soubesse...

Anne se controlou bem a tempo. Ela estivera prestes a trair o segredo de Leslie.

— Se soubesse o que uma mulher sente sobre isso — concluiu ela, sem muita convicção.

— Acho que sei. Analisei o assunto de todos os pontos de vista, e cheguei à conclusão de que é meu dever dizer a Leslie o que acredito ser possível: que Dick pode se recuperar, aí termina a minha responsabilidade. Caberá a ela decidir o que fará.

— Eu não acho que você tem o direito de colocar essa responsabilidade sobre ela. Ela já tem o bastante para aguentar. Ela é pobre, como poderia arcar com uma cirurgia dessas?

— Isso cabe a ela decidir — persistiu Gilbert com teimosia.

— Você diz que acha que Dick pode ser curado. Mas tem certeza disso?

— Com certeza não. Ninguém poderia ter certeza de tal coisa. Pode ter havido lesões no próprio cérebro, cujas sequelas jamais poderão ser curadas. Mas, se, como acredito, sua perda de memória e outras faculdades se devam apenas à pressão nos centros cerebrais de certas áreas ósseas comprimidas, então ele pode ser curado.

— Mas é apenas uma possibilidade! — insistiu Anne. — Agora, suponha que você diga a Leslie e ela decida fazer a operação. Vai custar muito caro. Ela terá que pedir o dinheiro emprestado ou vender a pequena propriedade. E suponha que a operação seja um fracasso e Dick continue do mesmo jeito. De que modo ela conseguirá devolver o dinheiro que pegou emprestado ou ganhar a vida para si mesma e para aquela grande e indefesa criatura se vender a fazenda?

— Ah, eu sei, eu sei. Mas é meu dever contar a ela. Não posso fugir dessa certeza.

— Ah, eu conheço a teimosia Blythe — gemeu Anne —, mas não faça isso apenas por sua própria responsabilidade. Consulte o Dr. Dave.

— Já *fiz* isso — disse Gilbert com relutância.

— E o que ele disse?

— Resumindo, como você diz, me disse para deixar tudo em paz. Além de seu preconceito contra cirurgias inovadoras, temo que ele veja o caso do seu ponto de vista, para não fazer isso, pelo bem de Leslie.

— Pronto! — exclamou Anne triunfante. — Eu realmente acho, Gilbert, que você deveria concordar com o julgamento de um homem de quase oitenta anos, que já viu muitas coisas e salvou dezenas de vidas, certamente a opinião dele deve contar mais do que a de um mero garoto.

— Obrigado.

— Não ria. É muito sério.

— Esse é exatamente o meu ponto. *É* sério. Temos um homem que é um fardo indefeso. Ele pode recuperar a razão e voltar a ser útil.

— Ah, e ele foi muito útil antes! — criticou Anne.

— Ele pode ter uma chance de consertar e se redimir do passado. Sua esposa não sabe disso. Eu sei. É, portanto, meu dever dizer a ela que existe essa possibilidade. Essa, em suma, é minha decisão.

— Não diga "decisão" ainda, Gilbert. Consulte outra pessoa. Pergunte ao capitão Jim o que ele pensa a respeito.

— Muito bem. Mas não prometerei seguir sua opinião, Anne. Isso é algo que um homem deve decidir por si mesmo. Minha consciência nunca ficaria tranquila se eu me mantivesse calado sobre esse assunto.

— Ah, sua consciência! — Anne gemeu. — Suponho que o tio Dave também tenha consciência, não é?

— Sim. Mas não sou o guardião da consciência dele. Vamos, Anne, se esse caso não tivesse relação com a Leslie, se fosse um caso puramente abstrato, você concordaria comigo, e você sabe que sim.

— Eu não faria isso — jurou Anne, tentando acreditar ela mesma. — Ah, você pode argumentar a noite toda, Gilbert, mas não vai me convencer. Basta você perguntar à srta. Cornelia o que ela acha disso.

— Você está apelando para seu último recurso, Anne, ao mencionar a srta. Cornelia como reforço. Ela dirá "Igualzinho a um homem" e ficará furiosa. Não importa. Isso não é assunto para a srta. Cornelia resolver. Leslie sozinha é quem deve decidir isso.

— Você sabe muito bem o que ela vai decidir — disse Anne, quase em lágrimas. — Ela tem ideais de dever também. Não vejo como você pode colocar tamanha responsabilidade sobre os ombros dela. Eu não conseguiria.

— "Porque o certo é o certo, seguir o certo seria a sabedoria em desprezo da consequência."[1] — citou Gilbert.

— Ah, você acha que uma citação de uma poesia serve como argumento convincente! — zombou Anne. — Isso é tão típico de um homem.

E então ela riu apesar de si mesma. Parecia um eco da srta. Cornelia.

— Bem, se você não aceitar Tennyson como autoridade, talvez acredite nas palavras de um Maior que ele. — disse Gilbert, sério. — "Conhecereis a verdade e a verdade vos libertará".[2] Eu acredito nisso, Anne, de todo o meu coração. É o maior e mais grandioso versículo da Bíblia, ou de qualquer literatura e o *mais verdadeiro*, se houver graus comparativos de veracidade. E é o primeiro dever de um homem dizer a verdade, como ele a vê e acredita.

— Nesse caso, a verdade não libertará a pobre Leslie — suspirou Anne. — Provavelmente terminará em uma escravidão ainda mais amarga para ela. Ah, Gilbert, não consigo acreditar que você esteja certo.

---

[1] Verso do poema "Oenone", de Alfred Tennyson.
[2] Evangelho segundo João, versículo 8:32

XXX
Leslie toma uma decisão

Um súbito surto de um tipo virulento de gripe no Glen e na vila de pescadores manteve Gilbert tão ocupado pelas duas semanas seguintes que ele não teve tempo de fazer a prometida visita ao capitão Jim. Anne torceu para que ele tivesse abandonado a ideia sobre Dick Moore e, decidida a não cutucar onça com vara curta, não disse mais nada sobre o assunto. Mas ela pensava nisso incessantemente.

"Eu me pergunto se seria certo contar a ele que Leslie está apaixonada por Owen", pensou ela. "Ele nunca a deixaria suspeitar que sabe, para que seu orgulho não sofresse, e isso *talvez* pudesse convencê-lo de que deveria deixar Dick Moore em paz. Devo... devo? Não, afinal, não posso. Uma promessa é sagrada, e não tenho o direito de trair o segredo de Leslie. Mas, ah, nunca me senti tão preocupada com nada em minha vida quanto com isso. Está estragando a primavera, está estragando tudo."

Uma noite Gilbert propôs abruptamente que fossem ver o capitão Jim. Com o coração apertado, Anne concordou e eles partiram. Duas semanas de um gentil sol haviam feito um milagre na paisagem desolada sobre a qual o corvo de Gilbert havia voado. As colinas e os campos estavam secos, marrons e quentes, prontos para brotar e florescer; o porto foi novamente sacudido pelas gargalhadas; a longa estrada do porto era como uma reluzente faixa vermelha; nas dunas, um bando de garotos, que cheirava à pesca, queimava a grama espessa e seca do monte de areia do verão anterior. As chamas varreram as dunas rosadas, lançando seus estandartes cardeais contra o escuro golfo adiante e iluminando o canal e a vila de pescadores. Era uma cena pitoresca que em outras ocasiões teria encantado os olhos de Anne; mas ela não estava apreciando aquela caminhada. Nem Gilbert. Estavam tristemente ausentes a costumeira camaradagem e alegria daqueles que fazem parte da raça de José. A desaprovação de Anne sobre toda essa ideia se mostrava pela altiva elevação de sua cabeça e na estudada polidez de seus comentários. A boca de Gilbert estava apertada em toda a obstinação dos Blythe, mas seus olhos estavam atormentados. Ele pretendia fazer o que acreditava ser seu dever; mas se desentender com Anne era um preço alto a pagar. Ao todo, ambos ficaram felizes quando alcançaram o farol, e com remorso por estarem contentes.

O capitão Jim largou a rede de pesca na qual trabalhava e deu-lhes as boas-vindas com alegria. À luz penetrante da noite de primavera, ele parecia mais velho do que Anne jamais o vira. Seu cabelo estava bem mais grisalho, e a mão forte e velha tremia um pouco. Mas seus olhos azuis eram claros e firmes, e a alma dedicada olhava através deles galante e destemida.

O capitão Jim ouviu, em um silêncio espantado, Gilbert dizer o que viera dizer. Anne, que sabia como o capitão adorava Leslie, tinha certeza de que ele ficaria ao seu lado, embora não tivesse muita esperança de que isso influenciaria Gilbert. Sua surpresa, portanto, se revelou além da medida quando o capitão Jim, lenta e pesarosamente, mas sem hesitação, opinou que Leslie deveria ser informada.

— Ah, capitão Jim, não pensava que você falaria isso! — ela exclamou em tom de censura. — Eu achei que você não quisesse criar mais problemas para ela.

O capitão Jim balançou a cabeça.

— Eu não quero. Sei como você se sente sobre isso, patroa Blythe, do mesmo jeito que eu me sinto. Mas não são nossos sentimentos que temos que seguir ao longo da vida, não, porque isso ia causar um naufrágio desastroso um monte de vezes. Só existe uma bússola segura e temos que definir nosso curso por ela: o que é certo fazer. Concordo com o médico. Se tem uma chance para Dick, Leslie tem que ser avisada. Não tem dois lados para isso, na minha opinião.

— Bem — disse Anne, desistindo em desespero — espere até a srta. Cornelia vir atrás de vocês dois homens.

— Cornelia vai encher os pacovás, sem dúvida — concordou o capitão Jim. — Vocês, mulheres, são criaturas adoráveis, patroa Blythe, mas são um pouco ilógicas. Você é uma senhora altamente educada e Cornelia não, mas juntas são como duas ervilhas quando a questão é essa. Não sei se você é pior que ela. A lógica é um tipo de coisa difícil e impiedosa, eu acho. Agora, vou fazer uma xícara de chá e a gente vai beber e conversar sobre coisas agradáveis, para acalmar um pouco a cabeça.

Ao menos, o chá e a conversa do capitão Jim acalmaram a mente de Anne a tal ponto que ela não fez Gilbert sofrer tanto no caminho para casa como deliberadamente pretendia fazer. Ela não se referiu à questão pendente de forma nenhuma, mas conversou amigavelmente sobre outros assuntos, e Gilbert compreendeu que fora perdoado sob protesto.

— O capitão Jim parece muito frágil e curvado nessa primavera. O inverno o envelheceu — disse Anne com tristeza. — Receio que em breve ele partirá em busca por sua perdida Margaret. Não suporto pensar nisso.

— Four Winds não será o mesmo quando o capitão Jim "partir para o mar" — concordou Gilbert.

Na noite seguinte, ele foi até a casa do riacho. Anne perambulou tristemente pelo entorno até ele voltar.

— Bem, o que Leslie disse? — ela perguntou quando Gilbert entrou.
— Muito pouco. Acho que ela estava bastante atordoada.
— E ela vai fazer a operação?
— Vai pensar sobre isso e decidir muito em breve.

Gilbert se jogou exausto na poltrona diante do fogo. Ele parecia cansado. Não foi fácil contar para Leslie. E o terror que surgiu nos olhos dela quando o significado do que ele disse a atingiu não era uma coisa agradável de lembrar. Agora, uma vez que a sorte estava lançada, ele foi assaltado por dúvidas sobre sua própria sabedoria.

Anne olhou para ele com remorso; então escorregou no tapete ao lado dele e deitou sua brilhante cabeça ruiva em seu braço.

— Gilbert, tenho sido insuportável sobre isso ultimamente. Não serei mais. Por favor, me chame de ruiva e me perdoe.

Que Gilbert entendeu que, não importava o que acontecesse, não haveria o eu-te-avisei. Mas ele não ficou consolado por completo. O dever em abstrato é uma coisa; no concreto é outra bem diferente, principalmente quando o executor é confrontado pelos olhos feridos de uma mulher.

Algum instinto fez Anne ficar longe de Leslie pelos três dias seguintes. Na terceira noite, Leslie foi à casinha e disse a Gilbert que já se decidira; ela levaria Dick para Montreal e faria a operação.

Ela estava muito pálida e parecia ter se enrolado em seu velho manto de indiferença. Porém, seus olhos já não tinham mais a aparência que assombrara Gilbert; estavam frios e brilhantes; e ela começou a discutir os detalhes com ele de uma maneira clara e profissional. Havia planos a serem feitos e muitas coisas a serem pensadas. Quando Leslie obteve as informações que desejava, foi para casa. Anne queria caminhar parte do caminho com ela.

— Melhor não — disse Leslie secamente. — A chuva de hoje deixou o solo úmido. Boa noite.

— Eu perdi minha amiga? — disse Anne com um suspiro.

— Se a operação for bem-sucedida e Dick Moore se recuperar, Leslie se afastará para algum lugar remoto de sua alma, onde nenhum de nós nunca conseguirá alcançá-la.

— Talvez ela o deixe — disse Gilbert.

— Leslie nunca faria isso, Gilbert. Seu senso de dever é muito forte. Ela me disse uma vez que sua avó West sempre a impressionou com o fato de que, ao assumir qualquer responsabilidade, ela nunca recuaria, não importando quais fossem as consequências. Essa é uma de suas regras fundamentais. Suponho que seja muito antiquada.

— Não seja amarga, queria Anne. Você sabe que não acha isso antiquado e que tem a mesma ideia de santidade das responsabilidades assumidas. E você está certa. Fugir de responsabilidades é a maldição da nossa vida moderna, o segredo de toda a agitação e descontentamento que está fervendo no mundo.

— Assim diz o pregador — zombou Anne. Mas, sob a zombaria, ela sentiu que ele estava certo; e ela estava muito triste por Leslie.

Uma semana depois, a srta. Cornelia desceu como uma avalanche sobre a casinha. Gilbert estava ausente e Anne foi obrigada a suportar sozinha o choque do impacto.

A srta. Cornelia mal esperou para tirar o chapéu antes de começar.

— Anne, você quer me dizer se é verdade o que ouvi? Que o dr. Blythe disse a Leslie que Dick pode ser curado, e que ela vai levá-lo a Montreal para operá-lo?

— Sim, é verdade, srta. Cornelia — disse Anne corajosamente.

— Bem, é uma crueldade desumana, é isso mesmo — disse a srta. Cornelia, violentamente agitada. — Eu achei que o dr. Blythe fosse um homem decente. Não pensei que ele pudesse ser culpado por isso.

— O dr. Blythe achou que era seu dever dizer a Leslie que havia uma chance para Dick — disse ela com convicção e acrescentou, a lealdade a Gilbert levando a melhor sobre ela — e eu concordo com ele.

— Ah, não, você não concorda, não, querida — disse a srta. Cornelia. — Nenhuma pessoa com um mínimo de compaixão poderia concordar com isso.

— O capitão Jim concorda.

— Não mencione esse velho lunático para mim — exclamou a srta. Cornelia. — E eu não me importo com quem concorda com ele. Pense... apenas *pense*... no que isso significa para aquela pobre garota destruída e atormentada.

— Nós *pensamos* nisso. Mas Gilbert acredita que um médico deve colocar o bem-estar da mente e do corpo do paciente antes de quaisquer outras considerações.

— Isso é homem que preste? Mas eu esperava coisas melhores de você, Anne — disse a srta. Cornelia, mais triste do que com raiva. Em seguida, passou a bombardear Anne com os mesmos argumentos com os quais a própria Anne havia atacado Gilbert, e Anne com valentia defendeu seu marido com as armas que ele usara para a própria proteção. A batalha foi longa, mas a srta. Cornelia enfim a cessou.

— É uma vergonha! — declarou ela, quase chorando. — É isso mesmo! Uma vergonha! Pobre, pobre Leslie!

— Você não acha que Dick deveria ser levado um pouco em consideração também? — implorou Anne.

— Dick! Dick Moore! *Ele* está bastante feliz. Hoje se comporta melhor e é um membro da sociedade com mais reputação do que nunca. Ora, ele era um bêbado e talvez coisa pior. Você vai soltá-lo de novo para sair por aí se embebedar e farrear?

— Ele pode se recuperar — disse a pobre Anne, importunada pelo inimigo externo e pelo traidor interno.

— Vá recuperar sua avó! — retorquiu a srta. Cornelia. — Dick Moore recebeu os ferimentos que o deixaram assim em uma briga de bêbados. Ele *merece* esse destino. Foi enviado a ele como uma punição. Eu não acredito que o médico tenha qualquer obrigação de interferir nos desígnios de Deus.

— Ninguém sabe como Dick foi ferido, srta. Cornelia. Pode não ter sido em uma briga de bêbado. Ele pode ter sido emboscado e roubado.

— Os porcos conseguem assobiar, mas não têm boca para isso — disse a srta. Cornelia. — Bem, a essência do que você me diz é que a coisa está resolvida e não adianta falar. Se for assim, vou segurar minha língua. Não pretendo usar *meus* dentes para roer lixas. Quando uma coisa tem que ser, eu desisto. Mas eu gosto de ter certeza primeiro de que *tem que* ser. Agora, vou devotar minhas *energias* para confortar e apoiar Leslie. E, afinal — acrescentou a srta. Cornelia, animando-se com esperança —, talvez nada possa ser feito por Dick.

XXXI
A verdade liberta

Leslie, uma vez decidida o que fazer, passou a fazê-lo com a resolução e velocidade características. A limpeza da casa deveria ser terminada primeiro, independente de quaisquer questões de vida ou morte que aguardavam no futuro. A casa cinza acima do riacho foi colocada em perfeita ordem e limpeza, com a pronta ajuda da srta. Cornelia. Ela, depois de ter dito tudo aquilo a Anne, e, por certo, mais tarde a Gilbert e ao capitão Jim, não poupando nenhum dos dois, nunca falou sobre o assunto com Leslie. A srta. Cornelia aceitou a cirurgia de Dick, referindo-se a ela quando necessário de maneira profissional e ignorando a questão quando não era. Leslie não fez nenhuma tentativa de discutir o assunto. Estava muito fria e quieta durante aqueles lindos dias de primavera. Raramente visitava Anne e, embora fosse sempre cortês e amigável, essa mesma cortesia era uma barreira de gelo entre ela e as pessoas da casinha. As velhas piadas, os risos e a camaradagem de antes não a alcançavam por causa disso. Anne se recusou a se sentir magoada. Sabia que Leslie estava dominada por um pavor hediondo: um pavor que a afastava de todos os pequenos vislumbres de felicidade e horas de prazer. Quando uma grande paixão se apodera da alma, todos os outros sentimentos são postos de lado. Nunca em toda sua vida Leslie Moore temeu o futuro com um terror tão intolerável. Mas ela seguiu em frente com a mesma firmeza no caminho que escolheu, assim como os mártires da antiguidade percorreram o caminho escolhido, sabendo que o fim deles seria a triste agonia da cruz.

A questão financeira foi resolvida com mais facilidade do que Anne temia. Leslie pediu emprestado o dinheiro necessário ao capitão Jim e, por insistência dela, ele hipotecou a pequena fazenda.

— Pelo menos uma coisa a menos na cabeça da pobre garota — disse a srta. Cornelia a Anne — e da minha também. Agora, se Dick ficar bem o suficiente para trabalhar de novo, ele será capaz de ganhar o suficiente para pagar os juros; e se não, eu sei que o capitão Jim vai dar um jeito de conseguir que Leslie não precise entregar a fazenda. Ele disse isso para mim. "Estou ficando velho, Cornelia", disse ele, "e não tenho filhos nem uma esposa, e se Leslie não aceita um presente de um homem vivo, talvez aceite de um morto." Portanto, estará tudo bem no que diz respeito a *isso*. Gostaria que todo o resto fosse resolvido dessa forma satisfatória. Quanto àquele desgraçado do Dick, ele tem estado horrível nestes últimos dias. O diabo estava nele, *acredite* em mim, Leslie e eu não conseguíamos continuar com nosso trabalho por causa dos truques que ele nos pregava. Certo dia, ele perseguiu todos os patos dela pelo quintal até que quase todos morreram. E ele nada faria por nós. Às vezes, você sabe, ele era bastante útil, trazendo baldes de água e madeira. Mas essa semana, se o mandássemos para o poço, ele tentaria descer nele. Eu pensei uma vez: "Se você ao menos se atirar lá de cabeça tudo se resolveria!".

— Ah, srta. Cornelia!

— Ora, ora, não me venha com "Ah, srta. Cornelia", Anne, querida. Qualquer um teria pensado o mesmo. Se os médicos de Montreal podem tornar Dick Moore em uma criatura racional eles são maravilhosos.

Leslie levou Dick para Montreal no início de maio. Gilbert foi com ela, para ajudá-la a fazer os arranjos necessários para a cirurgia. Ele voltou para casa com a notícia de que o cirurgião de Montreal a quem haviam consultado concordava com ele que havia uma boa chance de recuperação para Dick.

— Muito reconfortante — foi o sarcástico comentário da srta. Cornelia.

Anne apenas suspirou. Leslie estava muito distante na despedida.

Porém, Leslie prometera escrever. Dez dias após o retorno de Gilbert, a carta chegou. Leslie escreveu que a operação fora realizada com sucesso e que Dick estava se recuperando bem.

— O que ela quer dizer com "sucesso"? — Perguntou Anne. — Ela quis dizer que a memória de Dick realmente foi restaurada?

— Não é provável, já que ela não fala nada sobre isso — disse Gilbert. — Ela usa a palavra "sucesso" do ponto de vista do cirurgião. A operação foi realizada e teve resultados normais. Mas é muito cedo para saber se as faculdades de Dick serão restauradas algum dia, total ou parcialmente. É provável que sua memória não retornará a ele de uma vez. O processo será gradual, se é que ocorrerá. É tudo o que ela diz?

— Sim, aqui está a carta dela. É muito curta. Pobre menina, ela deve estar sob uma tensão terrível. Gilbert Blythe, há um monte de coisas que desejo dizer a você, só que seria cruel — disse Anne.

— A srta. Cornelia as diz por você — disse Gilbert com um sorriso pesaroso. — Ela me coloca para baixo toda vez que a encontro. E deixa claro para mim que me considera pouco melhor do que um assassino, e que acha uma grande pena que o dr. Dave em algum momento tenha permitido que eu ocupasse o lugar dele. Ela até me disse que o médico metodista lá do porto seria preferível a mim. Com a srta. Cornelia, a força da condenação não tem limites.

— Se Cornelia Bryant estivesse doente, não seria o dr. Dave ou o médico metodista que ela chamaria — fungou Susan. — Ela iria tirá-lo de sua cama arduamente conquistada no meio da noite, doutor, querido, se fosse acometida por alguma coisa grave. E depois, provavelmente diria que sua fatura ultrapassou todos os limites. Mas não ligue para ela, doutor, querido. São necessários todos os tipos de pessoas para a criação do mundo.

Mais nenhuma palavra veio de Leslie por algum tempo. Os dias de maio foram se arrastando em uma doce sucessão e as margens do porto de Four Winds se esverdearam, floresceram e se arroxearam. Um dia, no final de maio, Gilbert voltou para casa e foi recebido por Susan nos estábulos.

— Receio que algo tenha perturbado a sra. Blythe, doutor, querido — disse ela misteriosamente. — Ela recebeu uma carta esta tarde e desde então tem perambulado pelo jardim falando sozinha. Você sabe que não é bom para ela ficar tanto tempo de pé, doutor, querido. Ela não achou por bem contar quais foram as notícias e eu não sou bisbilhoteira, doutor, querido, nunca fui, mas está claro que algo a perturbou. E não é bom para ela ficar aborrecida.

Gilbert correu ansioso para o jardim. Teria acontecido algo em Green Gables? Mas Anne, sentada na cadeira rústica junto ao riacho, não parecia preocupada, embora certamente estivesse muito ansiosa. Seus olhos estavam mais acinzentados e manchas escarlates queimavam em suas bochechas.

— O que aconteceu, Anne?

Anne deu uma risadinha esquisita.

— Acho que você mal vai acreditar quando eu te contar, Gilbert. Ainda não consigo. Como Susan disse outro dia: "Sinto-me como uma mosca vindo viver ao sol, como que atordoada". É tudo tão incrível. Eu li a carta várias vezes e em todas diz a mesma coisa, não posso acreditar nos meus próprios olhos. Ah, Gilbert, você estava certo, tão certo. Posso ver isso com clareza agora e estou tão envergonhada de mim mesma. Você realmente vai me perdoar?

— Anne, vou sacudi-la se não for mais coerente. Redmond teria vergonha de você. O que aconteceu?

— Você não vai acreditar, você não vai acreditar...

— Vou telefonar para o tio Dave — disse Gilbert, fingindo ir para a casa.

— Sente-se, Gilbert. Vou tentar te dizer. Recebi uma carta e, ah, Gilbert, é tudo tão incrível, tão incrivelmente incrível, que nunca pensamos, nenhum de nós jamais sonhou!

— Suponho — disse Gilbert, sentando-se com ar resignado — que a única coisa a fazer em um caso desse tipo é ter paciência e ir ao assunto categoricamente. De quem é a sua carta?

— De Leslie e, ah, Gilbert!

— Leslie! Nossa! O que ela tem a dizer? Quais são as novidades sobre Dick?

Anne ergueu a carta e naquele momento a estendeu calma e dramaticamente.

— Dick Moore *não* existe! O homem que pensamos ser Dick Moore, que todos em Four Winds acreditaram durante doze anos ser Dick Moore é o primo dele, George Moore, da Nova Escócia, que, ao que parece, sempre se pareceu com ele de forma impressionante. Dick Moore morreu de febre amarela há treze anos em Cuba.

XXXII
A srta. Cornelia discute o assunto

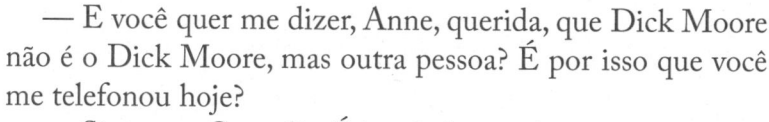

— E você quer me dizer, Anne, querida, que Dick Moore não é o Dick Moore, mas outra pessoa? É por isso que você me telefonou hoje?

— Sim, srta. Cornelia. É incrível, não é?

— É... é... bem... isso é bem típico dos homens — disse a srta. Cornelia, desamparada. Com as mãos trêmulas, tirou o chapéu. Pela primeira vez na vida, a srta. Cornelia ficou inegavelmente pasma. — Não consigo acreditar, Anne — ela disse. — Ouvi você... e acredito em você... mas não consigo entender. Dick Moore está morto... está morto todos esses anos... e Leslie está livre?

— Sim. A verdade a libertou. Gilbert estava certo quando disse que aquele versículo era o mais grandioso da Bíblia.

— Conte-me tudo, Anne, querida. Desde que recebi seu telefonema, estou confusa, *acredite* em mim. Cornelia Bryant nunca esteve tão perturbada antes.

— Não há muito o que contar. A carta de Leslie é curta. Ela não deu detalhes. Esse homem, George Moore, recuperou a memória e sabe quem é. Diz que Dick teve febre amarela em Cuba, e o Four Sisters precisou partir sem ele. George ficou para trás para cuidar do primo, mas ele morreu logo depois.

George não escreveu a Leslie porque pretendia voltar para casa e contar pessoalmente a ela.

— E por que não contou?

— Suponho que foi por causa do acidente que sofreu. Gilbert diz que é muito provável que George Moore não se lembre de nada do acidente, ou do que o levou a ele, e talvez nunca vá se lembrar. Provavelmente aconteceu logo depois da morte de Dick. Poderemos saber mais detalhes quando Leslie escrever de novo.

— Ela diz o que vai fazer? Quando ela vai voltar para casa?

— Disse que ficará com George Moore até ele obter alta do hospital. Ela escreveu para a família dele na Nova Escócia. Parece que o único parente próximo de George é uma irmã casada muito mais velha do que ele. Ela estava viva quando George embarcou no Four Sisters, mas, claro, não sabemos o que pode ter acontecido desde então. Você chegou a conhecer George Moore, srta. Cornelia?

— Sim. Tudo está voltando para mim. Ele estava aqui visitando o tio Abner dezoito anos atrás, quando ele e Dick tinham cerca de dezessete anos. Eles eram primos coirmãos, sabe. Os pais deles eram irmãos e as mães eram gêmeas, e eles se pareciam terrivelmente. Claro — acrescentou a srta. Cornelia com desdém —, não era uma daquelas semelhanças bizarras que você lê em romances em que duas pessoas são tão parecidas que conseguem se passar uma pela outra e nem os entes queridos conseguem perceber a diferença. Naquela época, era fácil dizer quem era George e quem era Dick, se você os visse juntos lado a lado. Separados ou a alguma distância, não era tão fácil. Eles pregavam várias peças nas pessoas e achavam muito divertido, os dois patifes. George Moore era um pouco mais alto e mais gordo que Dick, embora nenhum dos dois fosse o que você chamaria de gordo, os dois eram esguios. Dick era mais bronzeado que George e seu cabelo era um tom mais claro. Mas as características deles eram exatamente iguais e os dois tinham os olhos esquisitos: um azul, outro castanho. Eles não eram muito parecidos em nenhum outro aspecto, no entanto. George era um bom sujeito, embora fosse um malandro para as travessuras, e alguns diziam que ele gostava de beber, mesmo naquela época. Mas todo mundo gostava mais dele do que de Dick.

"Ele passou cerca de um mês aqui. Leslie nunca o viu; ela tinha apenas oito ou nove anos e agora me lembro que ela passou todo aquele inverno no porto, com a avó West. O capitão Jim também estava fora, foi nesse inverno que ele naufragou nas ilhas Madalenas. Suponho que ele ou Leslie nunca tivessem ouvido falar que o primo da Nova Escócia se parecia tanto com Dick. Ninguém nem lembrava dele quando o capitão Jim trouxe Dick, quer dizer, George, para casa. Claro, pensamos que Dick havia mudado consideravelmente, que engordara e parecia muito atarracado. Mas atribuímos isso ao que havia acontecido com ele, e, sem dúvida, esse foi o motivo, pois, como eu disse, George também não era gordo. E não havia outra maneira de adivinhar que ele não era Dick, pois o homem perdera a memória e o juízo. Não consigo entender como nós fomos enganados. Mas é uma coisa impressionante. E Leslie sacrificou os melhores anos de sua vida para cuidar de um homem que não tinha nenhum direito sobre ela! Ah, malditos homens! Não importa o que eles façam, sempre estão errados. E não importa quem sejam, são sempre alguém que não deveriam ser. Eles me exasperam."

— Gilbert e o capitão Jim são homens, e foi através deles que a verdade foi finalmente descoberta — disse Anne.

— Bem, eu admito — concedeu a srta. Cornelia relutante. — Lamento ter ralhado tanto com o médico. É a primeira vez na minha vida que me sinto envergonhada de qualquer coisa que disse a um homem. Mas não sei se direi isso a ele. Ele terá que dar como dito. Bem, Anne, querida, é uma misericórdia que o Senhor não atenda a todas as nossas orações. Tenho orado muito desde o início para que a operação não curasse Dick. Claro que não foi bem assim. Mas era o que estava no fundo da minha mente, e não tenho dúvidas de que o Senhor sabia disso.

— Bem, Ele respondeu ao espírito de sua oração. Você de fato desejava que as coisas não ficassem mais difíceis para Leslie. Receio que, secretamente no meu coração, eu estava esperando que a operação não fosse bem-sucedida, e estou totalmente envergonhada disso.

— Como Leslie pareceu reagir?

— Ela escreve como se estivesse aturdida. Acho que, como nós, ela mal se deu conta ainda. Ela diz: "Tudo me parece um sonho estranho, Anne". Essa é a única referência que ela faz a si mesma.

— Pobre criança! Suponho que quando as correntes são tiradas de um prisioneiro, ele se sente estranho e perdido sem elas por um tempo. Anne, querida, aqui está um pensamento que não para de vir em minha mente. E quanto a Owen Ford? Nós sabemos que Leslie estava apaixonada por ele. Já lhe ocorreu que ele retribuía o sentimento?

— Sim... uma vez — admitiu Anne, sentindo que não poderia dizer muito mais.

— Bem, eu não tinha nenhuma razão para pensar que ele estava apaixonado por ela, mas apenas me pareceu que *deveria* estar. Agora, Anne, querida, o Senhor sabe que eu não sou casamenteira, e desprezo todas essas ações. Mas se eu fosse você, eu escreveria para aquele Ford e apenas mencionaria, de maneira casual, o que aconteceu. Isso é o que *eu* faria.

— É claro que mencionarei isso quando escrever para ele — disse Anne, um tanto distante. De alguma forma, isso era algo que ela não podia discutir com a srta. Cornelia. E, no entanto, ela tinha que admitir que o mesmo pensamento estava à espreita em sua mente desde que ouvira falar da liberdade de Leslie. Mas ela não a profanaria com sua liberdade de expressão.

— Claro que não há pressa alguma, querida. Mas Dick Moore está morto há treze anos e Leslie já desperdiçou o suficiente de sua vida por ele. Vamos ver o que resulta disso. Quanto a esse George Moore, que se foi e voltou à vida quando todos pensavam que estivesse morto e perdido, típico de homem, eu realmente sinto muito por ele. Ele não parece se encaixar em lugar nenhum.

— Ele ainda é um homem jovem, e se conseguir se recuperar por completo, como parece provável, será capaz de refazer a própria vida. Deve ser muito estranho para ele, pobre sujeito. Suponho que todos esses anos desde o acidente não existem para ele.

XXXIII
O retorno de Leslie

Quinze dias depois, Leslie Moore voltou sozinha para a velha casa onde havia passado tantos anos amargos. No crepúsculo de junho, ela atravessou os campos até a casa de Anne e apareceu repentinamente no jardim perfumado como um fantasma.

— Leslie! — gritou Anne com espanto — De onde você veio? Não sabíamos que você estava voltando. Por que não escreveu? Nós teríamos ido encontrar com você.

— Não sei por que, mas não conseguia escrever, Anne. Parecia tão fútil tentar dizer qualquer coisa com caneta e tinta. E eu queria voltar em silêncio e sem ser notada.

Anne abraçou Leslie e a beijou. Leslie devolveu o beijo com carinho. Ela parecia pálida e cansada, e deu um pequeno suspiro quando se jogou na grama ao lado de um grande canteiro de brilhantes narcisos no crepúsculo pálido e prateado como estrelas douradas.

— E você voltou para casa sozinha, Leslie?

— Sim. A irmã de George Moore veio para Montreal e o levou para casa com ela. Pobre sujeito, lamentou se separar de mim, embora eu fosse uma estranha para ele quando sua memória voltou. Ele se apegou a mim naqueles difíceis primeiros dias quando estava tentando entender que a morte de Dick não era algo do dia anterior, como lhe parecia. Foi tudo muito difícil para ele. Eu o ajudei em tudo que pude. Quando a irmã veio, ficou mais fácil, porque parecia que ele a vira pela última vez logo no dia anterior. Felizmente ela não mudou muito, e isso ajudou também.

— É tudo tão estranho e maravilhoso, Leslie. Acho que nenhum de nós se deu conta ainda.

— Não consigo. Quando entrei em casa uma hora atrás, pensei que pudesse ter sido um sonho e que Dick continuaria ali, com seu sorriso infantil, como sempre. Anne, ainda me sinto atordoada. Não estou contente, nem arrependida, nem *nada*. Sinto como se de repente algo tivesse sido arrancado da minha vida e deixado um buraco terrível. Sinto como se não pudesse ser *eu*, como se eu tivesse me transformado em outra pessoa e ainda não consegui me acostumar com isso. Isso me dá uma horrível sensação de solidão, atordoamento e desamparo. É bom vê-la novamente, parece que você é como uma âncora para minha alma à deriva. Ah, Anne, eu tenho medo de tudo: da fofoca, do espanto e do questionamento. Quando penso nisso, desejaria não precisar voltar para casa. O dr. Dave estava na estação quando saí do trem e me trouxe para casa. Pobre homem, ele se sente muito mal porque anos atrás me disse que nada poderia ser feito por Dick. "Eu honestamente achava que sim, Leslie", ele me disse hoje. "Mas eu deveria ter lhe dito para não depender da minha opinião, deveria ter lhe dito para ir a um especialista. Se eu tivesse feito isso, você teria sido poupada de muitos anos amargos e o pobre George Moore de tantos anos perdidos. Eu me culpo muito, Leslie." Eu disse a ele para não fazer isso, que ele tinha feito o que achava certo. Ele sempre foi tão bom comigo, eu não suportaria vê-lo se preocupando com isso.

— E Dick... George, quero dizer? A memória dele está recuperada por completo?

— Praticamente. Claro, há muitos detalhes dos quais ele não consegue se lembrar ainda, mas que vêm mais e mais a cada dia. Ele saiu para dar uma caminhada na noite depois do sepultamento de Dick. Estava com o dinheiro e o relógio do Dick, e os guardava pois pretendia trazê-los para mim com minha carta. Ele admite que foi a um lugar frequentado por marinheiros e ele se lembra de beber, mas nada mais. Anne, eu nunca esquecerei o momento em que ele se lembrou do próprio nome. Eu o vi olhando para mim com uma expressão inteligente, mas perplexa. Eu disse: "Você sabe quem eu sou, Dick?". Ele respondeu: "Nunca a vi antes. Quem é você? E meu nome não é Dick. Sou George Moore, e Dick morreu de febre amarela ontem! Onde estou? O que aconteceu comigo?". Eu... eu desmaiei, Anne. E desde então me sinto como se estivesse em um sonho.

— Você logo se ajustará a esse novo estado de coisas, Leslie. E você é jovem, a vida está à sua frente e você ainda terá muitos anos maravilhosos.

— Talvez eu consiga enxergar dessa maneira depois de um tempo, Anne. Nesse momento me sinto muito cansada e indiferente para pensar no futuro. Eu estou... Anne, estou solitária. Sinto falta do Dick. Não é estranho? Sabe, eu gostava muito do pobre Dick, George, acho que devo chamá-lo assim, como teria gostado de uma criança indefesa que dependia de mim para tudo. Nunca admiti isso porque me sentia muito envergonhada. Veja bem, eu odiava e desprezava tanto o Dick antes de ele partir... E quando soube que o capitão Jim estava trazendo-o para casa, achei que continuaria sentindo o mesmo por ele. Mas, não, nunca consegui, embora continuasse a detestá-lo como me lembrava dele antes. Desde o momento em que ele voltou para casa, senti apenas dó, uma dó que me magoava e me comprimia. Naquela época, pensei que era só porque o acidente o havia mudado, deixando-o desamparado Mas agora acredito que era porque havia realmente uma personalidade diferente ali. Carlo sabia disso, Anne. Eu sei agora que Carlo sabia. Sempre achei estranho que Carlo não tenha reconhecido Dick. Os cães geralmente são tão fiéis. Mas ele sabia que não era seu mestre que havia voltado, embora nenhum de nós tenha notado. Eu nunca tinha visto George Moore, você sabe. Eu me lembro agora que Dick uma vez mencionou casualmente que tinha um primo na Nova Escócia tão parecido com ele como um irmão gêmeo; mas isso havia sumido da minha memória e, de qualquer forma, eu nunca teria pensado que tivesse alguma importância. Veja, nunca me ocorreu questionar a identidade de Dick. Qualquer mudança nele me parecia apenas consequência do acidente.

"Ah, Anne, naquela noite de abril, quando Gilbert me disse que achava que Dick poderia estar curado! Jamais esquecerei. A mim pareceu que um dia eu era prisioneira em uma horrível jaula de tortura, e então a porta foi aberta e eu poderia sair. Eu ainda estava acorrentada à gaiola, mas não estava dentro dela. E, naquela noite, eu senti que uma mão impiedosa estava me arrastando de volta para a gaiola, de volta para uma tortura ainda pior do que antes. Não culpei Gilbert. Achei que ele tinha razão. E ele foi muito bom e disse que se eu decidisse não arriscar, devido ao custo e à incerteza da operação, ele não me culparia por nada. Mas eu sabia de que forma deveria agir e não conseguia encarar isso. A noite toda andei de um lado para o outro, como uma louca, tentando me obrigar a encarar o assunto. Não conseguia, Anne, pensei que não conseguia e, ao amanhecer, cerrei os dentes e resolvi que *não*. Eu manteria as coisas como estavam. Foi muito perverso, eu sei. Teria sido um castigo, uma maldade, se eu simplesmente tivesse seguido com essa decisão. Firmei-me a ela o dia todo. Naquela tarde, tive que ir ao Glen fazer algumas compras. Foi um dos dias calmos e sonolentos de Dick, então eu o deixei sozinho. Fiquei fora um pouco mais do que esperava, e ele sentiu minha falta, se sentiu solitário. E quando cheguei em casa, ele correu para me encontrar como uma criança, com um sorriso tão satisfeito no rosto. De alguma forma, Anne, eu simplesmente cedi. Aquele sorriso em seu pobre rosto vazio foi mais do que eu poderia suportar. Senti como se estivesse negando a uma criança a chance de crescer e se desenvolver. Eu sabia que deveria dar a ele essa chance, não importavam quais fossem as consequências. Então eu vim e contei a Gilbert. Ah, Anne, você deve ter me achado odiosa naquelas semanas antes de minha partida. Eu não queria ser, mas não conseguia pensar em nada, exceto o que precisava fazer, e tudo e todos ao meu redor eram como sombras."

— Eu sei, eu entendi, Leslie. E agora tudo acabou, sua corrente foi quebrada, não há gaiola.

— Não existe nenhuma gaiola — repetiu Leslie distraidamente, arrancando a grama com suas mãos finas e bronzeadas. — Mas... parece que não há mais nada, Anne. Você... se lembra do que eu disse sobre minha tolice naquela noite nas dunas? Acho que não se deixa de ser tolo muito rápido. Às vezes, acho que há pessoas que são tolas para sempre. E ser tola dessa maneira é quase tão ruim quanto ser um... um cachorro acorrentado.

— Você se sentirá muito diferente depois de superar o cansaço e a perplexidade — disse Anne, que, sabendo de uma coisa que Leslie não sabia, não se sentia obrigada a desperdiçar tanta empatia.

Leslie descansou sua esplêndida cabeça dourada no joelho de Anne.

— De qualquer forma, tenho *você* — disse ela. — A vida não pode ser totalmente vazia com uma amiga assim. Anne, afague minha cabeça como se eu fosse uma garotinha, seja minha mãe um pouco, e me deixe te dizer, enquanto minha língua teimosa está um pouco solta, tudo o que você e sua amizade significaram para mim desde aquela noite em que a conheci na enseada.

XXXIV
Chega ao porto o navio dos sonhos

Certa manhã, quando o sol nascia dourado e o vento ondulava sobre o golfo em ondas de luz, uma cegonha cansada voou sobre as dunas da enseada de Four Winds, em sua rota a caminho da Terra das Estrelas Vespertinas. Sob sua asa estava uma criaturinha sonolenta e de olhos estrelados. A cegonha estava cansada e olhava melancolicamente ao redor. Ela sabia que estava em algum lugar perto de seu destino, mas ainda não conseguia vê-lo. O grande farol branco no penhasco de arenito vermelho tinha seus pontos positivos; mas nenhuma cegonha teria coragem de deixar ali um bebê de pele tão aveludada. Uma velha casa cinza, rodeada de salgueiros, em um vale florido de um riacho, parecia mais promissora, mas também não era a certa. A residência verde mais adiante estava consideravelmente fora de questão. Então a cegonha se animou. Ela avistou o lugar ideal, uma linda casinha branca aninhada contra uma grande fileira de abetos sussurrantes, com uma espiral de fumaça azul saindo da chaminé da cozinha, uma casa que parecia ter sido feita para bebês. A cegonha deu um suspiro de satisfação e pousou suavemente no telhado.

Meia hora depois, Gilbert andou apressado pelo corredor e bateu na porta do quarto de hóspedes. Uma voz sonolenta respondeu e, logo em seguida, o rosto pálido e assustado de Marilla apareceu por trás da porta.

— Marilla, Anne me enviou para te avisar que um certo jovem cavalheiro acaba de chegar. Ele não trouxe muita bagagem, mas evidentemente pretende ficar.

— Pelo amor de Deus! — disse Marilla de repente. — Você não está dizendo, Gilbert, que já acabou? Por que não fui chamada?

— Anne não nos deixou incomodá-la quando não havia necessidade. Ninguém foi chamado até cerca de duas horas atrás. Não houve nenhuma "passagem perigosa" desta vez.

— E... e... Gilbert... esse bebê vai viver?

— Ele pesa quase cinco quilos e... ora, escute só. Não há nada de errado com os pulmões, certo? A enfermeira disse que o cabelo dele vai ficar ruivo. Anne está furiosa por causa disso e eu estou adorando.

Foi um dia maravilhoso na casinha dos sonhos.

— O melhor sonho de todos se tornou realidade — disse Anne, pálida e extasiada. — Ah, Marilla, mal me atrevo a acreditar, depois daquele dia horrível no verão passado. Desde então, vinha carregando um aperto no coração, mas agora já passou.

— Esse bebê vai tomar o lugar de Joy — disse Marilla.

— Ah, não, não, não, Marilla. Ele não poderia, ninguém nunca tomará o lugar dela. Ele tem seu próprio lugar, meu querido, pequenino filho, meu menino. Mas a pequena Joy tem o lugar dela, e sempre terá. Se tivesse vivido, ela teria mais de um ano. Estaria cambaleando sobre seus pés minúsculos e balbuciando algumas palavras. Consigo vê-la claramente, Marilla. Ah, eu sei agora que o capitão Jim estava certo quando disse que Deus daria um jeito para que minha bebê não fosse uma estranha para mim quando eu a encontrasse no Além. Aprendi isso nesse último ano. Acompanhei seu desenvolvimento dia após dia e semana após semana, sempre o farei.

Como ela cresce a cada ano e quando voltar a encontrá-la, a reconhecerei, ela não será uma estranha. Ah, Marilla, olhe para esses maravilhosos dedos dos pés! Não é estranho que eles sejam tão perfeitos?

— Seria mais estranho se não fossem — disse Marilla secamente. Agora que estava tudo bem, Marilla voltara a ser a mesma.

— Ah, eu sei, mas parecia que eles não iam estar terminados, você sabe, e eles estão, até mesmo as unhas minúsculas. E suas mãos; olhe para as mãos dele, Marilla

— Parecem ser mãos — reconheceu Marilla.

— Veja como ele se agarra ao meu dedo. Tenho certeza de que já me conhece. Chora quando a enfermeira o leva embora. Ah, Marilla, você não acha, certo, que o cabelo dele vai ser vermelho?

— Não vejo muito cabelo de qualquer cor — disse Marilla. — Eu não me preocuparia com isso, se fosse você, até que se tornasse visível.

— Marilla, ele *tem* cabelo, olhe essa penugem em toda a cabecinha. De qualquer forma, a enfermeira disse que os olhos serão cor de mel e a testa é exatamente como a de Gilbert.

— E ele tem as orelhinhas mais lindas, sra. Blythe, querida — disse Susan. — A primeira coisa que fiz foi olhar para as orelhas dele. O cabelo pode enganar e nariz e olhos mudam, e você não sabe o que vai acontecer com eles, mas orelhas são orelhas do começo ao fim, e você sempre sabe como elas serão. Basta olhar para a forma delas, como foram colocadas em sua preciosa cabecinha. Você nunca precisará ter vergonha as orelhas dele, sra. Blythe, querida.

A convalescença de Anne foi rápida e feliz. Amigos vieram e adoraram o bebê, como as pessoas se curvaram diante da realeza do recém-nascido muito antes de os Reis Magos do Oriente se ajoelharem em homenagem ao menino Jesus na manjedoura de Belém. Leslie, descobrindo-se lentamente em meio às novas condições de sua vida, pairava sobre ela, como uma bela Madona de coroa de ouro. A srta. Cornelia cuidou dele com tanta habilidade como qualquer mãe em Israel. O capitão Jim segurou a pequena criatura em suas grandes mãos bronzeadas e olhou ternamente para ela, com olhos que viam as crianças que nunca tinham nascido para ele.

— Como você vai chamá-lo? — perguntou a srta. Cornelia.

— Anne já decidiu o nome dele — respondeu Gilbert.

— James Matthew, em homenagem aos dois melhores cavalheiros que já conheci, mesmo na sua presença — disse Anne com um olhar atrevido para Gilbert.

Gilbert sorriu.

— Eu nunca conheci Matthew muito bem; ele era tão tímido que nós, meninos, não tínhamos condições de conhecê-lo, mas concordo com você que o capitão Jim é uma das almas mais raras e belas que Deus já moldou do barro. Ele está tão contente por termos escolhido seu nome para nosso filho. Parece que ninguém o homenageou ainda.

— Bem, James Matthew é um nome que vestirá bem e não desbotará com o tempo — disse a srta. Cornelia. — Estou feliz que você não o sobrecarregou com um nome pomposo e romântico do qual se envergonharia quando se tornasse avô. A sra. William Drew no Glen chamou o bebê de Bertie Shakespeare. Uma combinação e tanto, não é? Fico feliz que você não tenha tido muitos problemas para escolher um nome. Algumas pessoas passam por dificuldades. Quando o primeiro filho de Stanley Flaggs nasceu, havia tanta disputa para saber a quem o nome da criança deveria homenagear que a pobrezinha precisou passar dois anos sem nome. Então, veio um irmão e ficou "Bebê mais velho" e "Bebê mais novo". Por fim, chamaram o mais velho de Peter e o menor de Isaac, em homenagem aos dois avôs, e eles foram batizados juntos. E cada um tentou derrubar o outro. Você conhece aquela família das Highlands escocesas, os MacNab, nos arredores do Glen? Eles têm doze meninos e o mais velho e o mais novo se chamam Neil: o Neil Maior e Neil Menor, na mesma família. Bem, suponho que eles tenham ficado sem nomes.

— Eu li em algum lugar — riu Anne — que o primeiro filho é um poema, mas o décimo é uma prosa muito proseada. Talvez a sra. MacNab pensasse que o décimo segundo era meramente uma velha história recontada.

— Bem, há algo a ser dito sobre as famílias numerosas — disse a srta. Cornelia, com um suspiro. — Fui filha única durante oito anos e ansiava por um irmão ou uma irmã. Minha mãe me disse para orar por um, e eu orei, *acredite* em mim. Então, um dia, tia Nellie veio até mim e disse: "Cornelia, há um pequeno irmão para você lá em cima, no quarto da sua mãe. Você pode subir e vê-lo". Eu estava tão animada e feliz que voei escada acima. E a velha sra. Flagg levantou o bebê para eu ver. Pai amado, Anne, querida, eu nunca fiquei tão desapontada em minha vida. Veja, eu estava orando por um IRMÃO DOIS ANOS MAIS VELHO DO QUE EU!

— Quanto tempo você demorou para superar essa decepção? — perguntou Anne, em meio a uma risada.

— Olha, fiquei com raiva da Divina Providência por um bom tempo, e por semanas eu nem olhei para o bebê. Ninguém sabia por que, e eu nunca contei. Então ele começou a se tornar bem fofo e me estendia as mãozinhas, e comecei a gostar dele. Mas não me reconciliei com ele de fato até que um dia uma amiga de escola veio vê-lo e disse que o achava terrivelmente pequeno para a idade. Eu simplesmente fiquei furiosa, e briguei com ela na hora, dizendo que ela não reconheceria um bebê bonito quando visse um, e o nosso era o bebê mais bonito do mundo. E depois disso eu simplesmente o adorei. Minha mãe morreu antes que ele completasse três anos e eu fui irmã e mãe para ele. Pobre rapazinho, nunca foi forte e morreu quando não tinha mais de vinte anos. Para mim, eu desistiria de tudo na Terra, Anne, querida, para tê-lo de volta.

A srta. Cornelia suspirou. Gilbert havia descido e Leslie, que estivera cantarolando para o pequeno James Matthew próxima à janela do sótão, deitou-o para dormir em sua cesta e saiu. Assim que ela estava fora do alcance, a srta. Cornelia se inclinou para frente e disse em um sussurro conspiratório:

— Anne, querida, recebi uma carta de Owen Ford ontem. Ele está em Vancouver agora, mas quer saber se eu posso hospedá-lo por um mês daqui uns tempos. Você sabe o que isso significa. Bem, espero que estejamos fazendo a coisa certa.

— Não temos nada a ver com isso. Não poderíamos impedi-lo de vir para Four Winds se ele quisesse — disse Anne depressa. Ela não gostou da sensação casamenteira que os sussurros da srta. Cornelia lhe deram; e então ela sucumbiu fracamente. — Não deixe Leslie saber que ele está vindo até que ele esteja aqui — continuou. — Se ela descobrisse, tenho certeza de que iria embora imediatamente. Sua intenção é se mudar no outono de qualquer maneira, ela me disse isso outro dia. Vai para Montreal estudar enfermagem e dar um jeito na vida.

— Ah, bem, Anne, querida — disse a srta. Cornelia, acenando com a cabeça sabiamente —, isso é tudo que pode ser feito. Você e eu fizemos nossa parte e devemos deixar o resto para Mãos Superiores.

XXXV
Política em Four Winds

Quando Anne voltou a sair do quarto, a Ilha, assim como todo o Canadá, estava no meio de uma campanha que antecedia as eleições gerais. Gilbert, que era um conservador fervoroso, viu-se preso no turbilhão, sendo muito procurado para fazer discursos em vários comícios do condado. A srta. Cornelia não aprovava que ele se metesse na política e disse isso a Anne.

— O dr. Dave nunca fez isso. O dr. Blythe vai descobrir que ele está cometendo um erro, *acredite* em mim. Política é algo em que nenhum homem decente deveria se intrometer.

— O governo do país deve ser deixado exclusivamente para os patifes, então? — perguntou Anne.

— Sim, contanto que sejam patifes conservadores — disse a srta. Cornelia, marchando com as honras da guerra. — Homens e políticos são tudo farinha do mesmo saco. Os liberais só têm mais peso do que os conservadores, *muito* mais, porém liberal ou conservador meu conselho para o dr. Blythe é ficar longe da política. De repente, sem se dar conta, ele mesmo estará concorrendo a uma eleição, e indo para Ottawa por metade do ano e deixando a clínica ao deus dará.

— Ah, bem, não vamos nos preocupar com isso — disse Anne. — Os riscos são muito altos. Em vez disso, vamos olhar para o pequeno Jem. Deveria ser escrito com um G, de gema preciosa. Ele não é perfeito e lindo? Basta ver as covinhas em seus cotovelos. Vamos criá-lo para ser um bom conservador, você e eu, srta. Cornelia.

— Eduque-o para ser um bom homem — disse srta. Cornelia. — Eles são escassos e valiosos; no entanto, veja bem, eu não ia gostar mesmo que ele se tornasse um liberal. Quanto às eleições, você e eu devemos ser gratas por não morarmos no porto. O ar lá está liberal hoje em dia. Todos os Elliott, Crawford e MacAllister estão em pé de guerra, preparados para o confronto. Esse lado aqui é pacífico e calmo, visto que há pouquíssimos homens. O capitão Jim é um liberal, mas em minha opinião ele tem vergonha disso, pois nunca fala de política. Não há dúvida de que os conservadores serão vencedores com uma grande maioria de novo.

A srta. Cornelia estava enganada. Na manhã seguinte às eleições, o capitão Jim apareceu na casinha para contar as novidades. Tão virulento é o micróbio da política partidária, mesmo para um senhor pacífico, que as bochechas do capitão Jim estavam vermelhas e seus olhos brilhando com todo o fogo dos velhos tempos.

— Patroa Blythe, os liberais estão com uma vasta maioria. Depois de dezoito anos de má administração conservadora, esse país oprimido vai finalmente ter uma chance.

— Nunca o ouvi fazendo um discurso partidário tão venenoso antes, capitão Jim. Não pensei que tivesse tanto veneno político em você — riu Anne, que não ficava muito animada com a notícia. O pequeno Jem disse "uau-gá" naquela manhã. O que eram reis e governantes, ascensão e queda de dinastias, queda dos liberais ou dos conservadores, em comparação com aquela evento milagroso?

— Isso vem se acumulando há muito tempo — disse o capitão Jim, com um sorriso depreciativo. — Eu pensei que era apenas um liberal moderado, mas quando veio a notícia de que estávamos em vantagem, descobri o quão liberal eu realmente era.

— Você sabe que o médico e eu somos conservadores.

— Ah, bem, é a única coisa ruim sobre vocês, patroa Blythe. Cornelia também é conservadora. Eu passei na casa dela, quando voltava do Glen para contar as novidades.

— Você não sabia que estava colocando a própria vida em risco?

— Sim, mas não pude resistir à tentação.

— Como ela reagiu?

— Até que calma, patroa Blythe, até que calma. Ela disse: "Bem, a Providência envia temporadas de humilhação a um país, assim como a indivíduos. Vocês, liberais, passaram frio e fome por muitos anos. Apressem-se para se aquecer e se alimentar, pois vocês não vão durar muito no poder." "Olha, Cornelia", eu digo, "talvez a Providência pense que o Canadá precisa de um longo período de humilhação." Ah, Susan, *ouviu* as novidades? Os liberais estão dentro.

Susan acabara de chegar da cozinha, acompanhada pelo cheiro de pratos deliciosos que sempre pareciam pairar ao seu redor.

— Ah, é? — ela disse, despreocupada. — Bem, meu pão nunca deixou de crescer bem tendo liberais ou conservadores no governo. Para mim, tanto faz. E se algum partido, sra. Blythe, querida, fizer chover antes do fim da semana, e salvar nossa horta de secar, então esse é o partido em que Susan irá votar. Enquanto isso, você pode só me dar sua opinião sobre a carne do jantar? Temo que esteja muito dura e acho que deveríamos mudar de açougueiro assim como de governo.

Certa noite, uma semana depois, Anne foi até o farol, para ver se conseguia peixe fresco com o capitão Jim, deixando o pequeno Jem pela primeira vez. Foi uma enorme preocupação. E se ele chorar? E se Susan não souber o que fazer direitinho com ele? Susan estava calma e serena.

— Tive tanta experiência com ele quanto você, sra. Blythe, querida, não?

— Sim, com ele, mas não com outros bebês. Ora, cuidei ainda criança de três pares de gêmeos, Susan. Quando eles choravam, eu lhes dava hortelã ou óleo de rícino com bastante frieza. É bastante curioso agora lembrar quão levemente eu cuidei de todos aqueles bebês e de suas desgraças.

— Ah, bem, se o Pequeno Jem chorar, vou só colocar uma bolsa de água quente na barriga dele — disse Susan.

— Não muito quente, você sabe — disse Anne, ansiosa. Ah, era realmente sensato ir?

— Não se preocupe, sra. Blythe, querida. Susan não é mulher para deixar alguma coisa ruim acontecer com o pequenino. Deus o abençoe, ele não tem a intenção de chorar.

Anne enfim conseguiu sair e, afinal, aproveitou a caminhada até o farol, através das longas sombras do pôr do sol. O capitão Jim não estava na sala de estar do farol, mas outro homem estava. Um homem bonito, de meia-idade, com um queixo forte e bem barbeado, que Anne não conhecia. No entanto, quando ela se sentou, ele começou a conversar com Anne com a segurança de um velho conhecido. Não havia nada de errado no que ele disse ou na maneira como dizia, mas Anne se ressentia da informalidade do um estranho. Suas respostas foram frias, e tão poucas quanto a decência exigia. Sem se desencorajar, ele falou por vários minutos, depois pediu licença e foi embora. Anne poderia jurar que havia um brilho nos olhos dele e isso a incomodou. Quem seria essa criatura? Havia algo vagamente familiar sobre ele, mas ela tinha certeza de que nunca o vira antes.

— Capitão Jim, quem era aquele que acabou de sair? — ela perguntou, assim que o capitão Jim entrou.

— Marshall Elliott — respondeu o capitão.

— Marshall Elliott! — exclamou Anne. — Ah, capitão Jim... não era... sim, *era* a voz dele. Ah, capitão Jim, eu não o reconheci, e eu quase o insultei, ah, por que ele não me disse quem era? Deve ter percebido que eu não o reconheci.

— Ele não diria uma palavra sobre isso, só riria da piada. Não se preocupe em ter esnobado ele, ele vai achar divertido. Sim, Marshall finalmente raspou a barba e cortou o cabelo. O partido venceu, certo? Eu não reconheci ele da primeira vez também. Ele estava na loja de Carter Flagg no Glen na noite após as eleições, com um tanto de gente junto. Lá pela meia-noite, o telefone tocou. Os liberais ganharam. Marshall só se levantou e saiu, não comemorou nem gritou, ele deixou que os outros fizessem isso, e eles quase explodiram o teto, acho eu. Todos os conservadores estavam na loja de Raymond Russell, mas não havia muita torcida *lá*.

"Marshall desceu direto a rua até a porta lateral da barbearia do Augustus Palmer. Augustus estava dormindo na cama, mas Marshall bateu na porta até ele se levantar e descer, querendo saber do que se tratava toda aquela algazarra. 'Desça à sua loja e faça o melhor trabalho que já fez na vida, Gus', disse ele. 'Os liberais ganharam e você vai barbear um bom liberal antes do nascer do sol.' Gus ficou louco de raiva, em parte porque foi arrastado para fora da cama, e mais ainda porque é conservador. Ele jurou que não faria a barba de ninguém depois da meia-noite. 'Você vai fazer o que eu quiser, filho', disse Marshall, 'ou vou te colocar no meu joelho e dar umas palmadas em você que sua mãe esqueceu de dar.' E ele teria feito isso mesmo, e Gus sabia, pois Marshall é forte como um boi e Gus é apenas um homem pequeno. Então ele cedeu e levou Marshall para a loja e foi trabalhar. 'Agora vou barbear você, mas se você disser um A sobre os liberais ganhando as eleições enquanto eu faço isso, eu corto sua garganta com essa navalha', disse Gus. Não achei que o pequeno Gus pudesse ser tão sedento de sangue, você acharia? Mostra o que a política partidária pode fazer com um homem. Marshall ficou quieto, se livrou do cabelo e da barba e foi para casa. Quando sua velha governanta o ouviu subindo, ela espiou da porta de seu quarto para ver se era ele ou o garoto contratado. E vendo um homem estranho andando pelo corredor com uma vela na mão, ela gritou a plenos pulmões e desmaiou. Tiveram que chamar o médico antes que ela conseguisse recobrar os sentidos, e vários dias se passaram até ela se acostumar a olhar para Marshall sem se tremelicar toda.

O capitão Jim não tinha peixe. Naquele verão, ele raramente saía de barco, e suas longas expedições estavam encerradas. Passava grande parte do tempo sentado junto à janela voltada para o mar, olhando para o golfo, com a cabeça que embranquecia com rapidez apoiada na mão. Naquela noite, ele ficou ali sentado por muitos minutos silenciosos, mantendo algum encontro com o passado que Anne não iria perturbar. Depois, apontou para o arco-íris do Ocidente.

— Não é lindo, patroa Blythe? Mas eu queria que você tivesse visto o nascer do sol essa manhã. Foi uma coisa maravilhosa, simplesmente maravilhosa. Eu vi todos os tipos de amanhecer nesse golfo e pelo mundão afora, patroa Blythe, e levando tudo em conta, eu nunca vi algo melhor do que um amanhecer de verão nesse golfo. Um homem não pode escolher sua hora para morrer, patroa Blythe, acontece só quando o Grande Capitão dá suas ordens de navegação. Mas se eu pudesse, eu iria quando a manhã se aproximasse daquela água. Eu já vi acontecer muitas vezes e pensei em como seria passar por aquela grande glória branca para o que quer que estivesse me esperando além, em um mar que não está em nenhum mapa da Terra. Acho, patroa Blythe, que eu encontraria minha perdida Margaret lá.

O capitão Jim falava muito sobre o desaparecimento de Margaret com Anne, desde que lhe contara a velha história. Seu amor por ela estremecia em cada tom, um amor que nunca diminuíra ou desaparecera.

— De qualquer forma, espero que quando chegar a minha hora, eu vá rápido e de uma vez. Eu não me acho covarde, patroa Blythe, já olhei para a cara da morte mais de uma vez sem nem piscar. Mas só de pensar numa morte demorada, me dá uma estranha e doentia sensação de horror.

— Nem fale em nos deixar, *querido* capitão Jim — suplicou Anne, com a voz embargada, dando tapinhas na velha mão amarronzada, outrora tão forte, mas agora muito fraca. — O que faríamos sem você?

O capitão Jim deu um lindo sorriso.

— Ah, você se daria muito, muito bem... mas não esqueceria esse velho completamente, patroa Blythe, não... acho que você nunca vai esquecer ele de verdade. Quem é da raça do José sempre se lembra um do outro. Mas vai ser uma lembrança que não vai doer, gosto de pensar que minha memória não vai machucar meus amigos, que será sempre até que agradável para eles, espero e acredito. Não vai demorar muito antes que Margaret me chame, pela última vez. Estarei pronto para responder. Só falei disso porque há um pequeno favor que quero te pedir. Aqui está este meu pobre e velho amigo. — O capitão Jim estendeu a mão e cutucou a grande, quente, aveludada bola dourada no sofá. O Primeiro Imediato se desenrolou feito uma mola com um som agradável, gutural e confortável, meio ronronado, meio miado, esticando as patas no ar, e se virou e voltou a se enrolar. — *Ele* sentirá minha falta quando eu partir para minha viagem. Não suporto pensar em deixar o pobre bicho morrendo de fome, como ele foi deixado antes. Se alguma coisa acontecer comigo, você vai dar ao Primeiro Imediato comida e um cantinho, patroa Blythe?

— Certamente eu vou.

— Então isso era tudo que eu tinha em mente. Seu pequeno Jem vai herdar algumas coisas curiosas que separei para ele. Agora, não gosto de ver lágrimas nesses lindos olhos, patroa Blythe. Talvez eu aguente por um bom tempo ainda. Ouvi você lendo uma poesia outro dia no inverno passado, um poema do Tennyson. Eu gostaria de ouvir de novo, se você pudesse recitar para mim.

Com suavidade e clareza, enquanto o vento do mar soprava sobre eles, Anne repetiu as belas linhas da maravilhosa canção do cisne de Tennyson — "Atravessando o banco de areia". O velho capitão marcava o tempo gentilmente com sua mão forte.

— Sim, sim, patroa Blythe — disse ele, quando ela terminou —, é isso, é isso. Ele não era um marinheiro, você me diz, e não sou capaz de entender como ele poderia ter colocado os sentimentos de um velho marinheiro em palavras como essas a menos que fosse um. Ele não queria nenhuma "tristeza nas despedidas" e nem eu, patroa Blythe, pois tudo ficará bem comigo e na minha passagem para o além-mar.

XXXVI
Beleza para as cinzas

— Alguma notícia de Green Gables, Anne?

— Nada muito especial — respondeu Anne, dobrando a carta de Marilla. — Jake Donnell esteve lá arrumando o telhado. É um carpinteiro certificado agora, então parece que ele mesmo escolheu o próprio caminho em relação à vida profissional. Você se lembra de que a mãe dele queria que ele se tornasse um professor universitário? Nunca me esquecerei do dia em que ela foi à escola e me criticou por não o chamar de St. Clair.

— Alguém o chama por esse nome agora?

— Evidentemente que não. Parece que ele superou isso de todo. Até a mãe cedeu. Sempre pensei que um menino com o queixo e a boca de Jake iria conseguir o que queria no final. Diana me escreveu dizendo que Dora tem um namorado. Imagine só! Ela é uma criança ainda!

— Dora tem dezessete anos — disse Gilbert. — Charlie Sloane e eu éramos loucos por você aos dezessete anos, Anne.

— Realmente, Gilbert, devemos estar envelhecendo — disse Anne, com um sorriso meio pesaroso —, se crianças que tinham seis anos quando pensávamos que estávamos crescidos agora já têm idade suficiente para namorar. O de Dora é Ralph Andrews, irmão de Jane. Lembro-me dele como um rapaz pequeno, gorducho e cabelos muito claros que sempre estava no final da classe. Mas acho que agora ele é um jovem de boa aparência.

— Dora provavelmente vai se casar jovem. Ela é do mesmo tipo que Charlotta IV, nunca perderá a primeira chance por receio de não ter outra.

— Bem, se ela se casar com Ralph, espero que ele seja um pouco mais promissor do que o irmão dele, Billy — riu Anne.

— Por exemplo — disse Gilbert, rindo —, esperemos que ele seja capaz de propor ele mesmo. Anne, você teria se casado com Billy se ele mesmo tivesse pedido a você, em vez de convencer Jane a fazer isso por ele?

— Talvez tivesse — Anne caiu na gargalhada ao se lembrar de sua primeira proposta. — O choque de tudo aquilo pode ter me desnorteado para um ato tão precipitado e tolo. Vamos ser gratos por ele ter feito isso por procuração.

— Recebi uma carta de George Moore ontem — disse Leslie, do canto de onde estava lendo.

— Ah, como ele está? — perguntou Anne interessada, mas com uma sensação irreal de estar perguntando sobre alguém que não conhecia.

— Está bem, mas acha muito difícil se adaptar a todas as mudanças em sua antiga casa e com os amigos. Vai voltar ao mar na primavera. Está em seu sangue, diz ele, e anseia por isso. Mas me contou algo que me deixou feliz por ele, pobre sujeito. Antes de embarcar no Four Sisters, estava noivo de uma garota. Não me contou nada sobre ela em Montreal, porque achava que ela já teria se esquecido dele e se casado com outro há muito tempo, mas para ele, o noivado e o amor ainda eram algo do presente. Foi muito difícil, mas, quando ele chegou em casa, descobriu que ela nunca havia se casado e ainda o amava. Vão se casar nesse outono. Vou pedir que ele a traga aqui para uma pequena viagem; ele diz que quer vir e ver o lugar onde viveu tantos anos sem saber.

— Que belo romance — disse Anne, cujo amor pelo romântico era imortal. — E pensar — acrescentou ela com um suspiro de autocensura —, que se tivesse acontecido do meu jeito, George Moore nunca teria saído do túmulo no qual sua identidade estava enterrada. Como lutei contra a sugestão de Gilbert! Bem, fui punida: nunca mais terei uma opinião diferente da de Gilbert! Se eu tentar, ele me esmagará usando o caso de George Moore!

— Como se isso fosse impedir uma mulher! — zombou Gilbert. — Pelo menos não se torne meu eco, Anne. Um pouco de oposição dá tempero à vida. Eu não quero uma esposa como a de John MacAllister, no porto. Não importa o que ele diga, ela imediatamente comenta naquela vozinha monótona e sem vida dela: "Isso é a pura verdade, John, meu caro!".

Anne e Leslie riram. A risada de Anne era prateada e a de Leslie dourada, e a combinação das duas era tão satisfatória quanto um acorde musical perfeito.

Susan, vindo na esteira da risada, ecoou com um suspiro retumbante.

— Ora, Susan, qual é o problema? — perguntou Gilbert.

— Não há nada de errado com o pequeno Jem, não é, Susan? — exclamou Anne, assustada.

— Não, não, se acalme, sra. Blythe, querida. Algo aconteceu, no entanto. Nossa, deu tudo errado comigo essa semana. Eu estraguei o pão, como você sabe muito bem, queimei a melhor camisa do médico e ainda quebrei seu prato grande. E agora, para coroar tudo isso, vem a notícia de que minha irmã Matilda quebrou a perna e quer que eu vá ficar com ela por um tempo.

— Ah, sinto muito! Sinto muito que sua irmã tenha sofrido um acidente desses, quero dizer — exclamou Anne.

— Ah, bem, "o homem foi feito para se lamentar",[1] sra. Blythe, querida. Parece uma passagem da Bíblia, mas falaram que um tal de Burns escreveu isso. E não há dúvida de que nascemos para problemas enquanto as faíscas voam para cima. Quanto a Matilda, não sei o que pensar dela. Ninguém de nossa família quebrou nenhuma perna antes. Mas o que quer que ela tenha feito, ela ainda é minha irmã, e eu sinto que é meu dever ir e cuidar dela se você puder me dispensar por algumas semanas, sra. Blythe, querida.

— Claro, Susan, claro. Posso conseguir alguém para me ajudar enquanto você estiver fora.

— Se você não conseguir, não irei, sra. Blythe, querida, apesar da perna de Matilda. Eu não vou deixá-la se preocupar, nem aquela criança abençoada, por perna quebrada nenhuma!

— Ah, você precisa ir para a casa da sua irmã imediatamente, Susan. Eu posso conseguir uma garota da enseada por algum tempo.

— Anne, você me deixa ficar enquanto Susan está fora? — exclamou Leslie. — Por favor! Eu adoraria, e seria um ato de caridade da sua parte. Estou tão terrivelmente solitária lá naquele grande celeiro de casa. Há tão pouco a fazer e à noite minha solidão é maior, fico assustada e nervosa, apesar das portas trancadas. Havia um vagabundo rondando por ali há cerca de dois dias.

Anne concordou com alegria e, no dia seguinte, Leslie foi instalada como companheira na casinha dos sonhos. A srta. Cornelia aprovou calorosamente o arranjo.

— Parece providencial — ela segredou a Anne. — Sinto muito por Matilda Clow, mas já que ela teve que quebrar a perna, não poderia ter acontecido em melhor hora. Leslie estará aqui quando Owen Ford vier para Four Winds, e aquela gente

---

[1] Referência ao poema "Man Was Made To Mourn", de Robert Burns.

faladeira do Glen não terá motivos para fofocar sobre Leslie como fariam se ela estivesse morando sozinha e Owen fosse visitá-la. Já estão falando o suficiente porque ela não está de luto. Eu disse a um deles: "Se você quer dizer que ela deveria vestir o luto por George Moore, me parece mais com a ressurreição dele do que com o funeral; e se é por Dick, confesso que não vejo razão de procurar ervas daninhas por um homem que morreu treze anos atrás, e que livramento, então!". E quando a velha Louisa Baldwin comentou comigo que achava muito estranho Leslie nunca ter suspeitado não ser o próprio marido, *eu* disse: "*Você* nunca suspeitou que não era Dick Moore, e você foi vizinha dele a vida toda e, por natureza, você é dez vezes mais desconfiada do que Leslie". Mas não se pode segurar a língua de algumas pessoas, Anne, querida, e estou muito grata que Leslie esteja sob seu teto enquanto Owen a corteja.

Owen Ford veio à pequena casa em uma noite de agosto, quando Leslie e Anne estavam absortas em adorar o bebê. Ele parou na porta aberta da sala de estar, sem ser visto pelas duas lá dentro, olhando com olhos estáticos para a bela imagem. Leslie estava sentada no chão com o bebê no colo, dando risadinhas extasiadas pelas agitações das mãozinhas gordas no ar.

— Ah, você, lindo, querido bebê — ela murmurava, pegando uma mãozinha e cobrindo-a de beijos.

— Não é a coisinha mais lindinha? — cantarolou Anne, debruçada no braço de sua cadeira em adoração. — Essas mãozinhas fofinhas, são as mãozinhas mais lindas do mundo inteirinho, não são, meu bebezinho?

Nos meses anteriores à chegada do pequeno Jem, Anne estudou com diligência vários livros sobre a criação de crianças e se fixou especialmente em um, o *Oráculo sobre os cuidados e ensinamentos às crianças*. O Oráculo implorava aos pais, por tudo que era sagrado, que nunca falassem em "língua de bebê" com seus filhos. Os bebês deveriam ouvir, sem exceção, uma linguagem clássica desde o momento de seu nascimento.

Portanto, eles deveriam aprender a falar inglês sem mácula, desde o início. "Como", exigia o Oráculo, "uma mãe pode razoavelmente esperar que seu filho aprenda a linguagem correta, quando ela acostuma sua impressionável massa cinzenta dia após dia a tais expressões absurdas e distorções da nobre língua inglesa, que mães inconsequentes infligem sempre às criaturas indefesas sob seus cuidados? Como uma criança, que é constantemente chamada de 'coisinha fofinha, nenenzinho da mamãe', pode chegar a qualquer concepção adequada de seu próprio ser, de suas possibilidades e de seu destino?"

Anne ficou muito impressionada com isso e informou a Gilbert sua pretensão de fazer dessa uma regra inflexível. Que, sob nenhuma circunstância, falaria em "língua de bebê" com os filhos. Gilbert concordou com ela, e eles fizeram um solene pacto sobre o assunto, que Anne descaradamente violou no primeiro momento em que o pequeno Jem fora colocado em seus braços. "Oh, meu amorzinho, lindinho da mamãe!", ela havia exclamado. E continuava a violá-lo desde então. Quando Gilbert a provocava, ela ria do Oráculo com escárnio.

— Esse autor provavelmente nunca teve filhos, Gilbert, tenho certeza de que não teve ou nunca teria escrito uma porcaria desse tipo. Não dá para evitar falar em "língua de bebê" com um. É natural e é *certo*. Seria desumano falar com essas minúsculas, macias e aveludadas criaturinhas como fazemos com meninos e meninas grandes. Os bebês querem amor, carinhos e toda a adorável conversa de bebê que puderem receber, e o pequeno Jem vai ter isso, vai sim, não é, meu amorzinho, meu bem?

— Mas você é a pior que já ouvi, Anne — protestou Gilbert, que, não sendo mãe, apenas pai, ainda não estava totalmente convencido de que o Oráculo estava errado. — Nunca ouvi nada parecido com a maneira como você fala com aquela criança.

— Muito provavelmente você nunca ouviu mesmo. Ora, ora, eu não ajudei a criar os três pares de gêmeos dos Hammond até os onze anos? Você e o Oráculo são apenas teóricos de sangue-frio. Gilbert, apenas *olhe* para ele! Ele está sorrindo para mim, sabe do que estamos falando. E olha só que coisinha mais fofa, ah, meu Deus do céu, não é o anjo mais lindo?

Gilbert os envolveu com o braço.

— Ah, vocês, mães! — ele disse. — Vocês, mães! Deus sabia o que estava prestes a fazer quando as fez.

Então o pequeno Jem foi amado e acariciado e ouviu "língua de bebê" e cresceu e se tornou uma criança da casa dos sonhos. Leslie era tão apaixonada por ele quanto Anne. Quando elas acabavam as tarefas, e Gilbert estava fora do caminho, se entregaram a vergonhosas orgias de amor e êxtase de adoração como a que Owen Ford as surpreendeu.

Leslie foi a primeira a percebê-lo. Mesmo no crepúsculo, Anne pôde ver a brancura repentina que tomou conta de seu belo rosto, apagando o vermelho dos lábios e das bochechas.

Owen avançou, ansioso, cego por um momento para Anne.

— Leslie! — disse ele, estendendo a mão. Era a primeira vez que a chamava pelo nome; mas a mão que Leslie lhe deu estava fria, e ela permaneceu muito quieta a noite toda, enquanto Anne, Gilbert e Owen riam e conversavam. Antes que a visita terminasse, ela se desculpou e subiu. O ânimo alegre de Owen esmoreceu e ele foi embora logo depois com um ar abatido. Gilbert olhou para Anne.

— Anne, o que você está aprontando? Há algo acontecendo que eu não entendo. O ar aqui esteve carregado a noite inteira. Leslie estava sentada como uma musa de tragédia; Owen Ford brinca e ri na superfície, e observa Leslie com olhar profundo. Você parece estar o tempo todo explodindo de animação reprimida. Confesse. Que segredo você guarda de seu marido enganado?

— Não seja tolo, Gilbert — foi a resposta conjugal de Anne. — Quanto a Leslie, ela está sendo irracional e vou subir para lhe dizer isso.

Anne encontrou Leslie na janela do sótão de seu quarto. O pequeno lugar estava repleto com o ritmo retumbante do mar. Leslie estava sentada com as mãos entrelaçadas na névoa do luar... uma presença bonita e acusadora.

— Anne — ela disse em uma voz baixa e reprovadora —, você sabia que Owen Ford estava vindo para Four Winds?

— Sim — disse Anne descaradamente.

— Ah, mas você deveria ter me contado, Anne — Leslie exclamou com ardor. — Se eu soubesse, não teria ficado aqui para encontrá-lo. Você deveria ter me contado. Não foi justo de sua parte, Anne... ah, não foi justo!

Os lábios de Leslie tremiam e toda a sua forma estava tensa de emoção. Mas Anne riu sem dó. Ela se curvou e beijou o rosto reprovador de Leslie.

— Leslie, você é uma tola adorável. Owen Ford não veio correndo do Pacífico para o Atlântico com o desejo ardente de *me* ver. Muito menos acredito que ele tenha sido inspirado por qualquer paixão selvagem e frenética pela srta. Cornelia. Esses ares trágicos, minha cara amiga, recolha-os e os guarde de uma vez. Você nunca mais vai precisar deles. Há algumas pessoas que podem ver através de uma pedra de amolar quando há um buraco nela, mesmo que não seja possível. Não sou profetisa, mas arriscarei uma previsão. A amargura da vida acabou para você. Depois disso, você terá as alegrias e as esperanças e, me atrevo a dizer, as tristezas também, mas de uma mulher feliz. O presságio da sombra de Vênus se tornou realidade para você, Leslie. O ano em que a viu trouxe o melhor presente da sua vida: seu amor por Owen Ford. Agora, vá direto para a cama e durma bem.

Leslie obedecia ordens tão bem que foi para a cama; mas é questionável que tenha dormido muito. Não acho que tenha ousado sonhar acordada; a vida tinha sido tão difícil para a pobre Leslie, seu caminho percorrido fora tão estreito que ela não conseguia sussurrar para o próprio coração as esperanças que o aguardavam no futuro. Mas ela observou a grande luz giratória iluminando as curtas horas da noite de verão, e seus olhos se suavizaram, e voltaram a ser brilhantes e jovens de novo. E, no dia seguinte, quando Owen Ford apareceu para pedir que ela o acompanhasse à praia, ela não disse não.

XXXVII
A srta. Cornelia faz um surpreendente anúncio

A srta. Cornelia foi até a pequena casa em uma sonolenta tarde, quando o golfo estava da cor de um azul desbotado dos mares de agosto, e os lírios laranja no portão do jardim de Anne erguiam suas imperiais taças para serem preenchidas com o ouro derretido do brilho solar do verão. Não que a srta. Cornelia se preocupasse com oceanos coloridos ou lírios sedentos de sol. Ela se sentou em sua cadeira de balanço favorita em uma incomum ociosidade. Não costurou ou fiou. Também não disse uma única palavra depreciativa a respeito de qualquer parcela da humanidade. Em suma, a conversa da srta. Cornelia foi singularmente desprovida de tempero naquele dia, e Gilbert, que permanecera em casa para ouvi-la em vez de ir pescar, como pretendia, ficou aflito. O que havia acontecido com a srta. Cornelia? Ela não parecia abatida ou preocupada. Ao contrário, havia nela certo ar de exultação nervosa.

— Onde está Leslie? — ela perguntou, mesmo que isso não importasse muito.

— Owen e ela foram colher framboesas na floresta atrás da fazenda — respondeu Anne. — Eles não vão voltar antes da hora do jantar.

— Eles não parecem ter a menor ideia da existência do relógio — disse Gilbert. — Não consigo entender esse caso. Tenho certeza de que vocês, mulheres, mexeram os pauzinhos. Mas Anne, minha esposa indisciplinada, não me conta. A srta. Cornelia vai?

— Não, não vou. Mas — disse a srta. Cornelia, com o ar de quem está decidida a mergulhar de cabeça e acabar com o assunto —, vou lhes dizer outra coisa. Vim hoje com o propósito de contar algo. Eu vou me casar.

Anne e Gilbert ficaram em silêncio. Se a srta. Cornelia tivesse anunciado a intenção de ir ao canal para se afogar, teria sido verossímil. Isso não. Então, eles esperaram. Estava claro que a srta. Cornelia havia se enganado.

— Oras, vocês dois parecem um pouco confusos — disse a srta. Cornelia, com um brilho nos olhos. Agora que o momento constrangedor da revelação havia passado, ela voltara à própria personalidade. — Vocês acham que eu sou muito jovem e inexperiente para o matrimônio?

— Bem, você sabe, é uma informação impressionante — disse Gilbert, tentando sair do estupor. — Já a ouvi dizendo inúmeras vezes que não se casaria nem com o melhor homem do mundo.

— Não vou me casar com o melhor homem do mundo — retrucou a srta. Cornelia. — Marshall Elliott está muito longe de ser o melhor.

— Você vai se casar com Marshall Elliott? — exclamou Anne, recuperando a fala com esse segundo choque.

— Sim. Eu poderia tê-lo tido a qualquer momento nesses últimos vinte anos se quisesse, bastaria erguer o dedo. Mas você acha que eu entraria na igreja ao lado de um feno ambulante como aquele?

— Tenho certeza de que estamos muito contentes e desejamos a você toda a felicidade possível — disse Anne, de forma monocórdica e inadequada, como se sentia. Não estava preparada para tal ocasião. Ela nunca se imaginou felicitando a srta. Cornelia pelo noivado.

— Obrigada, eu sabia que sim — disse a srta. Cornelia. — Vocês são os primeiros dos meus amigos a saberem disso.

— Mas lamentaremos muito perdê-la, querida srta. Cornelia — disse Anne, começando a ficar um pouco triste e sentimental.

— Ah, você não vai me perder — disse a srta. Cornelia sem sentimentalismo. — Não acha mesmo que eu iria morar no porto com todos aqueles MacAllister, Elliott e Crawford, não é? Pela vaidade dos Elliott, o orgulho dos MacAllister e a glória vã dos Crawford, que o bom Deus nos livre. Marshall está vindo morar na minha casa. Estou farta de ajudantes. Esse Jim Hastings que está comigo nesse verão é com certeza o pior de sua espécie. Ele faria qualquer mulher não desejar o casamento. O que você acha disso? Ele balançou o balde de leite ontem e derramou uma grande quantidade de creme batido no quintal. E nem ficou preocupado com isso! Apenas deu uma risada boba e disse que creme era bom para a terra. Isso é homem que preste? Eu disse a ele que eu não tinha o hábito de fertilizar meu quintal com creme.

— Bem, eu desejo a você toda a felicidade do mundo também, srta. Cornelia — disse Gilbert, solenemente —, mas — acrescentou, incapaz de resistir à tentação de provocar a srta. Cornelia, apesar do olhar suplicante de Anne —, temo que seus dias de independência terminaram. Como você sabe, Marshall Elliott é um homem muito determinado.

— Eu gosto de um homem que é fiel à sua palavra — retrucou srta. Cornelia. — Amos Grant, que costumava ir atrás de mim há muito tempo, não conseguia. Nunca vi um cata-vento assim. Ele pulou no lago para se afogar uma vez e depois mudou de ideia e nadou para fora de novo. Isso é homem que preste? Marshall teria ido até o fim e se afogado.

— E ele tem um temperamento, me disseram — persistiu Gilbert.

— Ele não seria um Elliott se não tivesse. Eu sou grata por ele ser assim. Será muito divertido irritá-lo. E você geralmente consegue obter qualquer coisa de um homem temperamental que está se sentindo culpado. Mas não dá para tirar nada de um homem que continua plácido e irritante.

— Você sabe que ele é um liberal, srta. Cornelia.

— Sim, ele *é* — admitiu a srta. Cornelia com tristeza. — E é claro que não há esperança de transformá-lo em um conservador. Contudo, pelo menos, é presbiteriano. Então, suponho que terei que ficar satisfeita com isso.

— Você se casaria se ele fosse um metodista, srta. Cornelia?

— Não, isso eu não faria. A política é para este mundo, mas a religião é para ambos.

— E você pode ser uma "viúva", afinal, srta. Cornelia.

— Não *eu*. Marshall será o meu. Os Elliott têm vida longa, e os Bryant não.

— Quando será o casamento? — perguntou Anne.

— Em cerca de um mês. Meu vestido de noiva será de seda azul-marinho. E eu queria perguntar a você, Anne, querida, se você acha que seria certo usar um véu com um vestido azul-marinho. Eu sempre pensei que gostaria de usar um se me casasse algum dia. Marshall disse para usar se eu quisesse. Não é típico de homem?

— Por que você não deveria usar, se quer? — perguntou Anne.

— Bem, ninguém quer ser diferente das outras pessoas — disse a srta. Cornelia, que definitivamente não era como qualquer outra pessoa na face da Terra. — Como disse, gosto de véu. Mas talvez não devesse usá-lo com nenhum vestido que não fosse branco. Por favor, me diga, Anne, querida, o que você realmente pensa. Seguirei seu conselho.

— Eu não acho que véus devam ser usados com outras cores, a não ser branco — admitiu Anne —, mas isso é apenas uma convenção, e eu penso como o sr. Elliott, srta. Cornelia. Não vejo nenhuma boa razão para não usar véu, se você quer.

Porém, a srta. Cornelia, que fazia suas visitas em vestidos de chita, balançou a cabeça.

— Se não for a coisa certa, não vou usá-lo — disse ela, com um suspiro de pesar por um sonho perdido.

— Já que está decidida a se casar, srta. Cornelia — disse Gilbert, solene —, darei a você as excelentes regras para a gestão de um marido que minha avó deu a minha mãe quando ela se casou com meu pai.

— Bem, eu acho que posso gerir Marshall Elliott — disse a srta. Cornelia placidamente. — Mas me diga suas regras.

— A primeira é, pegue-o.

— Ele foi pego. Continue.

— A segunda é, alimente-o bem.

— Com muitas tortas, não é? O que mais?

— A terceira e quarta são: fique de olho nele.

— Eu acredito em você — disse a srta. Cornelia enfaticamente.

XXXVIII
Rosas vermelhas

Durante aquele mês de agosto, o jardim da casinha era um refúgio amado pelas abelhas e estava avermelhado por rosas tardias. O pessoal da casinha passava muito tempo ali e faziam piqueniques no canto do gramado além do riacho, sentando-se nele durante o crepúsculo, quando as grandes mariposas noturnas navegavam na escuridão aveludada. Uma noite, Owen Ford encontrou Leslie sozinha ali. Anne e Gilbert estavam fora e Susan, que era esperada de volta naquela noite, ainda não retornara.

O céu do norte era âmbar e verde-claro sobre o topo dos pinheiros. O ar estava fresco, pois agosto se aproximava de setembro, e Leslie usava um lenço carmesim sobre o vestido branco. Juntos, eles caminharam em silêncio pelas pequenas trilhas amistosas e cheias de flores. A partida de Owen estava próxima. Suas férias eram quase findas. Leslie sentia o coração batendo descontroladamente. Ela sabia que esse amado jardim seria o cenário das palavras necessárias que selariam seu entendimento ainda não dito.

— Algumas noites, um odor estranho sopra no ar deste jardim, como um perfume fantasma — disse Owen. — Eu nunca fui capaz de descobrir de que flor ele brota. É indescritível, assustador e maravilhosamente doce. Gosto de imaginar que é a alma da avó Selwyn passando para uma pequena visita ao antigo lugar que ela tanto amava. Deve haver um monte de fantasmas amigáveis nesta casinha velha.

— Moro sob este teto há apenas um mês — disse Leslie —, mas o adoro como nunca amei a casa onde vivi toda a minha vida.

— Esta casa foi construída e consagrada pelo amor — disse Owen. — Esse tipo de casa *deve* exercer alguma influência sobre aqueles que ali vivem. E este jardim tem mais de sessenta anos, e a história de mil esperanças e alegrias está escrita em suas flores. Na verdade, algumas dessas flores foram plantadas pela noiva do professor, e ela morreu há trinta anos. E elas florescem a cada verão. Olhe para aquelas rosas vermelhas, Leslie, como elas reinam sobre todo o resto!

— Eu amo rosas vermelhas — disse Leslie. — Anne gosta mais das cor-de-rosa e Gilbert gosta das brancas. Mas eu prefiro as vermelhas. Elas satisfazem alguns desejos em mim como nenhuma outra flor.

— Essas rosas estão muito atrasadas, floresceram depois que todas as outras se foram e mantêm todo o calor e a alma do verão em desfrute — disse Owen, colhendo alguns dos botões brilhantes e semiabertos. — A rosa é a flor do amor, o mundo assim a proclamou há séculos. As rosas cor-de-rosa são lindas e cheias de esperança, as brancas são o amor morto ou abandonado, mas as rosas vermelhas, ah, Leslie, o que são as rosas vermelhas?

— O amor triunfante — disse Leslie em voz baixa.

— Sim, o amor triunfante e perfeito. Leslie, você sabe... você entende. Eu te amei desde o início. E sei que você me ama, não preciso perguntar. Mas gostaria de ouvi-la dizendo, minha querida, minha querida!

Leslie disse algo em voz muito baixa e trêmula. Suas mãos e seus lábios se encontraram; foi o momento supremo da vida para eles e enquanto estavam ali no velho jardim, com seus muitos anos de amor, deleite, tristeza e glória, Owen coroou seus cabelos brilhantes com a rosa vermelha de um amor triunfante.

Anne e Gilbert logo voltaram, acompanhados pelo capitão Jim. Anne acendeu alguns galhos de madeira flutuante na lareira, por amor às chamas das fadas, e eles se sentaram em círculo por uma hora de bom companheirismo.

— Quando fico assim olhando para uma fogueira de madeira flutuante, é fácil acreditar que sou jovem de novo — disse o capitão Jim.

— Você consegue ler o futuro no fogo, capitão Jim? — perguntou Owen.

O capitão Jim olhou para todos eles com carinho, e depois de volta para o rosto vívido e os olhos brilhantes de Leslie.

— Não preciso do fogo para ler o futuro de vocês — disse ele. — Vejo felicidade para todos: para Leslie e o sr. Ford, e o médico aqui e a patroa Blythe e o pequeno Jem e as crianças que ainda não vieram, mas nascerão. Felicidade para todos, mas é para lembrar que vocês também vão ter seus problemas, suas preocupações e suas tristezas. Eles estão destinados a vir e nenhuma casa, seja um palácio ou uma casinha de sonhos, pode impedir eles. Mas eles não ganharão e não levarão a melhor se vocês os enfrentarem *juntos* com amor e confiança. Vocês podem resistir a qualquer tempestade com essas duas coisas como bússola e piloto.

O velho se levantou de repente e colocou a mão na cabeça de Leslie e a outra na de Anne.

— Duas mulheres boas e adoráveis — disse ele. — Verdadeiras, fiéis e confiáveis. Seus maridos terão honra nos portões por sua causa, seus filhos crescerão e as chamarão de abençoadas nos anos vindouros.

Havia uma estranha solenidade na pequena cena. Anne e Leslie se curvaram como quem recebe uma bênção. Gilbert de repente passou a mão nos olhos. Owen Ford ficou extasiado como alguém que consegue ter visões. Todos ficaram em silêncio por um tempo. A casinha dos sonhos acrescentou outro momento comovente e inesquecível ao seu estoque de memórias.

— Tenho de ir agora — disse então o capitão Jim, devagar. Ele pegou o chapéu e olhou demoradamente ao redor da sala.

— Boa noite a todos vocês — disse ele, ao sair.

Anne, perfurada pela melancolia incomum de seu adeus, correu para a porta atrás dele.

— Volte logo, capitão Jim — disse ela quando ele passou pelo pequeno portão pendurado entre os abetos.

— Sim, sim — ele exclamou alegremente de volta para ela. Mas o capitão Jim se sentou diante da velha lareira da casa dos sonhos pela última vez.

Anne voltou lentamente para dentro.

— É tão triste pensar nele indo sozinho até aquele farol solitário — disse ela. — E que não há ninguém para recebê-lo lá.

— O capitão Jim é uma companhia tão boa para os outros que ninguém consegue imaginá-lo sendo outra coisa que não uma boa companhia para si mesmo — disse Owen. — Mas ele deve frequentemente se sentir solitário. Havia um toque profético nele esta noite, ele falou como alguém a quem foi dado falar. Bem, eu preciso ir também.

Anne e Gilbert desapareceram discretamente; mas quando Owen havia ido, Anne voltou e encontrou Leslie de pé junto à lareira.

— Ah, Leslie... eu sei, e estou tão feliz, querida — disse, colocando os braços em volta dela.

— Anne, minha felicidade me assusta — sussurrou Leslie. — Parece grande demais para ser real, tenho medo de falar e pensar sobre isso. Parece-me que deve ser apenas mais um sonho desta casa de sonhos, que vai desaparecer quando eu sair daqui.

— Bem, você não vai sair daqui até que Owen te leve. Vai ficar comigo até que chegue esse momento. Você acha que eu deixaria você voltar para aquele lugar triste e solitário de novo?

— Obrigada, querida. Era minha intenção te perguntar se poderia ficar aqui. Eu não queria voltar para lá, seria como voltar ao frio e à tristeza da velha vida de novo. Anne, que grande amiga você tem sido para mim, "uma mulher boa e adorável, verdadeira e fiel e confiável", como o capitão Jim disse que você é.

— Ele disse "mulheres", não "mulher" — sorriu Anne. — Talvez o capitão Jim nos veja através dos óculos cor-de-rosa de seu amor por nós. Contudo, podemos ao menos tentar viver de acordo com sua crença em nós.

— Você se lembra, Anne — disse Leslie devagar —, que uma vez eu disse, naquela noite em que nos conhecemos na praia, que odiava minha beleza? E, na época, eu odiava. Sempre pensei que se eu fosse feia, o Dick nunca teria prestado atenção em mim. Eu odiava minha beleza porque ela o atraía, mas agora, ah, estou feliz por tê-la. É tudo o que tenho a oferecer a Owen, a sua alma de artista se deleita. Sinto que não vou até ele de mãos vazias.

— Owen adora sua beleza, Leslie. Quem não adoraria? Mas é tolice de sua parte falar ou pensar que isso é tudo que você tem para oferecer. *Ele* mesmo vai lhe dizer isso, eu não preciso. E agora vou trancar as portas. Esperava Susan de volta esta noite, mas ela não veio.

— Ah, sim, estou aqui, sra. Blythe, querida — disse Susan, entrando inesperadamente na cozinha — e bufando e suando muito! É uma bela caminhada do Glen até aqui.

— Estou feliz em ver você de volta, Susan. Como está sua irmã?

— Ela já consegue se sentar, mas, claro, não consegue andar ainda. No entanto, agora consegue se mover muito bem sem mim, porque a filha voltou de férias. E agradeço por estar de volta, sra. Blythe, querida. A perna da Matilda estava quebrada, nisso não há engano, mas sua língua não. Ela falaria até as pernas de uma panela de ferro caírem, sra. Blythe, querida, embora eu sofra ao dizer isso de minha própria irmã. Sempre foi uma grande conversadora e, no entanto, foi a primeira de nossa família a se casar. Ela realmente não queria muito se casar com James Clow, mas não queria desprezá-lo. Não, porque James é um bom homem, a única falha que descobri nele é que ele sempre começa a dar graças com um gemido muito sobrenatural. Isso sempre afasta meu apetite. E por falar em casamento, sra. Blythe, querida, é verdade que Cornelia Bryant vai se casar com Marshall Elliott?

— Sim, é verdade, Susan.

— Bem, sra. Blythe, querida, não me parece justo. Aqui estou eu, que nunca disse uma palavra contra os homens, e não consigo me casar de forma nenhuma. E ali está Cornelia Bryant, que nunca parou de maldizer os homens, e tudo o que ela precisa fazer é estender a mão e pegar um, por assim dizer. É um mundo muito estranho, sra. Blythe, querida.

— Há outro mundo, você sabe, Susan.

— Sim — disse Susan com um suspiro pesado —, mas, querida, não há nem casório nem casamento lá.

XXXIX
O capitão Jim atravessa o banco de areia

Um dia, no final de setembro, o livro de Owen Ford enfim chegou. O capitão Jim tinha ido fielmente ao correio do Glen todos os dias durante um mês, esperando por ele. Nesse dia, no entanto, ele não tinha ido, e Leslie trouxe seu exemplar para casa com o dela e o de Anne.

— Vamos levar para ele essa noite — disse Anne, animada como uma estudante.

A longa caminhada até o farol naquela noite clara e cativante pela estrada do porto vermelho foi muito agradável. Então o sol se pôs atrás das colinas à direita, em algum vale que deveria estar cheio de pores do sol perdidos, e, no mesmo instante, a grande luz brilhou na torre branca do ponto.

— O capitão Jim nunca se atrasa uma fração de segundo — disse Leslie.

Nem Anne nem Leslie jamais se esqueceram do rosto do capitão Jim quando lhe deram o livro, o *seu* livro, transfigurado e glorificado. As bochechas, que haviam empalidecido recentemente, de repente se inflamaram com a cor da infância; seus olhos brilhavam com todo o fogo da juventude; contudo suas mãos tremiam ao abri-lo.

Chamava-se simplesmente *O livro da vida do capitão Jim*, e na página de rosto os nomes de Owen Ford e James Boyd foram impressos como colaboradores. A capa era uma fotografia do próprio capitão Jim, parado em frente ao farol, olhando para o golfo. Owen Ford a tirou um dia, enquanto o livro estava sendo escrito. Embora soubesse da foto, o capitão não sabia que ela estaria no livro.

— Olha só isso — disse ele — esse velho marinheiro bem aqui num livro impresso de verdade. Esse é o dia mais orgulhoso da minha vida. Estou prestes a explodir, meninas. Não haverá sono para mim essa noite. Vou ler meu livro todinho antes do nascer do sol.

— Iremos agora mesmo para você ficar livre para começar — disse Anne.

O capitão Jim estava manuseando o livro em uma espécie de êxtase reverente. Mas naquele instante, ele o fechou com decisão e o colocou de lado.

— Não, não, vocês não vão embora antes de tomar uma xícara de chá com esse velho — protestou ele. — Eu não ia suportar, você ia, Primeiro-Imediato? O livro da vida vai ficar aqui, eu acho. Esperei por ele por muitos e muitos anos. Posso esperar um pouco mais enquanto desfruto da presença das minhas amigas.

O capitão Jim começou a ferver a chaleira e a preparar o pão com manteiga. Apesar de sua animação, ele não se moveu com a antiga vivacidade. Seus movimentos eram lentos e hesitantes. No entanto, as meninas não se ofereceram para ajudá-lo; sabiam que isso o magoaria.

— Vocês escolheram a noite certa para me visitar — disse ele, tirando um bolo do guarda-louça. — A mãe do pequeno Joe me mandou uma grande cesta cheia de bolos e tortas hoje. Uma bênção no formato das melhores receitas, disse eu. Olhem para este lindo bolo, todo coberto com glacê e nozes. Não é sempre que consigo receber meus amigos nesse estilo.

Vamos, meninas, vamos! Vamos tomar uma xícara de chá em memória aos velhos tempos.

As garotas se instalaram alegremente. O chá fora o melhor que ele já tinha feito. O bolo da mãe do pequeno Joe era o melhor, se tratando de confeitaria. O capitão Jim era o príncipe dos anfitriões graciosos, nunca permitindo que seus olhos vagassem até o canto onde estava o seu livro, em toda sua bravura verde e dourada. Mas quando a porta finalmente foi fechada atrás de Anne e Leslie, elas souberam que ele tinha corrido para pegá-lo e, enquanto caminhavam para casa, imaginaram a alegria do velho debruçado sobre as páginas impressas em que sua própria vida era retratada com todo o encanto e as cores da realidade.

— Eu me pergunto se ele vai gostar do final, o final que eu sugeri — disse Leslie.

Ela nunca saberia. Na manhã seguinte, Anne acordou e encontrou Gilbert curvado sobre ela, totalmente vestido, uma expressão ansiosa no rosto.

— Você foi chamado? — ela perguntou, sonolenta.

— Não. Anne, receio que há algo errado no farol. Já passou uma hora do amanhecer e a luz ainda está acesa. Você sabe que sempre foi uma questão de orgulho para o capitão Jim acender a luz no momento em que o sol se põe e apagá-la no momento em que ele nasce.

Anne se sentou consternada. Através de sua janela, ela viu a luz piscando palidamente contra o céu azul do amanhecer.

— Talvez ele tenha adormecido durante a leitura do livro — disse ela, ansiosa —, ou ficou tão absorto nele que se esqueceu do farol.

Gilbert balançou a cabeça.

— Isso não seria típico do capitão Jim. De qualquer forma, vou lá para ver.

— Espere um minuto e eu irei com você — exclamou Anne.

— Ah, sim, eu preciso ir, o pequeno Jem ainda vai dormir por uma hora, e eu vou chamar a Susan. Você pode precisar da ajuda de uma mulher se o capitão Jim estiver doente.

Era uma manhã extraordinária, cheia de matizes que soavam maduros e delicados ao mesmo tempo. O porto brilhava e cintilava como uma menina, gaivotas brancas voavam sobre as dunas, além dos bancos de areia havia um mar maravilhoso e brilhante. Os longos campos perto da costa estavam úmidos e frescos naquela primeira luz fina e puramente matizada. O vento veio dançando e assobiando pelo canal para substituir o lindo silêncio por uma música ainda mais bonita. Se não fosse pela estrela maligna na torre branca, aquela caminhada matinal teria sido um deleite para Anne e Gilbert. Mas eles foram suavemente com medo.

Sua batida não foi respondida.

Gilbert abriu a porta e eles entraram.

O velho quarto estava muito silencioso. Sobre a mesa estavam os restos do banquete noturno. A lâmpada ainda queimava no suporte de canto. O Primeiro Imediato estava dormindo em um quadrado de sol no sofá.

O capitão Jim estava deitado no sofá, com as mãos sobre o livro repousado em seu peito, aberto na última página. De olhos fechados, em seu rosto havia uma expressão da mais perfeita paz e felicidade, a expressão de quem há muito buscou algo e finalmente encontrou.

— Ele está dormindo? — Anne sussurrou, trêmula.

Gilbert foi até o sofá e se curvou sobre ele por alguns momentos. Então ele se endireitou.

— Sim, ele dorme, bem... — acrescentou ele calmamente. — Anne, o capitão Jim cruzou o banco de areia.

Não sabiam exatamente a que horas ele havia morrido, mas Anne quis acreditar que ele havia realizado seu desejo de partir quando a manhã atravessasse o golfo. Naquela maré resplandecente, seu espírito vagou sobre o mar prateado de pérolas do amanhecer, para o porto onde Margaret esperava por ele, além das tempestades e calmarias.

# XL
O adeus à casa dos sonhos

O capitão Jim foi enterrado no pequeno cemitério perto do porto, bem próximo ao local onde a pequenina bebê branca dormia. Seus parentes ergueram um "monumento" muito caro e feio em sua homenagem, do qual ele teria zombado sarcasticamente se o tivesse visto em vida. Mas seu verdadeiro monumento estava no coração de quem o conhecia e no livro que viveria por gerações.

Leslie lamentou que o capitão Jim não tivesse vivido para ver o incrível sucesso do livro.

— Como ele teria se deliciado com as resenhas, quase todas falam bem do livro. E ver seu livro da vida encabeçando a lista dos mais vendidos, ah, se ele apenas pudesse ter vivido para vê-lo, Anne!

Anne, porém, apesar da dor, era mais sábia.

— Ele se preocupava com o livro propriamente dito, Leslie, não o que se poderia dizer dele. E ele o leu inteiro. Aquela última noite deve ter sido uma das mais felizes para ele, com o rápido e indolor final que ele esperava pela manhã. Estou feliz, pelo bem de Owen e pelo seu, que o livro seja um sucesso tão grande, mas o capitão Jim estava satisfeito, disso *eu sei*.

A luz do farol ainda mantinha vigília noturna; um guardião substituto fora enviado para lá, até que um governante consciente pudesse decidir qual dos muitos candidatos era o mais adequado para o lugar, ou tivesse o apelo mais forte. O Primeiro Imediato foi levado para a casinha e amado por Anne, Gilbert e Leslie e tolerado por uma Susan que não gostava muito de gatos.

— Posso tolerá-lo pelo bem do capitão Jim, sra. Blythe, querida, porque gostava do velho. E farei com que ele seja alimentado e pegue cada rato preso nas armadilhas. Mas não me peça para fazer mais do que isso, sra. Blythe, querida. Gatos são gatos, e acredite na minha palavra, eles nunca serão outra coisa. E, pelo menos por ora, sra. Blythe, querida, mantenha-o longe do pequenino por enquanto. Imagine como seria horrível se ele sugasse o fôlego do nosso amorzinho.

— Isso poderia ser apropriadamente chamado de uma *gatástrofe* — disse Gilbert.

— Ah, você pode rir, doutor, querido, mas não é motivo de riso.

— Os gatos nunca sugam a respiração dos bebês — disse Gilbert. — É apenas uma antiga superstição, Susan.

— Ah, bem, superstição ou não, doutor, querido, tudo o que eu sei é que aconteceu. O gato da esposa do sobrinho do marido da minha irmã sugou o fôlego do bebê, e o pobre inocente estava quase morto quando eles chegaram; superstição ou não, se eu encontrar aquela besta amarela espreitando perto de nosso bebê, vou bater nele com o atiçador, sra. Blythe, querida.

O sr. e a sra. Marshall Elliott viviam confortável e harmoniosamente na casa verde. Leslie estava ocupada costurando, pois ela e Owen se casariam no Natal. Anne se perguntou o que faria sem Leslie por perto.

— Mudanças acontecem o tempo todo. Assim que as coisas ficam realmente boas, elas mudam — disse Anne com um suspiro.

— A velha casa dos Morgan no Glen está à venda — disse Gilbert, sem nenhuma intenção especial.

— Ah, é? — perguntou Anne com indiferença.

— É. Agora que o sr. Morgan se foi, a sra. Morgan quer ir morar com os filhos em Vancouver. Ela vai vender mais barato, pois um lugar grande como aquele em uma vila pequena como o Glen não será muito fácil de se desfazer.

— Bem, certamente é um lugar lindo, então é provável que ela encontre um comprador, — disse Anne, distraída, enquanto se perguntava se deveria costurar a bainha ou pespontar as camisolinhas curtas do pequeno Jem. Elas seriam encurtadas novamente na próxima semana, e Anne se sentiu pronta para chorar só de pensar nisso.

— Suponha que nós compremos, Anne? — comentou Gilbert baixinho.

Anne largou a costura e olhou para ele.

— Você não está falando sério, Gilbert?

— Estou, sim, querida.

— E deixar para trás esse lugar querido, a nossa casa dos sonhos? — disse Anne incrédula. — Ah, Gilbert, é... é impensável!

— Ouça-me com paciência, querida. Sei exatamente como você se sente a respeito. Sinto o mesmo. Mas sempre soubemos que um dia teríamos de nos mudar.

— Ah, mas não tão cedo, Gilbert, ainda não.

— Talvez nunca mais tenhamos essa chance de novo. Se não comprarmos a casa Morgan, outra pessoa comprará e não há nenhuma outra casa no Glen que gostaríamos de ter, e nenhum outro local bom de verdade para construir. A nossa casinha é... bem, tem sido o que nenhuma outra casa poderia ser para nós, admito, mas você sabe que aqui é fora de mão para um médico. Sentimos essa inconveniência, embora tenhamos feito o melhor com isso. E já está um pouco apertada para nós agora. Talvez, em alguns anos, quando Jem quiser um quarto só dele, aqui será praticamente impossível.

— Ah, eu sei, eu sei — disse Anne, as lágrimas enchendo seus olhos. — Eu sei tudo o que pode ser dito contra a casinha, mas eu adoro aqui e é tão lindo.

— Você vai achar muito solitário aqui depois que Leslie for embora... e o capitão Jim também já partiu. A casa de Morgan é linda e com o tempo nós a adoraríamos. Você sabe que sempre a admirou, Anne.

— Ah, sim, mas... mas tudo isso veio tão de repente, Gilbert. Estou tonta. Dez minutos atrás eu não pensava em deixar esse lugar querido. Estava planejando o que pretendia fazer na primavera, o que fazer no jardim. E se sairmos daqui, quem vai alugá-la? *É* fora de mão, então é provável que alguma família pobre, desleixada e errante vá alugá-la e nem cuidar dela e, ah, isso seria profanação. Isso me magoaria terrivelmente.

— Eu sei. Mas não podemos sacrificar nossos próprios interesses a tais considerações, querida Anne. A casa Morgan vai nos servir em todos os detalhes essenciais, nós não podemos mesmo perder essa chance. Pense naquele grande gramado com aquelas magníficas árvores antigas, e aquele esplêndido bosque na parte de trás; 50 mil metros quadrados. Será um lugar de diversão para nossos filhos! Há um belo pomar também, e sei da sua admiração por aquele muro alto de tijolos ao redor do jardim com a porta dentro, você acha que é como um jardim de livro de histórias. E há uma vista quase tão boa do porto e das dunas de lá quanto daqui.

— Não se pode ver a luz do farol lá.

— Sim, dá para vê-la da janela do sótão. Há outra vantagem, querida Anne, você adora grandes sótãos.

— Não há riacho no jardim.

— Bem, não, mas há um correndo pelo bosque das árvores de bordo para o lago do Glen. E o lago em si não está longe. Você poderá imaginar que tem seu próprio Lago de Águas Cintilantes novamente.

— Bem, não diga mais nada sobre isso agora, Gilbert. Dê-me tempo para pensar, para me acostumar com a ideia.

— Tudo bem. Não há muita pressa, é claro. Só... se decidirmos comprar, seria bom nos mudarmos e nos instalarmos antes do inverno.

Gilbert saiu e Anne guardou as roupas curtas do pequeno Jem com as mãos trêmulas. Não conseguiria costurar mais naquele dia. Com os olhos úmidos de lágrimas, ela vagou sobre o pequeno domínio onde havia reinado como uma rainha feliz. A casa Morgan era tudo o que Gilbert dizia ser. Os jardins eram lindos, a casa antiga o suficiente para ter dignidade, repouso e tradições, e nova o bastante para ser confortável e moderna. Anne sempre a admirara, mas admirar não é amar; e ela amava muito sua casa de sonhos. Amava *tudo* nela, o jardim que ela cuidou, e que tantas mulheres cuidaram antes dela, o brilho do riacho que rastejava tão maliciosamente no canto, o portão entre os abetos rangentes, o velho arenito vermelho, os majestosos álamos, os dois minúsculos e pitorescos armários de vidro sobre a chaminé da sala de estar, a porta da despensa torta na cozinha, as duas águas-furtadas engraçadas no andar de cima, o pequeno movimento na escada, ora, essas coisas eram uma parte dela! Como poderia deixá-las?

E como essa casinha, outrora consagrada pelo amor e pela alegria, fora consagrada pela felicidade e tristeza da própria Anne! Aqui ela passou a lua de mel; aqui a pequenina Joyce vivera um breve dia; aqui a doçura da maternidade voltara com o pequeno Jem; aqui ela tinha ouvido a música requintada da risada arrulhada de seu bebê; aqui, queridos amigos haviam se sentado diante da lareira. Alegria e tristeza, nascimento e morte tornaram essa casinha dos sonhos sagrada para sempre.

E, agora, precisava deixá-la. Ela sabia disso, mesmo enquanto lutava contra a ideia de Gilbert. A casinha estava pequena demais. Os interesses de Gilbert tornaram a mudança necessária; seu trabalho, por mais bem-sucedido que tivesse sido, fora prejudicado por sua localização. Anne percebeu que o fim de sua vida nesse querido lugar se aproximava e que ela deveria enfrentar o fato com bravura. Mas como seu coração doeu!

— Será como arrancar algo da minha vida — ela soluçou. — E, ah, se eu pudesse torcer para que boas pessoas viessem morar aqui em nosso lugar, ou mesmo que ficasse vago. Isso por si só seria melhor do que ser invadido por alguma horda que nada sabe da geografia da terra dos sonhos, e nada da história que deu a essa casa sua alma e identidade. E se tal horda vier para cá, o lugar irá se destruir em algum momento, um lugar antigo desmorona rápido se não for cuidado com atenção. Eles vão estragar meu jardim e deixar os álamos ficarem em farrapos, e a cerca vai parecer uma boca com metade dos dentes faltando e o telhado vai vazar e o gesso cair e eles vão encher com travesseiros e trapos os vidros quebrados e tudo estará fora de controle.

A imaginação de Anne retratou tão vividamente a iminente degeneração de sua querida casinha que sua mágoa foi tão profunda quanto se já tivesse acontecido. Ela se sentou na escada e chorou um longo e amargo choro. Susan a encontrou lá e perguntou com muita preocupação qual era o problema.

— Você não discutiu com o médico, não é, sra. Blythe, querida? Mas se brigou, não se preocupe. É uma coisa muito normal de acontecer a casais, me disseram, embora eu não tenha nenhuma experiência sobre o assunto. Ele vai se desculpar, e logo, logo vocês fazem as pazes.

— Não, não, Susan, não brigamos. É só que... Gilbert vai comprar a casa dos Morgan e teremos de ir morar no Glen. E isso vai partir meu coração.

Susan não compartilhou os sentimentos de Anne de forma nenhuma. Ela estava, de fato, muito feliz com a perspectiva de morar no Glen. Sua única queixa contra a casinha era a localização isolada.

— Ora, sra. Blythe, querida, vai ser esplêndido. A casa dos Morgan é tão grande e bonita.

— Odeio casas grandes — soluçou Anne.

— Ah, bem, você não vai odiá-la quando tiver meia dúzia de filhos — comentou Susan calmamente. — E essa casa já é muito pequena para nós. Não temos um quarto livre, já que a sra. Moore está aqui, e aquela despensa é o lugar mais irritante em que já trabalhei. Há uma esquina em cada canto que você vira. Além disso, estamos fora do mundo aqui. Na verdade, não há nada além da paisagem.

— Talvez fora do seu mundo, Susan, mas não do meu — disse Anne com um leve sorriso.

— Eu não a entendo, sra. Blythe, querida, mas, claro, não sou bem instruída. Mas se o dr. Blythe comprar o a casa dos Morgan, ele não cometerá nenhum engano, e isso você pode ter certeza. Ela tem água e despensas e armários tão lindos, e não existe outro porão igual na Ilha do Príncipe Eduardo, pelo que me disseram. Ora, o porão aqui, sra. Blythe, querida, tem sido uma decepção para mim, assim como para você.

— Ah, vá embora, Susan, vá embora — disse Anne desamparada. — Porões, despensas e armários não fazem um *lar*. Por que você não chora com aqueles que choram?

— Bem, eu nunca fui muito de chorar, sra. Blythe, querida. Prefiro me apaixonar e animar as pessoas do que chorar com elas. Agora, não chore e estrague seus lindos olhos. Essa casa está ótima e cumpriu a sua função, mas já é hora de você ter uma melhor.

O ponto de vista de Susan parecia ser o da maioria das pessoas. Leslie foi a única que simpatizou e foi compreensiva com Anne. Ela chorou muito quando soube da notícia. Depois, as duas enxugaram as lágrimas e começaram a trabalhar nos preparativos para a mudança.

— Já que temos que ir, vamos logo e acabemos com isso — disse a pobre Anne com amarga resignação.

— Você sabe que vai gostar daquele antigo lugar adorável no Glen depois de ter vivido nele por tempo suficiente para ter boas lembranças do lugar — disse Leslie. — Amigos a visitarão, como vieram aqui, a felicidade vai glorificá-la para você. Agora, é apenas uma casa para você, mas os anos farão dela um lar.

Anne e Leslie voltaram a chorar na semana seguinte quando precisaram arrumar a bainha da camisolinha de pequeno Jem. Anne sentiu a tragédia disso até a noite, quando encontrou seu filho querido vestido com sua longa camisola de novo.

— Mas o próximo será o macacão, e depois as calças, e num piscar de olhos ele já terá crescido — ela suspirou.

— Bem, você não iria querer que ele fosse um bebê para sempre, sra. Blythe, querida, iria? — disse Susan. — Bendito seja seu coração inocente, ele parece fofo demais para qualquer coisa nessas roupinhas curtas, com seus queridos pezinhos de fora. E pense na economia para passar roupa, sra. Blythe, querida.

— Anne, acabo de receber uma carta de Owen — disse Leslie, entrando com uma expressão alegre. — E, ah! Tenho boas notícias. Ele me escreveu dizendo que vai comprar a casinha dos administradores da igreja e mantê-la para passar nossas férias de verão. Anne, você não está feliz?

— Ah, Leslie, "feliz" não descreve o que estou sentindo! Parece quase bom demais para ser verdade. Não me sentirei tão mal agora que sei que esse querido local nunca será profanado por uma horda de vândalos, ou deixada para ruir em decomposição. Ora, é maravilhoso! Maravilhoso!

Numa manhã de outubro, Anne percebeu que havia dormido pela última vez sob o telhado de sua casinha. O dia estava muito agitado para arrependimentos e, ao anoitecer, a casa estava vazia. Anne e Gilbert estavam sozinhos para se despedir. Leslie, Susan e o pequeno Jem foram para o Glen com a última carga de móveis. A luz do pôr do sol penetrava pelas janelas sem cortinas.

— Tudo tem uma aparência triste e desagradável, não é? — disse Anne. — Ah, vou sentir tanta saudade de casa no Glen essa noite!

— Fomos muito felizes aqui, não é, querida Anne? — disse Gilbert, sua voz cheia de sentimento.

Anne se engasgou, incapaz de responder. Gilbert esperava por ela no portão entre os abetos, enquanto Anne ia de cômodo em cômodo para se despedir. Ela estava indo embora; mas a velha casa continuaria ali, encarando o mar através de suas janelas pitorescas. Os ventos de outono soprariam tristemente em seu entorno, e a chuva cinzenta cairia sobre ela e as brumas brancas viriam do mar para envolvê-la; e o luar cairia sobre ela e iluminaria os velhos caminhos por onde o professor e sua noiva haviam caminhado. Ali, naquela velha costa do porto, o encanto da história permaneceria; o vento ainda assobiava sedutoramente sobre as prateadas dunas de areia; as ondas ainda chamavam das avermelhadas enseadas rochosas.

— Mas nós partiremos — disse Anne em meio às lágrimas.

Ela saiu, fechando e trancando a porta atrás de si. Gilbert a esperava com um sorriso. A estrela do farol estava brilhando para o norte. O pequeno jardim, onde apenas calêndulas ainda floresciam, já estava se encapuzando nas sombras.

Anne se ajoelhou e beijou o velho degrau gasto que cruzara como noiva.

— Adeus, querida casinha dos sonhos — disse ela.

© *Copyright* desta tradução: Editora Martin Claret Ltda., 2022.

Direção
MARTIN CLARET

Produção editorial
CAROLINA MARANI LIMA / MAYARA ZUCHELI

Direção de arte
JOSÉ DUARTE T. DE CASTRO

Diagramação
GIOVANA QUADROTTI

Ilustrações de capa e guarda
LILA CRUZ

Tradução
ANNA MARIA DALLE LUCHE

Preparação
FERNANDA BELO

Revisão
CAROLINA M. LIMA

Impressão e acabamento
CROMOSETE GRÁFICA

A ortografia deste livro segue o novo Acordo Ortográfico da Língua Portuguesa.

Dados Internacionais de Catalogação na Publicação (CIP)
(Câmara Brasileira do Livro, SP, Brasil)

Montgomery, L. M., 1874-1942
Anne e a casa dos sonhos / L. M. Montgomery; tradução Anna Maria Dalle Luche. – São Paulo: Martin Claret, 2022.

Título original: Anne's house of dreams.
ISBN 978-65-5910-198-6

1. Ficção canadense I. Título

22-114256   CDD-C813

Índices para catálogo sistemático:

1. Ficção: Literatura canadense: C813
Cibele Maria Dias – Bibliotecária – CRB-8/9427

EDITORA MARTIN CLARET LTDA.
Rua Alegrete, 62 — Bairro Sumaré — CEP: 01254-010 — São Paulo — SP
Tel.: (11) 3672-8144 — www.martinclaret.com.br
Impresso — 2022

CONTINUE COM A GENTE!

- Editora Martin Claret
- editoramartinclaret
- @EdMartinClaret
- www.martinclaret.com.br

Pólen
Natural

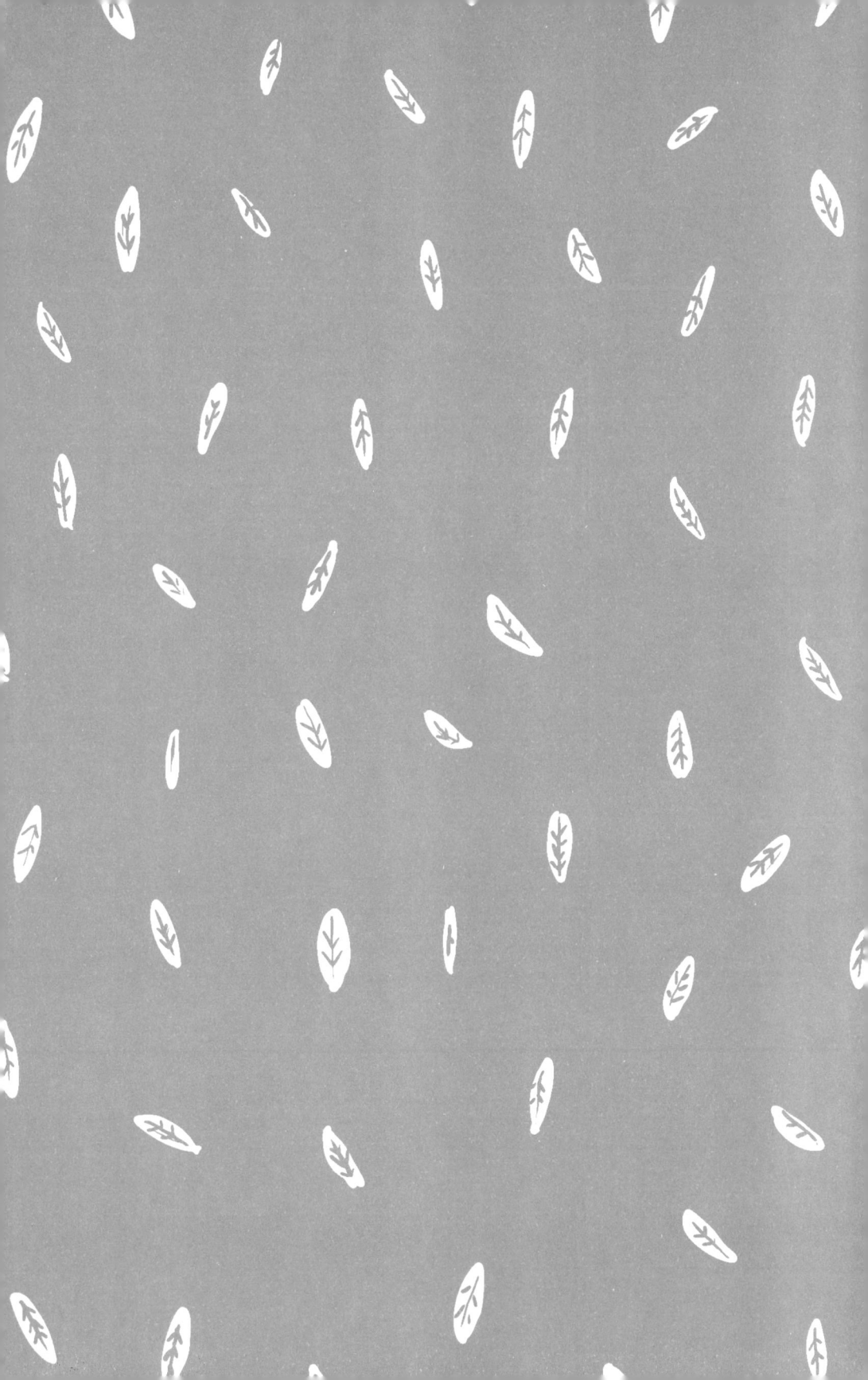